束风

段章 著

台海出版社

图书在版编目（CIP）数据

束风 / 段章著 . -- 北京：台海出版社，2020.6
ISBN 978-7-5168-2600-3

Ⅰ . ①束… Ⅱ . ①段… Ⅲ . ①散文集－中国－当代
Ⅳ . ① I267

中国版本图书馆 CIP 数据核字（2020）第 079614 号

束　风

著　　者：段　章
出 版 人：蔡　旭
封面设计：中尚图
责任编辑：姚红梅

出版发行：台海出版社
地　　址：北京市东城区景山东街 20 号　　邮政编码：100009
电　　话：010-64041652（发行，邮购）
传　　真：010-84045799（总编室）
网　　址：www.taimeng.org.cn/thcbs/default.htm
E - m a i l：thcbs@126.com

经　　销：全国各地新华书店
印　　刷：河北盛世彩捷印刷有限公司
本书如有破损、缺页、装订错误，请与本社联系调换

开　　本：880 毫米×1230 毫米　　1/32
字　　数：176 千字　　　　　　印　　张：10.5
版　　次：2020 年 6 月第 1 版　　印　　次：2020 年 6 月第 1 次印刷
书　　号：ISBN 978-7-5168-2600-3
定　　价：59.00 元

第一章

　　眼见的，不一定是真的，就像眼前这座塔楼，形体虚幻，不似实体，倒像蜃影，西斜的光芒投射后，在地面留下无际余影。他坐在这影下，静等辉光无踪，又让夜月沉沦，大脑却还不能活跃半分，还沉浸在无尽悲痛中。

　　再一清晨，太阳升起，石兽之下，他还坐在影中，身后的高楼又一次挡住了黎明的曙光，让人不敢有半分希望。大城市自有大城市的轮齿，朝阳铺洒而来，把凸高的建筑照得透彻，余下的光在建筑罅隙间折转，最后在斑驳的地面裁下一小块不菲的光页。

　　稍一时瞬，这条街道不再冷清，人影渐密，略有闲心者，还能看一眼那久坐不动的人，为何用无彩的双眸紧盯路面？街面一尘不染，洁净非常，似有活水不断冲洗一般，该有的本色一点未变，已有的异尘一丝不沾，有一团揉纸掉在了不起眼的角落里，被海风一吹，它也能不见踪影。

　　街上并无车辆行驶，也没异虫来往，很是单调，能看见的，只有人和人为的物，心灵光鲜的他们，既把身上的衣穿得赏心，又把陪衬的景理得悦目，人人衣着亮丽，物物借光成影，只余得叛逆的草木，被剪折平齐，不能再入人眼。

头顶热烫，光轮何时到的正中？眼底神光流转，他竟已能视物。真有光来，他倒还不愿接受了，俯身躲到兽影里，倚着兽身，石体冰凉，竟能刺骨寒心。

腹空如洗，舌干唇裂，吞舌蜷腹，还能延续半刻人生。默算时间，原来到了第三个日头。煌煌大日，熠熠流光，凡尘绿景，黯影浊金，这晚冬的太阳，为何有了酷夏的温度，让人心都不能得到片刻满足。

他撑起身来，不顾全身骨肉酸痛乏力，只愿再活半生，活得自在。毕竟，在别人控制的世界里，做一点自己想做的微不足道的事，才能无愧于人生。

"老板，吃粉吗？"

"嗯。"

先喝汤润喉，再进食果腹，等有余力，该走了。以前的那些有什么用呢？带足现金，其他的，全扔了吧！

沿大路前行，看得到的景，漫山荒草，寒风拂面，草枯叶黄下，一切山影尽是土色，偏又留存几点墨绿，让人误以为骨气尚存。

哪里来的冷流？无力摇晃枯草，倒也懂得借力水汽压迫自然。在这之外，人呢？如无必要，他们不愿掀起半点反抗。水汽凝冰，薄薄的一层覆盖群山，起初风响可破，却不料越积越厚，叫人再也无能为力。几天前的阳光呢？太阳轮回后，冬天的日头又一次败落。

他缓步走在路上，小心前行，兴许是有了人为的造物，硬化路面的冰层融化得出奇地快，只在路沿还有少量冰片残存。除此之外，他还要面对的，就剩这低温了。

经过几天行程，他已经认不出此处地界，能看到的，不过山中村景，山体巍峨浑厚，村寨房舍成片，大地银装素裹，天空晦暗昏沉。路侧的山林之中，几分钟后，又看到了一棵深山含笑，一颦一招手，和它的同伴一样，洁白的花朵开满枝头。按理说，和季节同色的它，本该不易辨别，但它白得太过异常，花瓣无暇，蕊丝纤长，和它一比，这透彻的冰倒像是含了许多杂质，不那么纯净。

身上新买的黑色紧身羽绒服，穿着真是碍事，把帽兜盖过眉线，又要靠它依存取暖。手上无事可做，伸手握起一块冰，想知道冰化时的丝丝耳语，却被冰冻得生疼。不自量力。把它抛到林中，砸中一大片碎冰哗哗落响，让这死寂的世界能多一点安慰人心的鸣铃之音。就这样，每三步扔一块碎冰或石子，权当有人陪伴。

细雨旁落，人影无处安放。道边有一栋孤立的两层楼房，前不挨村，后不接店，孔砖砌成，没粉刷没贴瓷，窗户空洞，墙角荒草倾俯，内里有三个孩子聚在火堆旁，或蹲或坐，搓手言笑，有着自己的新奇物，也就不必在意别人怎么活。

"小朋友，我能进去烤火吗？"

"可以的，叔叔，进来吧。"

进去后的视感，平房砌成后就不再管顾，整个儿荒废凄凉，无门无窗无地板，地面尽是枯草碎石弃料。他站在门前，盯着那火，现在燃成了呛眼浓烟。

"叫你少弄点马桑木，你偏不听，现在好了，火熄了。"

"看看红薯熟没熟。"

"把马桑木捡出去，放点干柴进来。"

"叔叔，进来坐嘛。"某个男孩让开一坐凳，蹲在一旁。

三个男孩本来两蹲一坐，现在三个都蹲着，各忙各的。

"谢谢。这种天气，你们怎么不待在家里？"

"家里不好玩。"

"我们来这烧红薯的。"

那个安静的小男孩未曾说过一句话，把火堆中的马桑木码到一旁后，又默默地往火堆中添放干柴。火势渐熊，驱除寒意后，红薯也熟了。

"叔叔，你要不要吃点儿？"

"不用，我不饿。请问这里离镇上还有多远？"

"有点远，两个小时的路程。"

"叔叔，你不是本地人吗？"

"我是外省过来的。"

"你来这里做什么呢？"小孩子的警觉性还真是不易隐藏。

"旅行，走走，看看。"

"那你晚上住哪里？"

"酒店或者旅社。我要走了，不然今晚赶不到镇上，三位小朋友，再见。"

"拜拜。"

人生的旅途，无外乎走和停，相伴前行的，终将是镜花水月、水沫泡影。他站在旅社门前，注视街道那侧的菜场。

清晨的菜场，静谧之中突兀了几处动序，格外醒耳。菜摊上码放的蔬菜各自默契；肉摊上正哐哐地劈猪砍骨；鱼池里已经有了快死的鱼，翻着白眼；女环卫工在拖铲扫地，去污除垢；药店女医师打着哈欠，却还注意门庭仪表；其余旁人，全在其中各自穿插。各色人中，有一个衣服洗得发白，裤面粘有多处黑痕的年轻人，带着一个同样穿着的男孩，男孩手中提着不下五斤肉；两人骑上摩托车走了，男孩坐在油箱上，任由脸上挂笑的父亲护着。

再一看，家家贴联挂灯，户户刮瓷洗窗，这景这物，原来已至年夜，只是，为何这里过年不似家乡那般隆重？

第二章

"弟，你去喊大伯，唐踩到烂玻璃了。"

"嗯。"

那里站着的四个小孩，也和家乡不同。他们站在竹林下，叶摇碎冰声。农田一角，踩中碎玻璃的男孩，圆脸憨痴，平头墨眼，扎进脚跟的半环形玻璃块正丝丝掉红，他还在没心没肺地嬉笑，再敛声好奇，为何同伴神色凝重？

从田坎过来的父亲，小跑步态，原是匆匆焦急，待看到儿子脚上的伤势，也就开始慢步闲行。冬日里，有了阳光照耀，闲去耕植劳获，人们操心的，又有不同，只为享受，既享受寒阳枯景，也享受人聚情合。若真在局中，却也看不透彻，忽略了外景，只担心意切难真。

"唐，你不痛啊？"大人问男孩，语气中带着些许寒阳的慵懒。

"痛什么？"男孩低头往脚底看去。

是不痛，嗯，有点点疼，啊……好痛。男孩就地坐下，抱脚哈气，龇牙咧嘴，就这样，还把那看作同伴的调皮之作。

"没得嘀样大问题，把玻璃抽出来，敷点蜘蛛网就好了。"

"在你这伤口还没好之前，你不能吃糯的东西了哦。"

"啧啧，你这玻璃是不是看准日子扎的哦，刚好过年这两天，有好东西也不得吃喽。"

"这么冷的天，穿嘀样凉鞋嘛，真的是，自己找罪受。"

今天他家杀猪，几家几户聚起来，看到脚底淌血的男孩，都会打趣几句，吆喝拉猪时，做一点本就不多的细琐事，男人刮毛剖肚、理脏翻肠，女人洗菜切肉、生火做饭，各自忙完各自的，就全围坐在炉火旁，谈天说地中，静等妯娌们的手艺。年年相同的菜式，今年是咸是淡？人人关心的收获与前景，是应得的赞誉还是合计帮扶？

男孩的父辈，加上堂兄弟，共有九人，整整一大家子，喝酒的男人坐一桌，小孩坐一桌，妯娌们站在灶台旁，顾火添菜。上菜了，和往年一样，芹菜粉肠、干椒猪肝和小炒瘦肉，每张桌子各分两盘，交叉摆放，再在炉火正中煮一锅鲜肉，便各自拿起筷子，等女人们发话。

"再等哈，锅里还没放香草和花椒，等我去拿来，再多煮哈子。"

受伤的男孩坐在竹条沙发上，脚跟蒙着一层黑网，作为一个伤员，吃喝必有人伺候。他的眼睛扑闪泛光，不能和孩子同坐一桌，让他无奈，被限制活动的他，眼巴巴地看着，看着大人们吃喝随意，东问西答，总结一年得失。真希望有人能夹几截粉肠给他，喊一声，再望过去，盘中连芹菜都不剩一根，把空盘递给他，笑他油水拌饭，猫着身从别处给他藏了些，"被骗了吧"？明天除夕，希望各位对他好一点！

　　第二天，人人跑前跑后，走进走出，繁忙之中有着不知疲倦，母亲洗衣扫地、清猪头煮猪头，父亲四处帮衬、贴对联贴门神，都想把家顾好，不愿折了面子。有同伴喊他的名字，早就厌烦久坐的他，起身单腿蹦跳前行，双手左右扶撑求稳，等赶到声源，却发现：同伴们已然忘了他的存在，三人正忘形地打着四角板。他的心中虽有少许怨愤，但就这样看景，也挺好。

　　鞭炮声声响，余音袅袅绝。猪头熟透的人家，燃起的鞭炮声震彻环宇，一家接着一家，不曾断序，刚烈之音，在大山间回荡流连，与之相辅的，青烟弥漫，笼罩四方，似有雾霭千重，又像光影叠生，整个世界，真是热闹非凡，却和他无关。

　　"唐，过来烧纸了。"爷爷在叫他。他的爷爷矮小精瘦，蓝衣蓝裤，蓝衣内还穿了好几件薄衣裹暖。

把猪头从血口到下巴正中连线，劈至脑髓，洗净煮透后，在正对堂屋门的院坝里横放一条高长凳，将猪脑壳装盆放在长凳上，再在神龛下、堂屋门旁和长凳下各分放一叠长钱、板钱和三支香。

猪脑壳的摆放也有讲究，鼻子朝上朝前，扁嘴衔着猪尾，以此祈天敬祖。

"唐，你去点火炮。"

三处香纸从里到外依次点燃，男孩的爷爷把一根燃起的长香递给他。红亮的香头正逐步蚕噬着未有的光阴，忽浓忽淡的青烟忽沉忽散，余烟缠绵，烟线纠织后，如薄纱掠影，既虚无不存，又幻影幻物，手捧抓不着，却唤人心神不稳。鞭炮声响起，炮声冲天，龙吟虎啸时，威震山林，长啸不止，又是谁家的炮声，揽过了传承的喜庆？

"唐，进来作揖。"

爷爷站在堂屋里，男孩瘸身跨门，走到神龛前，面对祖先灵位躬身拜上几拜，祈求保佑学习。他虽双腿并拢，脸色肃穆，心中的小心思，却不如爷爷想得那么多。瞄到有人端走了猪头肉，小孩跳跑到厨房，恨不能马上加入分食鼻唇耳朵和猪尾巴的家人中间。

"你那伤口还没好之前，不能吃这些东西。"

"少吃一点还是可以的。"

还是能吃一点。猪尾巴最抢手，眨眼间就没了，之后是鼻唇耳朵，再就是瘦肉。忙完这些事，才下午三点，该做年夜饭了。

以爷爷为家，父辈兄弟四户能围满两张方桌，先是选择每种菜样各一盘共九种，再以三三方格端到堂屋里的大方桌上，八个席位各盛小半碗米饭和几滴杯中酒，燃鞭放炮点香烧纸后，把杯中酒全倒在神龛前的火焰上，就得吆喝起哄吃饭了，一家十五六个人，不想热闹都不行。

有酒的喝酒，喝不了酒的喝饮料，一人倒七杯，杯杯有情谊，推谈嘬饮，和气礼敬。年年有鱼，必备大菜；牛腩毛肚，定量解馋；炒鸡炖鸭，味妙鲜香；再有鲜肉腊肉肥肠粉肠蔬菜瓜果，全端上桌。桌上杯盘分明，吃的喝的都有，再饮一杯后，晚辈夹菜让筷，长辈连赞懂事，只谈家长里短，真算其乐融融。

晚饭过后，女人开始收拣擦桌洗碗，男人还继续未完的话题，小孩们则端一杯饮料，东走西串，看自己想看的，想自己愿想的。

男孩坐在一角，电视跟前，坐等春晚幕起，也等亲人再聚，每年都有，早已成了习俗，共赏那文武争艳。

窗外爆竹鸣闪，五光十色，映亮了半边天，也让这天明白：人为的世界是何等多彩。再一声炸响，又能换一种光色，有人在攀比中装饰此景，对此还真是羡慕不来。

屋外顽童的嬉声不断，所行所为，好玩而已。借着檐下夜盲，顽童们又起了新兴致：捉迷藏，既藏在柴堆草垛间，也藏在门檐房柱后，既有白天下的死角，也有夜色中的鬼影出没地。夜色的伪装还真是可怕，让胆小的人不敢妄断前行。

本来顽童中有男孩一角儿，但现在他只能听听这声了，要是有伙伴肯来陪他坐坐多好。藏在黑暗中，无人能找到的他们，无聊且寂寞，还剩心虚，虚人虚鬼，也虚心虚神，再看小空间外的炫亮大世界，目眩神迷，人也就迷离着走进其中，走到男孩身旁，共赏那红灯绿火，光华轮转泯灭间，家人们，要珍惜一年中难得的一聚。

到点了，小孩每人一把糖，顿时心甜嘴蜜，脸上的笑容也乐得开花，把世界都惊艳得喜红。殊不知：在这喜红色的氛围里，阴风中，草木摇枝摇叶；可曾有：在那喜红色的红包下，激动着，默算钱多钱少，再忽地藏到身后，要交给母亲保管。

大年初一，天色阴了下来，黑云丝丝团团，不争也不怒。万物铁则，有阴必有阳，天地奉阴，人情为阳，其中以家人情为最，不管有事无事，均愿围坐成一圈，嗑瓜子展笑颜。新年第一天，除了吃喝玩乐以外，谁也不能做其他杂事，新鲜的板油需要现熬，还是先去把油熬了吧。

四个女人走进厨房，各有分工，切肉烧火，翻炒舀油，再来点闲言闲语，顿时笑声如潮，只以厨房为世界，不让别人听见。

"你们几个不要玩了，快去上坟。"

每家点一个小孩，结伴去上坟，小孩的欢乐宇宙不为时间地点而改变，变了的外在，总要有其他人承受。男孩坐着、看着、听着、笑着、沉默着，挥手烤火取暖，偏头死盯地面，有一只不愿冬眠的小蚂蚁，在坎坷的道路上前行，过眼云烟枯景，只有它自以为是世界。

本家的一位叔叔拖着几根柏香树枝进了厨房，用来熏肉，同行的，还有几个没去上坟的小孩，听说是油锅中的连铁炸熟了，今年总算少了几个人和他们争抢，可以多吃几块。

"唐，你要不要吃连铁？"

"要。"

"快去坐好，要是你的脚一直不好，我们还难得招呼你。"

已经跳到厨房门口的男孩，不得不返身坐回火炉旁，心痒着、燥热着、等待着，小碗端来的几块连铁，和大量瘦肉油渣，裹蘸几点辣椒，入口之后，辛辣脆响，能刺激得毛孔直冒热汗。

上坟的小孩回来时，正好饭点，把背篼放在阶坎上，里面的刀头、酒瓶、香纸和剩余的鞭炮，先凌乱放着，饭后再整理。到哪家座谈玩牌的男人们回来了，把衣服紧一点，双手插进衣兜，脖子缩进衣领，哈声呼气地走着，眼神被冻灭了，麻木无光，抹去了家人不存在的世界后，才有点滴温存。

古时传下来的，这天，他们不吃米饭，以甜米酒为汤料，先煮一锅汤圆，再是用清汤煮粉，两者选其一，总有符合他们胃口的食物。

这天晚上，留给人们的休闲时光，男人们四处走动寻找牌友斗地主，女人们四人成对打双生，小孩照例放烟花、捉迷藏、弹弹珠。男孩还坐着、看着、听着、笑着、沉默着，坐取炉中火，看人手上牌，听屋外人心喜，笑他人所笑事，静闻爆竹声声明光起，闲想风鸣凄凄水影稠。

空中的乌云是何时散开的？因为心霾吗？

第三章

　　村里的这条路，真是不好下脚，入眼所及处，牛粪遍地，在新修的水泥路面上晾起点点黑影，又见春雨细丝，潺潺淌过的青色水流，把整条路面都染得发黄。

　　他错身横移跳步前行，不想身上沾染丝毫秽物，却又免不了秽物沾身。让这茫茫雨林做个见证，他身上这几件薄衣，应为谁湿透？又为谁湿透？顺河流淌的雨水，源头为清，现在为何浑了？被流水冲刷的泥土，前世为污，现在为何净了？点点万物，争吟怒吼，不屈不甘，既在万物之中，又在众生之外，是被诱惑黑心了吗？那又为何不和洗得新白的外表一样，把内心敞开，涤洗干净。

　　走上这道大坎，总算有了点干净地面。他想漫步前行，上身却冷战不止，思行倦怠，还是去坝肩的工棚里避雨吧。

　　"师傅，我能进去避会儿雨吗？"

　　"可以，进来嘛。"

　　"谢谢。你们下雨都还要上班吗？"

　　"在赶工期，忙得很，不做不行。"

　　"不怕感冒啊？"

"不得事嘞。"一气呵出四个字，由四声顺降到一声，还带着些绵塌的柔气。"我去帮忙了，你自己在这点坐哈。"

他颔首回礼，视线随人走动，也把屋中布景看得真切。

着实脏乱不堪，床单被套洗得发白又染得油黑，薄如蚊纱；机器零件新、废各堆一处，黑白分明，新的有遮有挡，废的锈迹斑斑，浓浓的柴油味从中飘荡升腾，在屋内充斥弥漫，也混杂点尘土气息；当中的简易火盆里，白灰满溢，落在粗抹的砂浆地面上，在这潮湿的季节里，还能让地面勉强保持干燥和平整；火烧柴的声音，毕剥炸响，生木的树皮内，不知正受何种煎熬，不敢怒也不着火，只在火影晃不到的两头断口处，泪流狂泣，把自己的剩余价值熬干净后，迫于大势，也只剩燃火了，渐火焰升腾，在此之前，屋中逐时蓄紧的浓烟，早已让人泪流不止，落到这种境地，走也不是，不走也不是，仅仅因那铁皮棚壁是死物吗？熏黑了心，还能遮风挡雨，内中苦楚且自知。

门外有一老汉在朝屋里窥望，想说又不敢说，踟蹰着面对陌生人，再不愿进着、走了。雨丝蒙蒙，承载了不该承受的岁月，也掠过了毫无作为的人生。老汉又一次站到门外，踌蹰着走了进来。

"师傅，等哈去我家吃饭嘛。"

春雨阻路，本应抱怨，它是有着少女心的愧疚不安吗？还是单纯的欠礼？抑或是祥瑞馈赠？他怔怔地看着老汉。

老汉面黑肌瘦，黄口黑牙，喷吐的唾沫中定含了点滴牙垢，寸长白发，一身粗布蓝衣，还有一双湿透的绿面解放鞋，正咯吱踩响。

"若是可以的话，真是感激不尽。"

"那你等哈和其他师傅一起过来哈，我就不再过来单独喊了。"

"好。"

老汉离去的背影略显单薄，再嬉笑着转身，笑对别人时，谁还能看清他的背影？谁又愿看到他的背影？看到的，还是看破不说破，能把自己的轨迹理顺就好。

"大师傅，你们今天啷个早就下班了？"

"老黄公叫我们去吃饭，去晚了不好得嘛。"

"二哥们那组还不是要去，他们都还不急，你急嗨样嘛？"

没有回话声，是不愿回答还是不屑回答？或是不敢回答？

"大师傅，我们先过去，不等二哥他们了，你去喊哈坐在你们那间的那个人。"

"喊个陌生人去得不得行哦？"

"老黄公已经说好了的。"

走吧。刚出屋门，全身还笼罩水汽，身后也牵扯几缕烟影，走到雨中，一切幻想都将不复存在。在细雨中前行，慢慢体悟，似有丝丝呓语入耳，涓涓清流伴乐，沙沙风叶为鼓，滴滴落雨作调。所有的所有，只为无人和他寒暄。

到老黄家是一条土路，他有多久没走过这种泥泞破路了？自己也忆不起来。只看他现在笨拙地蹚水搭步，毫无顾忌，就能明白他已经走惯大道，其余的？很久、很久了吧。

沾鞋的泥，脏了鞋面，可知他有洁癖爱干净？裤口的土，擦蹭得丝滑冒光，又要得几多眷顾，才愿在无知无觉间离开？走到这里，越近人家，他感受不到雨淋，抬头去看，一个黯然的小空间上，已被遮天避光，路旁的茁壮大树，你们时时争行夺日，又可曾为旁人想过？在阶坎上重踏两脚，刮去泥垢，进得屋后，温暖了许多。

老黄家的房屋结构，现时可不多见，土坯瓦房，黑壤地面，略显寒碜，泥灰作浆，石块垒砖，拢砌而成，浆线多不平直，细看下，泥灰中还有沙石点点，将落未落。屋中一侧有个火坑，正火势熊熊；另一侧排着具子和饭架，均是黑面朽心，还在死撑强硬，不想被劈开成薪。

他没说话，坐着，听着。

一半人坐在火坑旁，一半人聚在另一间，各有各的话题，各有各的圈子，他找最近的地儿坐下。身下的椅子为何这般矮小？是那个年代就有偷工减料了吗？还是被岁月无情地抹平了不该有的记忆：椅面沟槽横生，到死也避不开命运的年轮。

"河边水汽重了，是要比其他地方冷点。"

"小伙，你的胃不行，就多喝点蝌蟆草熬的水，我那点有大些的蝌蟆草，自己去弄嘛。"

"我听说，他们用刺梨根煮猪肚，把胃病给治好了，不晓得是不是真的。"

"胃病只能靠慢慢调养，不可能治好的。"

"欸，大兄弟，你是做什么工作的？"

"嗯……我是一个自由旅行者，到处走走、看看。"

"你这生活过得高雅嘞。"

心底的苦累烦闷，只有自己知道，别人了解到的，不过一面之词，说得好听，过得再不济：也有脸有面；述得不好，过得再充实：也会被戳着骨头贱骂。

在火坑上方安一个三脚环形火架，菜端上来了，白汤酸菜鲤鱼，放在火架上，用小火慢煮，还配有两个小菜：青椒腊肉，肉肥透亮；切片香肠，皮薄馅香。

"大师傅，我给你们抬根板凳来放菜嘛？"

"不用了，老黄奶，菜放地上就行。"

"真是不好意思了嘞，吃饭的桌子都没得，还没得嘛样菜。"

"这菜够丰盛的了，有鱼有肉，不得挑剔。"

"桌子多的不是，我们是想在火边热和点，在桌子边上冷飕飕的，还不安逸。"

火边确实暖和，尽管他的后背还很冰凉，但他的前身已经起了雾气，晃花了镜片，再凑近烤烤，不影响视物。老黄奶端来了一盆菜薹放在具子上，又转身欲回厨房，有人叫住了她。

"老黄奶，过来坐到一起吃吧。"

"你们先吃，我还没太饿。"

在自家的地盘上，她显得这般拘谨，是有求于人吗？老黄公第二次过来，端着缺口瓷碗，还未落座，就嚷嚷着让所有人喝完自己的酒，再掺一碗。酒本是苦物，却用得这般高兴，是言不由衷吗？

围绕火坑一圈的酒碗，也不嫌地脏，专为等人躬身来端，是想享受众人虔拜的诚心吗？空中飘落的烟尘，轻身细舞，曼妙惹人，落在碗底，遗留得圈圈涟漪。又该添柴了。饭友们均叉开双腿，有人双肘挂膝俯身，有人侧眼靠向椅背，有人神色不耐，有人呲声笑谈，筷子都拿在手中，无一人吃饭，全盯着地上的酒碗，何时能再提一口？

"各位老板，快点把碗头的酒喝完，我再一个人给你们加点。"

"来，来来来，喝了，老三，老黄公都说了，你就一口干了嘛。"

"我们不是老板，老板坐在里头的，你去那边招呼好他们就行了，不用管我们。"

"你们都是老板，我都要招呼到位的。"

不想喝酒呢，又怕辜负主人家的一片心意，锅里的鱼肉快煮化了，先夹一块入口，跟着端碗接酒。笑吟吟的老黄公，对谁都要笑劝一口酒，一圈下来，还要懵头懵脑去另一桌礼敬诸位。

"哎，你还记得我们那个时候爬火车去另一个县城看霍元甲嘀，霍元甲在那个时候火得哦……啧啧。"

"我嘟个不记得嘛，当时去那边还和当地的小混混打过一架。"

"现在部队都是实行三三编制，不可能出现那种情况。"

"那有什么办法？在工地待个几年不回家都是常态，老婆在家做点对不起自己的事情，为了孩子，还不是要将就过下去。"

有委屈的人，说话的语气都不一样，自悲深沉，轻咦浅吟，生怕别人知道是在说自己；眼神暗埋，未吐的不快，苦咽下后，还得自己来抗。

说话的眼镜男，在众人中如鹤立鸡群，异常好认，身上无油无垢，穿着搭配另类，腼腆内向带着丝丝阴霾，神情沉郁。眼镜男的话无人回答，是戳中了他们心中的伤苦？还是无人感同身受？或是不愿听见，也不想让人难堪？

"我听当地的老乡说过，他们这边养牛多，但是他们嫌牛粪脏，没人用，每年春天都会打青，到山上割些草啊、小树枝啊，埋到田里，代替牛粪。妈耶，我心头还想说，牛粪比草的营养高多了嘛。"

"这是他们的习俗，也说不上好坏。"

"老黄奶，过来一起吃吧，反正人不多，也不挤。"

"我给你讲嘛，只要有折耳根的地方，一定会有野葱，不信你哪天抽个时间到周围逛逛，看看是不是真的。"

"三师傅，你在这火锅放了几颗砂仁，味道是要好多了嘞。"

"老四，叫你少喝点酒，你偏不信，你自己对比哈嘛，我比你还大五岁，哪个认得出来？肯定会说你大。"

"老黄奶，叫你家儿子过来一起吃饭了嘛。"

"他不来，害羞得很。三，过来吃点东西。"

"现在的年轻人都这样。"

她的三儿子，坐在花生型灶台前，背对众人，正低头玩手机，脚蹬灶口，把椅子坐得只剩后面两只椅腿，黑色羽绒服和头发相连，整个儿就像一个暗色板影。老黄奶坐在一边，尽吃碗里的米饭，不肯伸手夹菜。

"我再告诉你嘛，母鸡不下蛋，公鸡是不会追的。"

"三师傅，我们上班的钱……老板哪个时候给我们哦？"

"你直接去跟老板要啊，他肯定会当场这样，唰唰唰数给你的，你和我说有啥样用嘛，没得用。"

"我还告诉你嘛，三月桃花汛，四月清明雨；七月十五定旱涝，八月十五定收成。一年中只要这四个天数好，种地是不会挨饿的。"

"对不住你们了，我蛮是喊得凶，你们来了又没得啥样菜。"

老黄公又来请酒，每人喝完一碗，再加半碗，老汉又轮敬一圈，还呵斥伴侣：妇人别多事，难得高兴，自然要敞开了喝。到老汉走时，已要东偏西扶，还倔强地拿碗拿瓶，要去另一桌酒战。

酒足饭饱后，人人借遁离去，十几个人，留下的，不过二三，还贪恋火炭的余温。

"朋友，等哈你有休息的地方没得？"

"我准备去镇上旅社。"

"这边去镇上有点远嘞，而且还在下雨，我们工棚还有张空床，一个老高工的，他还没来，你要是不介意，可以去那点住一晚。"

"谢谢好意，我求之不得，怎敢说介意。"

"你们几个还坐在这干吗？那边差角子喝酒。"

"一起过去吧。"

这一桌，电炉三面的沙发皮革破卷，海绵坑缺不全，粉白的墙壁霉斑点点，如画纸上的着墨浅影。两桌合拢后，又有十来个人。

"朋友，到你划拳了。"

"抱歉，我不会划拳。"

"别装了，年轻人多少都会点酒拳的。"

"我真的不会。"

"那我们就不勉强你了。老五，到你划拳。"

雨，要下多久？才能把这黑夜刷白；人，要活几世？才能有苦中偷乐。酒醉中，熬不住的人去睡了；酣畅前，是否要再陪领导一杯？

"我有个亲戚，以前在这个镇上当镇长，现在调到市里去了。这镇中心的广场其实就是她主张修的，就这一点，为镇上带动了好多收入嘞，当时，镇上哪个人不念她的好嘛。"

谈说别人的事迹，不会羡慕，也不嫉妒，说着高兴，也是自尊心。

主座坐着一个老师傅，头戴黑皮鸭舌帽，脸上浅笑连连，似要在合时宜时赔笑几声，到他出拳时，他会先拱手示弱，再缩手出拳，年龄在那里，也没人会刻意针对他。再有一个人，十有九拳胜，输掉的一拳，他会端起酒碗，邀请酒友同饮一口，不论怎么算，都不想吃亏。

"大家喊拳的时候大声点，正月十七，主人家就图个热闹，让别人家听到。"

"酒后是不能开车的，你开了车就是犯法。"

"春节那两天，酒驾是最多的，在市里面，只为了关酒驾这些人，看守所外都开始排号了，那些警察把人抓来后，先记一个电话号码，看守所里面有名额了，再打电话通知人过去。"

"现在是政策好了。"

"老六，还在喝酒，你揩喃样眼泪水嘛。"

可能是进了刺眼的尘粒呢？还是说有什么不敢言说的伤心事，借酒后硬挤出几滴模糊中的泪水？

问话的人老板模样，从锅里夹了一块海带后，把海带移到蘸水上空停了两秒，再颤抖一次，才放回碗里。想不出这样做有何意义。只是虚假表象？还是心有不满？也许是蘸水不合口味吧。

"很晚了，我们回去了吧。老五，你扶哈老师傅。"

"老黄奶，今天谢谢你家的款待，现在快十点了，我们先回去，明天还要上班，麻烦你自己捡拾一哈。"

"老黄公呢？"

"他早就休息了。醉得不成个样子，像个嘀样事嘛。"

"朋友，我嘴笨，就一句，敢于追梦，就是好的。"

老黄奶真就坐在那里，双腿并拢，双手握拳放在大腿上，看着客人们划拳劝酒，等着他们结束离开。不管她的心中如何想，至少，她的脸上是有笑容的，就像这雨落大地，最先接触的，肯定是外壁。

"朋友，你还没睡着啊。"

"嗯，睡不着。"

"第一次睡工地，难免的，我们当初也是一样。而且这里水汽重，被子是润的，睡着也不舒服。"

蓝色工棚里，以铁皮做顶做壁，当春雨来袭时，如有杂乱的密集鼓点在耳畔响起，再炸响两声春雷，确实让人难以入睡。

"老大，陪我去镇上找妹妹玩哇。"

"好嘛，说走就要走嘞。"

说着说着，人们都各自上了床。幸亏他身下的床和别人的不一样，不然他还得考虑该如何栖身。

隔壁房间里的酒醉之人，口中嘟囔着自言酒语，这才多久，就把工地上的所有人数落了一遍。

"那个小伙就是看不起我。"

"老板是对我好，但我自己的身体，自己晓得，不碍事的。"

"三师傅一天就爱乱嚼舌根子，跟老板打小报告。"

"一天念嘀样嘛念，你们懂的怕是还没得我多嘞。"

"不要闹了嘛，我要睡瞌睡了。"

酒醉后的神态，绵软的语气，似在放弃生命，说话多不过抱怨和哀求，停下不过两秒，又得唉声唤气。

"睡不着哦，哪个和我讲哈话嘛。"

有的人明知道喝酒不好，可每次都喝得酩酊大醉，还美其名曰老板心好，不能辜负心意，外出打工，拼着健康不要，也不愿让自己吃亏一星半点。

酒鬼骂完后，又玩起了手机，老年机的按键提示音下，掩埋了不知多少心酸，拨出的几个号码，许久才有人愿意接听。

"儿子有嘀样用卵嘛，还没得姑娘懂事，白把他养大了。"

"他吵到你了哈，不用担心，他就是酒喝多了，脑壳有问题。从上班到下班，每天都要整几个二两，现在他的儿子都不怎么接他的电话，只有他女儿还会接他的电话。整天都是懵的，面子不自己去挣，像是在等人给他送过去一样。"

"天要下雨，老婆要嫁人。不要说话喽，啰觉了，哪个再说话我要骂人的哈。"

"经常说这话，也不嫌腻得慌。"

终于如夜静了，可夜里还说梦话，多少的愁怨，也被他说给别人听了去。

翻过夜，难得好天气。他把床恢复原样后，走出房门。春阳暖人，虚晃的太阳，又从乌云后冒出半个脑袋，洒下几线光束后，再次被乌云遮蔽。结束了漫长的雨季，靠着雨水的反光特性，今天的大地亮堂了许多。

坝上有吆喝声传来。机器出了故障，需要众人合力才能解决，有人抬得腰酸背痛，需要休息一会儿。边上的五六个人，看别人工作，自己不好意思干站着，上去一个，再上去一个，独留一个人站着，那个戴眼镜的年轻人，抹不开面子，走了。

酒鬼的脸憔悴老态，他没有去工地，而是在工棚后瞎晃，开后门还特意去戴双手套，嚷嚷着戒酒，喊得响亮，每天都是这个口号喊十几遍，也不见他真有行动，照样整天昏昏沉沉。

"师傅，我走了。"

他的路，在前方。崇山的绿影，且淡且新，地里才冒出的绿尖，不消多久，定能盖住早已过时的黄叶。

再有，团团的水汽，低一点为雾，高一点是云，在山间环绕是雾，在空中飘荡为云，两者间的联系？靠着雨吧。雨丝如线纠织，雾点似烟缭绕。云和雾，以人为参照，立场不同，视野也就不同，在其间生活的人类，能看到的，就更小了。

第四章

就个人来说，有些时刻的太阳很多余，譬如此刻，光芒浓郁炽烈，把大地耀得惨白苍茫，他走在路上，不想去理那光，却被那光刺得燥热难耐，全身困倦乏力。呼啸的山风，时重时轻，带着些许山间的凉爽，缓解了他的孤寂和抱怨。

山顶的道路，高低起伏，左右蜿蜒，在几十公里长的山脊线上摇摆不定，贯穿首尾。路侧，杂石乱缀，石面凹凸不平，石坑中沉淀着雨后必有的黑色泥垢，再有几汪积水，在光照下亮成互不相关的点点波光。石棱上只能单脚站立，他在杂石上小心攀行，跳过一条石罅后，用手平衡重心。眼下这块平直的石板，斜插进地面，面上不知被何种频繁的外力磨蹭得锃亮。

静静感触这呼呼的风声，弱得辨不明方向，须臾之间，又吹得人身不稳。狂风啸声阵阵，引得万物和鸣，其中以弱草最欢；次之为风尘，卷了一粒进他的眼，刺得他眼皮直眨，眼睑睁合时，他忽然领略到：人生的风景，不只在眼前，还应在远方。俗时更美，雅时静美。

远方的朦胧，寄托了人生，绚丽的余晖，终点，却是死寂。远方的天地更辽阔，磅礴大气的群山连绵不绝，一重叠过一重，山间缭绕的浓雾经久不散，隔绝了眼中的云下世界。再说这山，一眼望去，所有的山巅高度相仿，平铺至远方，山影逐渐变淡，渐至雾蓝，再至虚无。既然所有山高相仿，前行的视线本应阻碍重重，他却能一览众山小，可是因为光线的扭曲？还是因他人为地拔高了脚下这座山峰。

　　转身去看山脊另一侧，远方也有一条等长的山脉，如长蛇躬行。而夹在两条山脉间的盆地上，不高的山丘如群星点缀，在开垦的出地间正遗世独立，不动不争，怡然自得，但终归是死物。

　　实在太晒，找个阴凉地休息会儿。在狭窄的石影下，他箍紧全身，不安地四处挪移，不让身体接触丁点儿阳光，只是这石影下为何这般阴冷？身上这件薄纱可不能御寒，倒是有点怀念被自己扔掉的那件棉衣了。

　　又觉太凉，找个茅草坪躺下，享受阳光照耀。闭眼看光，薄薄的一层虹膜，正在刻画他幻想的世界；耳畔的风声似在轻呓，述说着整座大山的故事。无人能够听懂，却能充实那个世界。

　　"就是这里了吧！"

"这个地方没得事蛮？"

"没得人管的，走，我们找个地方打牌去。"

一黑一黄两头牛，黑的肚子浑圆，黄的身线苗条，被两个小孩留在山坡上，任其在巨石间穿行吃草。万物生绿的时节，一切都得有盼头，明光灼眼，不看就是，只需埋头苦干，肯定会有收获。成片的杨树林，种满了山脊两翼，在微风中，它们只需迎拍合掌，就能放身高长。林地上的杂草，有一米来高，枯枝腐叶，人行时能带起脆响连连，摊开一片枯草，两人盘坐在杨树影下，抽拉起一副久用变厚的纸牌。

"对蛋。"

"对八。"

这局牌俗名叫"王八蛋"，分别以王、8、Q拟声，整副牌中抽出王、8、Q和4、9、5各一张后开局，只能出对子，不能出单，双方都没有对子时，与对家互相抽牌，最后手中各剩三张时，继续抽牌，直至一方手中有王、8、Q三张的为败方。这种规则常常被小孩们诟病，牌局最后到底该由谁来承这个名，得看谁推得凶了。

单看规则，牌局易懂，可人心难察，就像那杨树的树隙。树隙本在树冠中，由杨树自己支配，落地的光斑，却又要随太阳的位置而改变，树隙又如何自已？不过是在光线之外，藏匿一些隐晦的秘密罢了。

"我们玩七王五二三吧。"

"好啊。"

某个小孩的目光总是摇摆不定，总往牛群瞄，另一个小孩的眼神总死盯牌面，用它去接落地的光影。枯黄的松叶，不过是受到时光的无情追逐，失了永恒，再有春风荡漾，便簌簌全往下掉，把腐土越埋越深。

七王五二三，倒是把七排在了王前，稍稍满足小人物的小心思。打这牌没什么技巧，两人各拿五张牌，依次比大压牌，胜方再从牌堆上摸牌凑齐五张，直至某人能在一轮中把牌出完为止。

"不玩了，没意思，我们去滑滑板吧。"

山顶那块平直的石板有了用途，两脚并拢蹲在滑道正中，两手拉着石沿两侧，手稍用力，人便呲呲往下滑动，由于石面还不光滑，常常是双脚的速度跟不上上身的前冲力，小孩也就顺势起身小跑下坡。

"太没劲了，我们去另一个地方。"

某个男孩看了一眼水牛，另一个男孩看着黄牛。水牛躺在某处石影下的水塘里，滚得全身湿泥；黄牛在水牛四周游荡，东看一眼，西啃一口，甩动着牛尾巴。

无心顾虑，可以去那里。

和杨树林接壤的松树林中，有一条成六十度角的光滑土道，本是用来放原木下山的，现在成了小孩们的玩物。折几根松树枝，手握枝干，人坐在松叶上，借助流线型的针叶，滑行的速度能大幅提升，还能免得裤子被搓破。冲向下时，用双脚刹车，低端很窄，千万不要被冲到坎下。有得玩了，谁还去管其他的。

松林树荫里，没有太阳直射的灼热，也隔绝了世俗无知的目光，凭本心嬉玩的童心，稚言无忌，对着深山大吼一声，趁余音还回荡在浓密树影中，两人各选滑道一侧，互相争行首位，借沿途的灌林攀爬而上，再从五十米长的滑道顶端俯冲直下。高速疾行的快感，迎面吹打的迅风，把小孩的意识和双眼虚晃得模糊，让他们再也看不清身侧那飞速后移的光景，他们唯一愿意看见的，是在滑道上冲行时，那个终点越来越近的未来。

暮色渐沉，总需回家吃饭。且行且寻，要找牛在哪里。待到沾身的泥土变干，用手一搓，只余下淡淡浅影。

"我家牛在那块空地上。"

某个男孩指着某块荒芜地上的水牛，同预想的一样，它只在傍晚时分，温度下行时才愿起身，在红光下甩尾缓行，咬下一棵嫩草，再抬头晃脑，无辜地瞪着他们。被牛眼瞪着，一个小孩高兴，另一个小孩就只剩心凉了。

"我去找我家黄牛。"

牛去哪里了呢？山的这边？还是山的那边？抑或是被人牵走了？真怕找不到自家黄牛，不然，回到家后，又该怎么面对爷爷的怪表情？心颤站着？还是倔强哭着？

"我和你一起去找。"

霞光渐隐，青云渐浓，树林中的鬼影，在人心不愿接触的角落，又在借势阴嗥，恐吓着影单的孤童。面对身前的小山，是该左转？还是右走？不会是想让这无助的男孩跟随那缥缈不存的天机，由星光还是夜风来指引方向吧？心一颤，不如把整座大山都跑遍，总好过回家挨骂。

"我教你个方法。"

某个男孩告诉他。把左手掬起，往手心吐一口唾沫，用右手食指重点唾液，看其溅飞的方向，就是他的选择。人在心急无措时，才会做出这种选择吧。

"我从右边过去，我们在另一头集合。"

另一个男孩走往唾液溅飞的方向，向山的左翼走去。沿路荆棘丛生，灌木浓密，对人行阻碍重重，他才扒拉开一丛矮树，又被几根尖刺割了手臂，俯身从树下爬行，再举步艰难前行。这天色为何暗得这般快，是丛木锁闭了光域吗？还是他的内心暗淡无光？四周缠身的棘影，可愿让开一条生路？让他无忧无虑，过完天真的童年。

尖刺茅叶留下的浅痕血影，哪敌得过他内心不安的悸动。他再次前行，把一切都扑压在身下，真正有了无畏的勇气，强加在身上的伤口也就算不了什么，把他们全推到以后，那个无痕的未来。

黄牛在小山这翼找到了，被困在丛丛荆棘间。它本能走出这困境，却不愿走出这困境，只因在它脚下那片不足方圆的小天地里，长满了茂密的绿草，浅草没蹄，没有受到外物摧残的绿景，还未让人眼前一亮，就成了它的口食。

男孩紧蹙的额头缓缓舒展，眉开眼笑，想对身后的小山倾诉些什么，看那树下阴森的暗影，还是算了吧。把黄牛赶在身前，让它在前方理顺岔生的枝条，踏平无端出现的劲草，如此，这人生的道路，竟好走了许多。

和那个男孩汇合后，从小山右翼返回，平坦的大路，何须再去费心费力，偏要斩出一条只有自己愿走的狭窄破路？无非心中有所求而已。

"再等哈吧，牛还没吃饱。"

两头牛放在荒地上，他们走到石上坐着、看着，背对霞光万丈，笑谈青云叠影，幻想如神仙畅游天地，遐思那云彩似禽似兽，有晚风夜袭，卷来了家人的思念，放牛的孩子怎么还不归家？

"你看，天上有飞机。"

高空的机影，似手中模型般大小，机身亮白，熠熠流彩，以小孩的视界，在霞蓝背景上，如同龟速蜗行。而在机上，高高在上的人们，眼中的两个小孩是否也是如此？还是无须关注？

"是哪家的牛在我家菜地里头，看不到里面油菜不是哇？"

远方山腰处的虎猛女音，刺穿层层音障，是在为谁高呼？可惜无人应答，只把鸟兽惊绝。

"一个黄牛，一个水牛，喊不听是不？是不是要我亲自去捉你们才晓得信？"

呼呼的风，为何浸得人这般身冷？太阳的遗光，要把这世界亮到何时？被惊飞的群鸟，又一次盘旋不安，在想把谁作为赌注，堵住悠悠众口。新一轮明月，恍若未觉天色未夜，正由天际缓缓爬升，这一刻，是他的天际，下一刻，是他的天际，下一刻，是远方的某人，别人的天际，而那轮明月，在不属于自己的世界里，让人在眼底印下淡淡浅影。落霞之下，雾气更浓，莽莽群山，似镜是景，峰回物转，浩瀚苍茫，而在这景中，被困住的大山，终生妄求挣脱不得，被蔽住的双眼，一世想要放眼无望。

"是在喊我们吗？"

"好像是。"

荒地上，零星点种着菜，原本铺散开来的绿叶，现在只剩寸长浅茎，或是被牛嘴拔出来，嚼得满地皮屑。除此之外，地里再无其他作物，只余枯草密集。山腰咆哮的女声，音调不稳。可是为两个小孩而来，让他们在平淡中增添些许紧张？

"我们走吧，从牛那边绕回去。"

一个小孩牵水牛在前。另一个小孩牵黄牛紧随，走在林间小路上，不敢发出一丝声音，只愿别被发现，不然回家后，说不定爷爷又会是何种表情。反正吓人。

森林里的鬼魅，何必张牙舞爪？想用那无害的小伎俩，去恐吓心中已被惊惧占满的孩童，你可知：这样做，并不能再对他心中的负面情绪产生丝毫增幅？脚下的狭路，凹凸不平，深深一脚，埋了他半边身躯，把大腿刮得生疼，却不敢叫喊，撑身起来，再蹒跚随行。竟然这样，要对不可知的未来忧心，还要为脚下的险途分心，不知无知，到底是谁如此无情？致人全途忐忑。

"你们跑喃样嘛？吃了庄稼，赔就是了，这点道理都不懂不是哇？"

想要反驳，又无词可用。思绪飘荡，她怎么会在这里？那是菜地还是野生？旁人不知。

"你说哪家哪家的，我回去了再去找你们。"

星光点点降，云影层层生。大地之上，天空之下，无畏的人类，又要开始寻欢作乐，余下可悲的人儿，你们可曾有怨有恨？为了守护家人，抛弃的，何止一星半点。家人情，源自血脉深处的情谊，拘固着，不羁的人心；心中的责任，可能放下半分？用来思考？此生是否值得？还是：为了家人，可以舍弃一切？无问无答，那就放掉一切吧。

刺背的茅尖，遭到压迫的反击竟如此犀利，本是羸弱的叶茎，偏要生出如此刻薄的尖芒，能入肉三分，茅尖尚能伤人护己；而柔软的叶茎呢？有凶芒外露，却要让你来承受不可反抗的压力，心中有悲有憎，但同根同叶，你又能奈它何？默默承受吧。抽一根初生的茅穗，剥去外衣，取出嫩绿的穗芯，放到嘴里咀嚼，清甜的汁液里，有浓浓的寄托和思念。或许，一切都是值得的吧。

他站起身来，打算继续前行。在夜色里，看一眼远方，那两个牵牛的孩童被月光恍惚得若隐若现。他们回到家后，该面临怎样的呵责？而他的爷爷，又会是哪种表情？视界之外，能接触到的，当真有限，不能人言即是真。

漫步星光下，细闻春风味，可知的宇宙间，静得出奇。就这样静走一晚吧。脚下的水泥路面，将会去往何方？静了，静了。把心放空，莫管风泣鬼嗥，山中的魑魅，可敢伴身随行？影下的魍魉，岂需深藏不出？是哪家的狗吠？又是哪处的虫鸣？错开它们。他想看到的，无外乎这山、这夜、这月、这星和这景。

第五章

　　早晨，当给人希望，不能让人伤心。他坐在站台边上，看红尘绿景，听八方嘈声，有光有影，有声有色，攀谈者，皆有圈子，圈外之人，概不过问。

　　人流车阵，少不了秩序，而在秩序之外，是人心吧？它可很随意，能把人抛至高入云端，也能把人推到地心深处。鸟鸣啁啾，空中的两只小雀，是从何处绕进这座大城市的，看其眼花乱啄，神色迷离，各自分道，与墙镜中的鸟影相伴互娱，既被大城所惑，也就注定了：它们会在城中消亡。与自然的联系？城中，它们哪还有自然。

　　路侧的街树，肃然不动，常年无风的小世界里，树叶不能及时掸开黏身的烟尘，在叶面积了厚厚一层黑垢，有暴雨冲刷也洗不干净，哪还能看清它的本来面目？阳光中的屑尘，为何这般高兴？仅仅因那光辉再降，为又能让人看到你的曼妙舞姿而庆祝吗？还是渺小的人，一直这般放荡？不由蔑笑一声，人如何能懂它们的欢娱。

　　"今天的太阳，真好。"

　　光芒如丝如缕，钩织得浩然广阔，成件件金衣，披盖在万物之上，灿眼无际；背光一侧，阴影之下，不知苟活着多少畏光的可悲生物，忍气吞咽着光辉伪装下的卑鄙勾当，在光照盖顶时，被极致压缩的空间里，偏居一隅，不敢有一丝逾越。

　　刚结束的雨，还没来得及收起混入风中的湿气，就被太阳赶到了蓝天之外，只在地面遗落成片水泽，留待行人取影，再了然无痕。行人取影，因人而异，以人的眼睛为参照，同一处水面，各人看到的物影不同，不大的一汪积水，如何能装下如此宏大的世界？还是说，水中世界并不大，不过方圆几尺，只是人心不知足罢了。无知的人类，任意践踏吧，反正水下有你们的倒影。

　　无形的风，漫无目的，拂过绿叶飘飘，惹得百花艳舞，最终，却被城市的欲望挡住了去路，风止尘散，被风裹挟的球形花粉开始飘落，黄霭霭似梦境朦胧，落地铺撒，如尘埃般不引人在意，再由波光荡到水坑边缘，围成一圈黄色花环，既让人知道它的存在，也对水纹和风表示感谢。或者，不为欲望，风中的花粉只是被降雨无情击落的芸芸众生之一，不能反抗，那就努力根植，借力长生。

　　人世繁华，从来灯红酒绿；草木耐静，只因风雨飘摇。要享受这繁华盛世，可不敢浪费点滴光景，晨起之后，先跑步练气，暮收之时，再闲行遛鸟。那年轻人呢？吃喝玩乐者困坐一厅，奔波事业者焦头苦行，谈爱说性者则仰沐晨光，在最直白的光下，说最直白的蜜语。

"我喜欢你。"男对女说。

"我觉得我们只适合做朋友。"

时光可能扭转？岁月已然消逝。无尽的时间长河里，掩埋着多少刻骨的爱情？短暂的人生世界史，心知不能事事着花似锦。

"我喜欢你。"女对男说。

"我，不能喜欢你。"低迷中的凄惨，使人心冰雾层叠。

"为什么呢？"

"我没有情了。"

"情去哪儿了？"

"情啊？被我献祭了。"

话音中的悲凉，算是宽慰人生，自个儿的人生。

"献祭给了谁？"

"献祭给自己。"

情，为何会被献祭？因哀大心死？还是看淡情欲？或是以情换名利？而把情献祭后，换得的馈赠如何？是八方名动？还是寂寂无闻。

城中的湿地公园内，池塘被修饰成一弯月，池边插种着四季不凋的各色塑料花，以彩虹七色为序，足足圈了三层，花色变化处还不生硬，柔和渐变的花色，在朝阳下，波光闪烁间，朦胧艳绝，美轮美奂。

花虹外围，先是一圈铺着狗牙草的陡峭边坡，高约两米，边坡之上，修着一条红地跑道。跑道上，洒汗揽巾的，全是一些年轻人，衣服穿得紧致，女的曲线苗条，男的肌肉垒块，他们的出现，着实为公园增添了不少光彩，既大饱了观赏者的眼福，也满足了场上人的虚荣，若有可能，还会成就一两段美妙的姻缘；挽手相依的，年龄俱在五十岁以上，带着自家孙儿，漫步在曙光晨景中，孙儿调皮，就怒笑着呵斥几声，惊着了，却巴不得捧在手心里呵护。

跑道再外围，是一圈草皮缓坡，有十米来宽，草坪上分散聚坐着各家情侣，眉情眸处时，消耗着大把无用时光，眼角暗瞄处，无外乎觅寻另一副好皮囊。云影飘绝，空中再没了碍光的物；层楼高耸，可恨人间有不透光的墙。如何能看懂人心？何人又愿看懂人心？看懂后又能如何？徒增苦闷罢了，还不如懵懂度日。想问世间：真正能坦诚相待的，又有几人？

池塘弯道正中横切的一座黄木栈道，无顶无篷，因饱受风雨鞭策，现已伤痕累累，浅斑点点，就这样，它还要忍受凡尘俗人的欲望践踏。桥上的行人，皆行色匆匆，所行为何？钱财第一，有钱能花天酒地，有钱也能养家糊口。匆匆的行人，可有谁愿意在桥上停留半步？看看那花、那水，也看看那桥木，要何等残暴的刑罚，才能让它这般枯朽？即便被踩得嘎吱作响，也不愿放弃余生。

或许，也可以站在横跨时间长河的桥上，看看时间之外是什么。虚无，亘古不变的虚无，虚无之中，万物不存，只余下静，静看浮光掠影、人世繁华，偏错不开人心。

是谁家的空调多降了几度，带起的气流，把街树的树叶扰得晃动不安，街树本不生长于此，被移植到城里后，身在异地，心中难免有些局促紧张，再一丝风吹草动，还不得身颤不止。但那沙沙的树响，倒像欢呼，让人沉醉。

在站台坐凳上坐着的两个年轻人，一男一女，男的拘谨，脸方木讷，女的沉稳，眉唇妆浓。两人坐得近，却一句话不说，男子背着双肩包，躬身坐着，双眼虚定地面，女子提着文件袋，用手机当镜子，正整理妆容。

"唐，他的意向如何？"等了十来分钟，女的问话了。

"说不准。"

男子说话低喏，眼中色彩四溢，却始终不敢正眼看对方，不敢找话题聊，也不愿找话题聊，他给人的感觉就是：

沉默寡言、避实拒人，目露精光，仿佛他的眼中就是一个世界，而他肉身存在的世界，好像除他之外，其余都是外物似的。那他干吗还要找一份工作？是心有苦衷？

女的魔怔地看了男的一会儿，再幽怨地回头看手机。她不明白：人为什么会发呆出神？有大把的好景不懂欣赏，非要沉陷在属于自己的无限幻想中。

对面的医院，人影不绝，以济世救人为名，进出大厅的生人，慢慢地，也会变成熟人。

四周的高楼，黑光溜亮，行租住办公事，不知需要吞噬多少有碍发展的人生，才能把人眼遮蔽到自陷。

一个独自等待的人，默默站在眼角余光外，不受待见的角落里，行事和言谈，还要顾及路人的感受，无处安放的视线，生怕触到同龄异性，到时，免不了紧张揪心，再看那些草地上相依相拥的情侣，满是柔情的笑容里，温风中，是否真要有一个累赘？还只是羡慕自己无法捕获芳心。两个相互认识的路人，大声招呼，刻意提高音量，为了得到帅哥靓女的瞩目，必须挖空心思，想尽娱人的办法。

斑马线上的过客，以霎时变换的红灯绿光为基准，在不可更变的环境下，要走过这画窄的横道；酒吧门前，三两相扶的同性，两三做伴的异性，在不敢争娱的世人眼界之外，做着俗人幻想的美梦；KTV冷清后，需要休眠的小人物，路边吃过乏味的早晨，再睁开干涩的双眼，要去自认为安全的哪个家睡觉？或许，酒困时，在不能选择的时间，无法决定的地点蜷缩一息也行；眼前这个集合了衣食住行的大型商务广场，在某些人眼中，富丽堂皇的劲儿，排挤着寒酸穷困的他们，不敢跨进一步，这栋大楼，是属于有钱人的，也属于攀比心重的人，有钱且攀比心重的人群。

而谁又敢说：攀比心只是一种贬义？它就不能是一种前进的动力吗？

月落日出，真是把时间定得死死的。中午了，去吃饭吧。商务大厦四楼找一家竹签火锅，独自一人一桌，吃着热气腾腾的烫菜，抹着空调吹不干的汗液，点蘸着更加刺激味蕾的辣油，也观察着和自己无关的别人，想说两句和自己有关的话，却发现：没人愿听。与他相伴的，只有桌椅板凳，都是死物，能有的反应，全凭人的意志改变，若人心死了，死物又靠什么而活呢？光转雷鸣，能再添一丝灵动。

又一阵空调风吹过，把火锅上的水汽吹得透明，也把另一桌的声和影显得清晰。一男两女坐在那桌，男的脸皮细腻，两女眼冒辉光，针锋相对。

"钱有什么用，不就用来花的吗？"

"嗯，只要能和自己喜欢的人在一起，钱够用就行。"

"说得对，钱有用的时候就有用，没用的时候就废纸一张。"

"既然你们这样认为，那你们谁能借点钱给我？"

当着这么多食客的面，这男的是在显摆吗？还是在挥霍别人的感情？有人倒想问问了：钱什么时候没用？

"只要你肯做我男朋友，我就借给你。"

"只要你做我男朋友，我的钱全是你的。"

"骗你们的，就是问问你们，看你们怎么回答。你们知道我是怎么想的吗？其实我对钱并不看重，我以为，如果能用一点钱看清一个人，那就是值得的。比如说，因事急去找某人借钱，明知道那人有钱，那人还吞吐不决、含糊其词；或是借给某人钱，那人不思还钱。这两类人，我都不想深交。"

这是在说我吗？不，在他的一生中，这已经串成了一条线，正有无数小蚂蚁在线上挣扎。而他，一生中从未借过钱，艰苦求活时，挨饿吃野食杂草，不过平常；他只借出钱，收不回来的，就放弃这个朋友吧。

"有道理，用钱就能看清某些人，这是最划算的买卖了。"

"小哥哥，照你的算法，那亏的不都是你吗？"

"亏和赚，就要看各人心中的那杆秤怎么衡量了。"

"小哥哥，这顿饭你能请我们吗？"

"你怎么这样呢？说好我们俩请他的。"

"你们知道吗？我还有一个观点，我和你们算账的方式不同，我认为，既然已经借了那么多钱出去，那么，在其他地方就要能省就省，而不是大头都用出去了，又何必在乎这点小钱？"

看那男的，皱起眉头，纠结又不失礼貌地回答和反问，眉头舒展开来，和风细雨，表情变化的细微之处，拿捏到位，既不让人反感，又能在无形之中使人笑靥如花。

"小哥哥，你能做我男朋友吗？若是错过了你，估计我再也遇不到我的爱情了。"

"爱情有什么用？还不如一夜来得欢。"

男的眼角明显抽动了两下，但他无法反驳。现代人好像说话都不懂得婉转了。

店里的食客，何必冷颜漠色？人眼所见处，为何只聚焦在手机、菜食和前途上？锅里热气腾腾的鲜汤和肉汁，勾起的食欲，也是欲的一种，偏让人欲罢不能，而这浓厚的欲望色彩，竟把陌生人间的情谊晾得苍白低迷，还不如浓汤入味。

错开这些人，跨步进入烈日之下，踩伏一根逐日的狗尾巴草，一块踩松的地砖下溅出的黑水污了半截小腿。有洁癖又如何？烈日下腻得难受的上身，限制了躬身的幅度，懒得擦去污水。短裤虽然方便，脏了肉身可很麻烦。

　　选一家不碍眼的小店，买顶黑色鸭舌帽。店主如何？他收钱你拿货，遇见笑脸相迎、冷脸百般，有起身相送，也有紧盯手机，再遇到的人，他看你一眼，你看他一眼，各自错眼不言，又见面，谁还认识谁呢？

　　把黑帽戴上，帽檐压近鼻尖，可以遮挡头顶炽目的光芒，挡住的视线，反正对他毫无影响；也能隔绝世人漠视的窥探。在帽后，失神的双眼，可以观察帽檐布面的纹路，也能选择脚下的道路。在帽前，追逐名利和更多为生存奋斗的伴行者，既相伴无始无终的时间长河，荡起的涟漪，最后也会平静无波；还相伴无关的陌生人，为别人的人生添点彩。平凡中溢点彩，这才算人生吧？而形秽呢？他看不见别人，就当别人看不见他吧。城市的景和人，心中美好就行。

　　可惜，被社会的丑陋迷了眼，被遮蔽后，就看不到原本纯善的世界。

　　"你怎么不看路？"

　　旁人的声音？你可知此时他心中的世界：阳光明媚，

芳草繁花，山势起伏低平，一眼无际，无孤树森林，变幻的花色，突忽间晶莹蓝光熠熠，再一瞬火影红雾蔓延；空中的云朵，以太阳为中心盘旋不离，云团浓淡飘移处，总有几方蓝天，蓝天之上，昼夜不熄的群星，闪烁着莫须有的色彩。

还得找个借口。温度太高，太阳很晒，黑帽不能降温。找个阴影地，先坐一会儿，把胃里食物消化后，今天还能做什么呢？看城中夜景，天凉了，黑了，再开房睡觉。

高树浓荫下，盘坐远望，已在城郊边，春风迎面。花香虫语，草味芬芳，对面的十丈高墙壁，以一个平方米为单元，切分了整面高墙，每个单元种植的植物各不相同，有兰花爬藤，紫露玉带，藏得了小虫一两家，墙后暗沟缓淌的引水，集在墙角的水道里，还有静静水流声。

这两个枯站的人影，西装革履，整个儿标志挺拔，腹前的小扣把上身收得紧身，也不嫌热，站在另一丛树荫下，左瞄右顾。

"你今天有收获没？"

"没有，你呢？"

"也没有。我们今天早点回去吧，多买点菜，喝两杯。"

"你是不是又有什么烦心事了？"

"也没什么事，就想把你诓好，不然明天找谁带我上分。"

"今天周六了？还以为才周五呢，时间过得真是快。"低头偏脑，双眼无神，眼中迷离的记忆，在时间之外，如蝼蚁苟存，而在时间之内，自个儿都能忘记，既然微不足道，那又何必亲历？

无形的流风，吹动绿叶涤尘，吹过静水泛波，卷起漫天沙土，肉眼之外的烟尘，你们可敢掌控自己的命运？不受星力牵引，也无风流裹挟，飘飘然游荡宇宙间，看遍炫彩星图无数，凡尘俗景，岂能再晃动心神半分，而被星力牵绊环行的彗星陨石，它们对已定的轨迹是否心甘，对那些不曾放进眼中的不羁人生，或许，只有嫉妒吧，也可能还沉陷在不可自拔的旅途中，无暇思考。

"我先走了，看看今天能不能找到一个客户。没有提成，光是底薪保障不到生活了。"

一步、两步，离去的那个人，脚步虚浮，跨行之间，先偏开半步，再向前靠拢，有阳光来，用手扶稳几缕光丝，在煌煌天威下，倔强中，表象应当坚强，不能让人有机可乘。侧面吹来的风，把头发吹得倒卷，用手捋顺。去见客户，发型可不能乱。

留下的那个人，不知是想到了什么？又放弃了什么？

走进阳光，难以忍受，又回到树荫下，想坐在树凳上，低头看看穿的这身衣服，又不敢坐下，继续站着，拿出手机，看到高兴处，把笑容布在脸上，看到不喜时，快速掠过，想找到下一条能让人心灵高兴的浅言粗语。

一只小鸟自天外飞来，小眼睛扑闪得似珍珠莹玉，长喙长尾羽毛亮丽，在光照中反射出如铁的光泽。小鸟先是在街树上空张望，还未来得及栖身，就被沁人的花果香气吸引，扑飞过去时，啄花落果、餐虫饮露，流连群花丛草间，能忘记的烦心事，一件也不愿想起，能看见的花圃草田，既是心的投影，也是欲的具象化。真希望这翅膀永远不要折翼落羽，永生翱翔无穷天地间，把心绪放空。

"气质是存在电视上的，在现实中装是要着打的，在这个小地方还装嘛样嘛装，着打了都不晓得耳信。"

走在路上都能被尾随恐吓，真是怪事，你自己活成这样，怎么还看不惯别人过成那样呢？满口黑翘牙，瘦黑的手臂上文身刀痕，故作凶狠，一身枯败气，自己都成了这副鬼样子，还得在乎陌生人的封皮面？

现实，多么无奈又可怕的词汇，选择在现实的压迫下，又有多少人能遵从本心。

"啪——"

"啪——"

"啪——"

急促、催命的抽打声，惊飞的小鸟何止心中一只。购物超市前的广场上，何时聚起了几个无事的老人？用手中的长鞭，把拳头大的陀螺抽得噼啪作响、嘶叫欲绝，身颤头旋，就这样，还不敢有丝毫懈怠，要卖力地极速旋转，为主人的闲心消遣自己的人生。

"啪——"

"啪——"

"啪——"

又三声，是何等威震心际的狂鞭，让不能移动的花草，惧得躬身拜伏。而陀螺不甘的悲鸣，竟能感染到绕身的风泣长啼，内心要有何等凄凉，才能以等价交换，带走闲人的烦恼，不会只有时间和伤疤吧？

"啪——"

"啪——"

"啪——"

再三声，音渐低沉，心中似有无尽愁苦，不能全数倾诉，只能慢慢沉入心底。烈日炎炎下，暴躁的执鞭人，缓缓抬手，沉气怒甩出鞭，抽出的音爆声，像是同情，也在喝彩，建立在别人的痛苦之上，执鞭人却很舒心，长吁一口气，领赏般环视一圈四周聚拢的人，三两个走了，又聚起两三个，再次出鞭，像是在发泄不满，盯紧一个姿色不错的年轻异性，在一个陀螺快要旋停时，又把它抽到高潮。眼眶被填满后，再去听那心声，只剩：

"呜——"

"呜——"

"呜——"

似哭泣。也似嘲笑。

"朋友，你在这里等人吗？"

"嗯。"把帽檐抬高几分，能看到对方膝盖就行。

"你是在附近上班吗？"

"不是。"

"还没上班哦。你现在有买房的需求吗？"

"暂时没有打算。"

"房子每个人都会买的，现在不买以后也会买，我是做房产销售的，这是我的名片，有需要的时候请联系我。"

"互留个名片吧，我们是做线上信息登记的。"

"你们也需要跑业务吗？"

"偶尔出来谈客户，其余时间不怎么出来。"

"我们还算半个同行嘞。互加个微信怎么样？交流交流心得。"

把帽檐压低，懒得再去听他们的客套话。之后过来的一男一女，正好接过话题。他们眼中的神采也让人心悸，自以为是客户，眼珠出奇地亮，得知是潜在客户，当然要打好关系，但眼彩弱化了几分，再看到对面的女人很漂亮，平静的心顿时活络起来，要规划一个长远的、不可告人的勾当。说得光彩，小心思却是世人皆知。

嵌满花草的墙壁上，小鸟还在活泛四跃，戏弄艳花坠叶，拍打落水浮光，湿了翅膀，想再飞，得先静静地待会儿，好动的心却静不下来，在爬藤上来回踱步，趾高气扬，像在巡视自己的领地。真希望人力不要过早破坏这面壁影。

那只小鸟，湿翅振羽落珠，飞吧，不要拘陷在这奇花异草间，攀高俯望，这花、这草、这树和那人，还有高楼别墅围城，山峰流水，绿林春花和广阔的大地。还要和客机齐飞，领略平流层的风；要到大气层之上，呼吸大气稀薄；再到外太空，看看这颗孕育生命的蓝星，全景之外，笼罩着一圈富含生命的奇迹。去吧，到宇宙间流浪，顶着一副失了灵魂的躯壳，看到的神仙，听到的玄幻，望回头告知一声，把他所知的世界重新构建。

夜风习习，吹得身凉，四周已经消逝的人影，弱化虚无后，如一叶落地，终归是尘土。他们没再打扰他，他也就没看到他们。起身得找个酒店住一晚了。

一盏路灯下，不知从谁兜里掉的一张纸条，皱皱巴巴的，有被水浸泡过的痕迹，凹皱凸褶移词填句后，勉强能看清一句：愿做执笔一书生，写尽心中不平事。

真狂。

第六章

"哥哥，他打我，你帮我打他。"

一栋老旧的黑色木房前，院坝上，七八个五岁左右的小孩各自抱团，两个争玩具枪，三个轮坐玩具车，还剩几个，尖声锐语，笑声不断，互跑互逐，捉到后，由下个孩童在后面追逐。

说话的两兄弟，衣脏袖黑，拖出的鼻涕，先用鼻猛吸，再用衣袖去揩。大点的男孩始终没有出手，似在对比双方的实力，自觉打不过对方，也可能是因为不好意思对客人出手，脸上一直纠结，怔怔地望着那些穿着干净的孩子。

稚气的童音，单纯的矛盾，仅仅建立在双方的共识里，所谓儿童的共识，兴趣相同罢了。同一件玩具，你争我夺，一人大笑着冲刺跑开，一人在身后跟随怒骂，由于还未学全如何把心里的想法放到脸上，连他们的表情都还很让人同情，扭曲的面孔，最后只能嘟嘴怒目而视，驻足返身，一步三回头，想把那个同伴怨成今生的死敌。含泪欲泣，可惜无人同情，找一个当面的大人，倒地放声大哭，希望能得到自己心仪的玩具。若再遇到相同的爱好，理当放弃矛盾，共同追寻童心不泯，以娱为乐。

"唐，你来抓我们哈，抓到了，我们就和你玩。"

"唐，该你坐车了，我们推你。"

黑色木房两进五间，格子窗外蒙着一层白色塑料布，已经泛黄，常年风吹日晒，墙壁有着丝丝流水的浸痕，年前才贴的对联，还很红艳。屋内传出的声声碎语，有老人的经验闲谈，也有父辈的捉牌叠纸，外一间，厨房里，主人家蒸煮炒菜的繁忙身影，要窜到灶前添柴、绕到灶后洗菜、走到桌前调味，还要为忙于斗牌的亲戚端茶送水，所做的一切，不过是为了维持亲戚间血脉里还未变淡的亲情。

院坝里的小孩，又换了几种方式追逐嬉戏，或是摘叶吹曲，或是用镜子聚光取火，天真的世界，一切都是玩物，条形石猛地甩出，呜咽如泣，攀树倒挂，比高跳远，取白土捏物，挖土灶烧陶，不论得到的成品如何，全在乎过程。而他们的恐惧？只是大人的冷眼怒吼和鬼话连篇。

院坝外的平房，建在比院坝矮一个楼层的地面上，建好后比院坝还高一层楼，得益于墙砖对音的强导性，他能清楚听到楼房里的麻将脆响，牌友间的强颜欢笑、唉声叹气及沉默不语。

"师傅，你有什么事吗？"

许是他在院坝边长时间的站立，引得炒菜的妇女神色戒备，几次欲言又止，终于问话出音。农村，这个年代最担心孩子的安危。

"没什么事，躲会儿太阳。"

他站在古树影下，着短衣长裤，全身上下空无一物，站着不动，左看右顾，确实很让人怀疑。艳阳高照灼人，气温久升不降，一棵需要十人合抱的古树，茁壮霸绝天空，遮天蔽日成林，古树内腹中空，有层层火熏炭尘，据说是古树渡劫，也有人传树中有蛇，蛇被天妒，天降雷劫，只灭蛇身。

"师傅，你是哪里人哦，看着不像我们这边的？"

女主人走近几步，看一眼院中的青菜，又数几只家禽，再盯着他，想看他怎么回答。先把孩子哄到一边，能放心不少。

"我是一个自由旅行者，徒步旅行的。"

"具体是做什么？"

"写景阅花。"

看看四周的山，绿色已近九成，威势铺天盖地，暗影膝下求生。剩下的一成，有桃花粉红，也有梨花雪白，各有各存在的意义，也为生命延续。孩童心性，吓飞的几只小燕，铰剪尾尖刀翼，优美的舞姿，在地面成影后如风车打旋，待看到这些不想消停的小孩，还是先去啄泥含沙，筑巢搭窝。

"师傅，进来一起吃饭吧。"

"不用了，谢谢，我今天还要赶去镇上，怕来不及。"

"冒昧问一句，你这样做，是为了什么呢？"

他也忘了是为什么。就像平房外间那台积满灰尘的蝴蝶牌缝纫机，当初买来的目的是什么？缝衣装线？还是接活贴补家用？那现在呢？被遗忘在角落里的它，真要问：被蒙尘的心是为了什么吗？

风序起，万叶声，满天飘花飞粉，长河水痕流光。狂日随风，使润土抽泣得干燥，脚踩车行，承载着无力反抗的压迫，掀起漫天尘土，污了裤脚车轮，还得低声说一句歉：对不起。

一群通体黑色的小飞虫，漫无目的地飞高走低。在潮湿的南方，它们的翅膀常常附着水汽，有了不属于自己的负重，把它们的生活空间压迫得贴近地面，想振翅高飞，不出三尺，必定身摇体晃欲坠。无力再挥翅前行的它们，把双翅展开，借力滑翔，踉跄落地，不屈于现实的它们，刚落地面，还未来得及刹住脚步，又在梳理双翼，为下一次起飞做准备。太阳很耀眼，朝着太阳飞去，又乏力落下；

树叶很诱食，往那叶片飞去，再不甘地俯冲；再飞起，落下；又飞起，还落下。一个个抛物线，绘出了小飞虫的生命轨迹，成群的小飞虫在同一片天空下，重复同样的动作，从寄满希望的起点，飞到令人失望的顶峰，再落回早想抛弃的终点，还要把终点自我安慰成有希望的起点。如此的抛飞跌落，是生物的本性使然。大局观下，人来，只赞壮观。重复的不屈行为，让整个天地尽是虫飞及黑影，把人晃得眼花缭乱，屈指一弹，身死魂消后，被风一吹，沉尸河底。对飞虫群而言，不过死了一只无关紧要的同伴，并不能让它们惊惧，照样抱有希望地开始，再失望地结束，又抱着希望开始；而对人来说，在这样的环境下，人力有限，不能也不敢灭绝飞虫，消灭一只后，眼花缭乱始如终，没能改变分毫。

这，就是现实吧。

院坝里的小孩真是不怕热，奔跑时沁出的汗水，在脸庞上流下了一条黑色汗痕，用手一抹，顿时整张脸都黑了几度。墙脚那条狭窄土路，被牛踩出的陷坑内，积满了浊水，由于处在树冠和房墙的夹缝中，久久不得光照的地界，现在已经沉淀出点点黑泥；坑边被牛脚踩压而高抬的土壤，是在暗示人类要顺应时代变化，适时另创辉煌吗？

太阳渐往西斜，又该赶路了。背对女主人警惕的目光，不打一声招呼，他沿着小路走去，在女主人错愕时，走在墙脚的窄路上，深陷了一脚，湿了整只鞋，表面还附着一层厚厚的黑色泥垢，洁癖作怪，把他的嘴角拉得不住抽搐。找一处路边的青草，不管它有多么不愿意，先把鞋面的黑泥刮掉一些，还残留的污油和肮脏，尽管看着碍眼，此时无能为力，先忍着，到镇上再买双新鞋。绿油油的小草，也是生命，风吹叶乞惹人怜，真是下不去手摘叶擦鞋，算了吧。走两步，鞋里实在腻得难受，找个坎边坐下，先脱鞋脱袜，一切等晒干后再说。

一路走来，他的眼中只有景。微风拂过时，深吸一口气，再闭眼享受其中裹挟的花香；林间鸣叫的鸟儿，似在谈情说爱，音甜曲柔，只只成双成对；又有叶落纷扬，片片缠绕不分。这些景，若是能和人分享就好了。

眼下的梯田，弯行有度，寄靠在险陡的山坡上，把本不易劳作的山坡开垦成平行的田地后，让山间多了许多令人悦目的线条，平行的纵面线，曲线同心外绕，还有一块块立体错位的平行面。田里没有蓄水，田间浅草遍地，绿茵茵一片，是景，零星种植的油菜，花谢果熟后，只剩翠绿，也是景。在身旁抽出茅草一叶，把根部的叶片和叶梗分离三厘米长，左手食指在前，抵住分离后的叶梗，拇指在后，抵住还未分离的草叶，两根手指捏住分离出的叶片，不需用力；右手放在左手之下，同样指位，捏住叶子，用力一拉，叶梗顿时如箭射出，不能伤人，只当玩乐。一个人身无外物，除了看景，也只能借此消遣了。

夕阳之下，万物光影轮转，却始终逃不脱只有一个光影的事实。他坐在一处树荫下，看着迟迟没有干透的鞋袜，怔怔地看着，双眼虚无时，背影也孤寂不存，如同枯草坐立，萧索的韵味，味同嚼蜡。一个人的孤独，可以用沿途的景来填补，但真正静下来时，心中的羡慕与心酸，默然苦笑时，真心希望有人陪伴。

放牛回家的四个小孩，从山路上经过，把牛赶到身前，让它们自己寻路，四个小孩走在后面，说着闲时还没有说完的谜语，似笑又抿紧嘴唇的模样，像是生怕同伴提前发现谜题中的隐语，把小脸憋得扭曲，转过头去，一副要把牛群行进的方向找出点瑕疵的小表情，还真能骗过同样纯真的他们。

"小明的爸爸有三个儿子，大儿子叫大毛，二儿子叫二毛，三儿子叫什么？"

"三毛。"

"小毛。"

"都不对，不是说了吗，小明的爸爸，他的儿子当然叫小明啦。"

奸计得逞的神色在小脸上浮现，不过三秒，心许是觉得讪笑别人的尴尬，没有多少意思，又肃脸以待，等着下一道谜题，想看下一人的笑话。

　　"我出个对子：在上不是南北。"

　　"在下不是东西。"

　　"阁下不是东西。"

　　当我没说。孩子的笑脸，是因为大人没把熬苦的一面告诉他们。农村人外出打工，除了水泥路面，还有那些急需找工的人，无所事事地坐在繁华中心的街道两旁，或是找到那种不会赶走他们的漂亮店面的玻璃墙脚台阶上，男的坐一起，各自相望干瞪眼，传递着一张新出的钞票在炫耀或哄笑评价，剩下的那些靠墙抱膝，摆着拘谨又自然的姿势，有些人装修房子的钻头等工具并不是放在身前，而是放得稍远，一些人有了默契，也是放了一排；女的另坐一处，用了多次、沾着沙土的背篓放在身旁，或是干脆把背篓平放，人坐在篓底一侧，她们比男人更显大方，四处张望，可也不会随意和陌生路人搭话。他们全穿着老旧的布衣，有人来招工，就竞相争踊。

　　夕晖斜照，把人影拉得纤长；微风翻飞，摇曳着嫩枝绿叶；迎面的霞光，简直苍白无力，想问一句：在壮年之时，可曾辜负时光？到头来，心有余而力不足时，有点点辉煌来打发招人惦记的余生。

太阳下山后，山巅折射的霞光里，有一栋白色楼房矗立，楼房背面，有淡淡的霞光余影，而在楼房正面，已经陷入黑暗，无灯无烛，夜色再黑几度后，楼房和山影浑然一体时，孤寂的楼影，心也凉了。一个翻身骑牛的小孩，哼唱着不知名的俚调，有家乡的呼唤，也在向往远方。

穿上还未干透的鞋袜，走在山林树影中，摘两片通体洁白的茶片，有的清甜，有的涩口；取两颗枝上的野蘑，酸甜可口到步不能移；再折一根带刺的红色嫩茎，剥皮吃肉，清甜脆爽的植物气息，在吃惯了城中美食的他看来，未尝不是新鲜。

走在民房村舍间，傍山成阶而建的房舍，家家都亮起了灯火，一个趴在木房二楼的小孩，双膝向前半抻半跪，上半身已经全伸出楼外，无人照看，也不觉得危险。院坝那颗灯泡的拉线被他拉断了，小孩不敢告诉大人，他很胆小，怕被大人骂，所以想在大人还未发现前，先把拉线接上。取下旧线很顺利，在穿进新线时，由于大脑和双手长时间不自然地向下伸直，双手有些不可控的轻微痉挛，手轻轻一抖，碰到开关内的铁片后，全身竟有一些酥麻，不算严重，也不用当回事。

"小朋友，请问这里到镇上怎么走？"

"从这条路下去，到大路后右转，一直走就能到。"

小孩起身站稳，心中还很迷茫，不明白刚才那阵电麻是怎么回事。知道了原因，全身毫发无伤，也就对此无所谓。

"你踩到了大梨子树下的那条烂路了吗？"

"是的。"

"我们本地的人都不走那条路的，路边那家人的两栋房子中间有一条路，我们都是走那里。"

"现在知道已经晚了。"

皓月繁星下，路面泛着淡淡的荧光，若是汇了小汪积水，除非站在特定的角度，不然水面全黑。真应该买个手电筒，方便夜间赶路。走走停停，俯瞰夜下的群山，不似白天那般杂乱房多，单纯的夜色山景里，灯光点点亮，能让人心中生出许多平静。

夜里的坟堆，黑凄凄地孤立月下。尽管想在心中抹平自己对坟茔的恐惧，但他无论如何也迈不过那道坎，快速绕过去，身后似有鬼步叠音，不敢回头去看，心中打气后，扭头看一眼，身后空无一物，他却走得更快了。

一个站在田边的人影，吓了他一跳。有个小孩站在一块孤石上，一动不动，无依无靠地衬在黑夜里，似在低泣无声，默默流泪，也不用手去揩净，就一动不动地站着，像是下定什么决心似的，又不哭了，在小虫子没有完全苏醒的季节里，把心中的悲伤交给风泣吧。风泣如啸如怨，听在人耳中，却是鬼哭狼嚎。

他想向小孩问路，却不愿触及这份凄凉，只在心底静听小孩的诉说。

晚饭时分，家常小炒，各种剩菜经过多次回锅，已经把菜翻炒得焦煳。一家人围坐在没有生火的铁炉子旁，一个老人、一个中年妇女和两个七八岁的小男孩，老人有些阴沉，妇人有些埋怨，两个小孩小心翼翼地看人脸色。

"你再哭试哈，看我不打死你。"态度坚决外，恼恨着怒骂。

"有事好好商量，别动不动就打人，小娃儿懂得嗰样事嘛，说不得你在他们嗰大的时候怕还没得他们懂事。"语气有些冰冷，似在针对妇女。

"又不是我的错，你凭嗰样骂我？"大个小孩的反驳，哭腔也带了出来，泪眼婆娑。

"本来也不能怪他，你站在那里喊了半天，等他晓得的时候，你自己都可以把院坝扫好了。"

"还哭不是，真是皮痒了，讨打。"说着，真就拿起扫把头，狠狠地打在屁股上。

"你打吧，反正是你儿子，打死了也不心疼。"

"别以为我不敢，不听话的崽拿来也没得用，大不了再生一个。"

"他是你儿子，你还真舍得打死他啊？唐，别听你妈的，给你妈道个歉。"

"正好你不想要我，我也不想再待在这里了，离开这里就是。"

"你滚，不要让我再看到你。"妇女的咬牙切齿中，有许多不忍？眼底噙泪时，有多少人知道母亲的辛酸？

"走就走。"小孩的脸上流着泪水两行，就这么走了。他的泣泪，定会被看作又一次飙泪求全。只是，这一次他真的很难过。

走出房门，单薄的夹衣笼罩下，身体为何感觉冰凉？刺激得小孩忘了刚才的矛盾，泪水干掉后，正该考虑要去哪里。不能让他们找到自己，屋前的目标太大，人家太多，从屋后走吧，找一条山林中的小路，夜晚不会有人去的小路，走到下一个村子，再走大路向前。但，该去哪里呢？

小孩站在屋后角的田边，想着、迷茫着、委屈着，想哭，但，不能。选那条上山的路吗？很偏僻，不会有人发现他，但现在看不清路面，怕走不出去；下边那条大路？虽然比屋前要偏一点，但住户还是很多；中间那条小道呢？好像有鬼，每次路过那个水池时，都心神不安。纠结着、彷徨着，看着一片黑暗里，一盏盏明亮的光点。也还很冷。

还有一个人，一个童年的玩伴。那天是阴天，周末，同伴和几个同学一起，小孩走在同伴身后，两人因为一点小事起了矛盾。那一刻，要何等的勇气，小孩的眼瞳深处蓄起了浓浓的恨意，电光石火间，默算校外的阶步，澄澈的双眼里，蕴起的杀意，非死即伤，而后起身一脚，猛踹玩伴的后背，本想让他滚下十几米高的步阶，玩伴踉跄几步后，转身平淡地看着小孩，没有说话，走了。而那个小孩，笑了，毫无预兆，却是真的笑了。

"你在这里站着干吗？还不快回去。晚上的风吹起，冷得很，还没得屋头热和。"

小孩没有说话，不想回家，更不想面对他的母亲，他想离家出走，到处看看，却不知道要去哪里，天边可好？他的爷爷，真是让人伤心，忆不起容貌了，该有的严肃，一点不少，该低声柔气时，有太多无可奈何。

"你家妈是最关心你们的，什么好吃的不是先考虑你们？她是想你们成才，才说你们的，你看那些不熟的人，他们就不会当面说你嗯样不好，像隔壁大叔，他就没说过你们吧。"

"你也要为她考虑考虑，你爸一年到头，就过年回来一次，家里的大小事情都是你家妈在弄，有时候是急躁了点。"

"还有就是因为我，你家妈不仅要招呼你们，还要照顾我，心里多少有点怨念，巴不得少一个累赘，不敢明说，就拿你们撒气。"

黑暗中看不见动作，他却明显感觉到：小孩的思绪动了，不明白的事情，不需要去想，什么都不知道，悄悄过完童年，好吗？

暂时想不到去处，夜里也是真的很冷，先回去吧。到家中，昏黄色的灯光下，脱漆的铁炉子旁，中年妇女什么都没有说，但她的眼中一定深藏喜色，背过去，没有一个人看见。另一个小孩呢？只顾自己开心，大人怒时？冒点眼泪吧。

明晃晃的月光下，一溜白云飘过，遮住的月影，是应该怒骂？还是如烈日天，跟着云影奔跑？月光之外，星光璀璨，都是白光靓影，距离远了，一颗两颗的小光点，却把单调死寂的宇宙衬得清晰活跃，闪烁如大脑。

虫鸣声声悦耳，夜光渐渐隐迹。又一朵薄云从月下飘过，唤起的微风尾随，把下一朵薄云带到月下，在他的眼中，如烟般飘散，又恍惚似梦境。而在别人眼中，不过是一朵无碍的云罢了，碍着别人的眼。

又没能问路，慢慢走吧。夜色时，哪里最平，往哪里走，何处最亮，向何处去。有风声做伴，虫鸣作曲，叶响随风，林动成潮，哗哗的月光波，要把叶片正面洗得溜滑如镜，得失之后，让叶片反面泛着贫血的苍白，同枝同叶，终究做不到一视同仁，患得患失，之后才明白万物皆空。

坐在小房子里的长胡子老头，石身人像，想同他一起寻道人间；隐在光中的金身仙体，又在与他放言红尘；林中阔步，是鸟在追；卧榻之时，又有天书在畔；水中的精灵，衔起的水珠演绎着万众人生；朝花夕逝，龙盘凤栖，麒麟身上火，金乌日中灼。一切好景，却是梦境掠影，打发对夜晚的恐惧可好？

孤魂野魅，惑得了人心，也就忘了生之本性；群星繁影，用得了皓日，理应督促万物向善。

在梦的东方，夜的西方，混沌之间，众生浑噩不觉，现实与希望混淆不分，选择现实之后，希望却遥不可及；有了希望，是选择梦的延伸幻造，还是永恒的夜色无边，有人在穿行，他只想恍惚自己。而那个人的眼神，竟有赞赏和默许，又像在刻意回避。

说不定的未来，小时候就展露神异的稚童，父母期待的，不止高官巨富，还要在他们所认识的圈子里，把他们所能想到的子侄辈，一个又一个，单点出来对比评论一番。小时候不如他的，长大后的成就超过了他，父母免不了抱怨着数落儿女几次；小时候比他优异的，长大后的成就不如他，父母又要对旁人虚伪着惋惜，心里暂时平衡了；另一类，比上不足，比下有余，就顺其自然，能力争上游，必要长父母面子，若处在下游，只好叹人生命运如此。

　　能问个问题吗？树好像长高了。恍惚中的年轮增长，又肉眼可见，草叶沾露后，似闪烁着诱眼的神光，七彩光晕时，本该明亮，却朦胧得似幻似真，有渡轮过处，把不在同一点的空间，交给时间来拉近彼此。

　　湿露拂身过，凌晨月光寒。身侧的寒露，寒气散放，把他冻得一激灵，激灵着醒了。黎明的曙光，划破的那片云，放下几线光丝，想跑过去沐浴其中，太阳却把光束移到山外，照过那片惺忪的睡林，停在那个人眼无法企及的角落；还是怪那朵看不懂人心的白云？自己有得享受，哪还管得了别人？况且，看懂了，白云只会破烂不堪。别去顾那真实，天亮了，再去想其他。

　　左侧鼻翼猛抽，吸不了气，好像感冒了，喉痛鼻塞，大脑还有些昏沉。管他的。点几滴露水在指尖，清洗一下干涩的双眼，空气清新后，还是去镇上看看。

小镇不大，人字形街道，且行且缓，他到镇上，已经是两个小时后。今天赶集，街上的人还挺多，站在老镇中心，粗略一看，各样的人生有各样不同。

萧索的街道一侧，只有一个老人枯坐在门前，神色迷离，竟有几分留守前的希冀与满足；另一侧，两个小孩在游乐设施上，嬉笑欢颜，想让外物暗淡无光；一个年轻的美妇人，个子不高，一米五几，双手各牵着一个四五岁的小女孩，还背着一个更小的男童，为这条冷清的街道增添了些许人气。

而在小镇中心，摊贩如堤，行人如潮，各家的杂声，且乱且热闹，有小孩跑过，带着稚笑铃音；躬身背背篓的老太，神情有些木讷；推车的妇人，神色坚定，许是看见未来那盏光亮，属于儿女的灯烛；有走街串巷的小贩，在推售蹦跳龟和老鼠药；有几个人的目光躲闪，躲闪前，在盯着某个行客看，躲闪后，在大众不曾注意的余光里，盯着另一个行客看。

能怎么办呢？都是微不足道的小人物，何必为难彼此。

荷塘正中修砌的一个方形观景台，被锁得死死的，孤立在池中，无一人能靠近，水面下降时，荷叶干枯后，能平添多少凄凉？默默承受就好，陌生人看见的，还是笑脸。刚才下雨了吗？附着水汽的地面上，润湿的衣服要何时才能干透？太阳再现时，先去光照下取暖，四十五度角俯视那条宽阔的河面，流光熠熠下，如环环相扣的铁链，锁住了暗藏汹涌的平凡人生。

山中绿景，全无杂音，空灵的鸟叫声，叫出了宁静悠志，破土而出的嫩尖，在思绪之外，时间之内，又多了几根。雨后的世界，空气更新了几分。

由极薄的片岩构成的山体，日晒雨淋后，坡体松散陡峭，行走时要小心滑石。他从山上跑下，尝遍了蕨菜、椿菜，看着忙碌摘茶的采茶人，耐不住也想摘两片；果林开花后，欣赏这花山似锦，想着那一个不可知的收成。再从山下走到山上，山巅和风阵阵，群山绿痕随风如潮，激荡起的波浪起伏，在既定的根基上，也是人生的浮动。

不经意间飞进嘴里的小飞虫，是该多唾弃两口呢？还是直接吞咽下肚？潦草的人生应该就是这样吧，一无所觉间，时光荏苒，到最后，自己都不明白，他是属于那个庞然大物呢？还是那只渺小飞虫？

站在山腰那个满脸纠结、戴着黑框眼镜的油腻男子，镜架在鼻梁上滑下来后，又被抬起、放正，如此反复多次，许是厌烦了这样，把眼镜取下，捏在手中，不顾眼前模糊一片，还盯着那处：两个挽手的情侣，你侬我侬，山腰男子脸上的错愕和眼中的沮丧，霎时绽放开来后，转身走了。

而他的心中所想，超脱不了狭隘，即我改变不了别人的想法，也猜不透别人的想法，既然无能为力，那就按照自己认为合适的去做。

不过，心酸之时，垂头丧气，仰天轻叹一声，天蓝；俯地哀鸣失意，地绿。天蓝地绿间，蕴存的传奇与平凡，岂会因这点小事而泯没。何处飘来的云层，为何乌云离人最近？因为它包含了浊气。

沙沙响的风，吹尽失意人的心，涓涓流的水，浊流中汇入几丝清水后，拉出长长的几线清水丝，弯绕蜷曲，倔强不舍，在大势中挺刺眼的，被污了心后，也会变得浑浊。为何不反过来看呢，清水涤尽浊尘可好？

诸君应该知道，商业社会，有噱头才有赚头，有赚头才有搞头，没搞头谁愿意做？那些人吧。

想留恋一眼春天的景，漫漫长途路远，可敢可愿顾盼长生，星史留名；有情有义，红尘琐事，人间沧桑。再往前看，是征途。

第七章

头顶烈日，很热。尽管已经褪去了不必要的衣着，只穿短袖短裤，闷出的汗液，还是腻得他浑身难受，想找树荫憩息一会儿，这诱人的微风可不敢让他驻足一步，不然真担心他走不动道，又会在野外睡一宿。

前方有村舍，鸡鸣狗吠不止，燕雀争啄不休。早已过了育苗阶段，现在是插秧期，家家帮衬，户户争早，有男子肩挑、身背，把秧苗运到田坎边，由几个人抛秧到田地里，再齐心插完，一同吆喝着回家吃饭。

绿树环绕间，留在家里的女主人，正忙碌在灶前，想弄一些村邻间的小吃食，俗称栽秧粑，其实是糖麻圆；一个坐在树下的稚童，邀来两个相熟的同伴，意味深长、装模作样地感叹人生，又忘却烦恼地斗娱斗乐；还有几个在做家务的小孩，却是心安。

"唐，提猪潲去喂了。"

"唐，饭里少拌点盐，不然狗吃了会掉毛。"

"你看那狗的口水滴得哦，像八辈子没得吃过饭一样。"

"唐，把锅盖盖好。那句老话说得好：人快不如火快，火快不如锅盖。"

借饮一瓢水，谢说万句言。那个机灵的小男孩，又被乡邻赞了一次：头大脑门宽，长大要当官。闲行乡间漫步，那个犁田的农夫，脸色黧黑，本来有着喜悦的笑脸，听了一声抱怨后，转瞬阴沉。那声抱怨，像是耕牛哼出的，又受了一鞭。

摘两颗栽秧藨、折两叶茶片和茶藨，紫红色的映山红，去蕊吃花。他看见两个野外工作者，不顾烈日湿衣，默默奔行时，想寒暄一声，他们漠不斜视。一个山塘不大且水浊，起初不在意，几百米外，又见一个山塘，方圆十里内，见了十来个，听人说那是海子，每个海子大小不一，如串珠相连成图，和天上的星图对应，最大的七个海子恰合北斗七星。这也是当地人所说好运永远光顾的由来。

再跨一步，时转空移。田里的水稻已经抽出了几根嫩穗，正作为先锋，在试探夏日的态度，也在借夏日作幕，偷瞄这人世繁华，若有可能，想亲历一次红尘，待到稻香四野，舍己为人可好？

那三个结伴的幼童，放学后，先在路边买几袋零食，吃干抹净，再猫到一角弹弹珠，时间到了，快回家，例行去放牛，路过稻田，四顾无人，抽几根还未挣出裹叶的稻穗，拽着稻叶在头顶旋转几圈后甩出，比比看谁的飞得远，有大人看见，必定怒骂。

三个幼童瑟身绕开后，到另一块稻田边，各折一根田里最高的稗草，把叶子和多余的支穗剔除，只留最顶上的一根顶穗，沾上唾液，手提着放在田边稻脚，说是钓青蛙，一只都没有钓上来，就这还乐此不疲，要比谁最先钓到。停在水底的蝌蚪，黑身乌腹，数量繁多如尘，把水面都铺成了黑色，量级爆炸时，生存竞争后，也不知有多少能如愿长大，等到来年同样的光景，谁还记得曾经谁被埋没？

牛群吃了几株水稻，说说好话，撒两把化肥就能解决，这当然得小孩惹事的那家人掏肥料。想安慰那个同伴，吓吓他的胆，用自己也所知不多的记忆，去圆一个有着边际的事儿。

"这个天要小心点，草丛里面容易出老蛇。"

"我爸和我讲过，头是三角形的有毒，老乌梢也有毒，水蛇和菜花蛇没得毒。"

"去年，我家房子里面就看到了一窝蛇，还有蛇蛋。"

"你们不要用手比蛇的大小，不然蛇晚上会来找你们的，有些还会钻被窝咬人。"

其中有一个胆小的幼童，听着他们细讲，惊得心肝狂跳，没有这方面的知识储备时，先耳听为虚，再眼见为实。听得疲神了，小憩片刻，还能虚度万般武侠梦，幼童拟建的奇妙旅途，岂止受光阴摧残？

抱歉，我的眼前一片模糊，请容许我戴副滤光眼镜，好看清这世界。白日里，想找到每个角落里的污浊肮脏，夜色下，要揭开被伪装的隐晦勾当，无能为力后，再回头看看那片幼时绘制的蓝图，好安放心灵。

这个世界很真实，真实到思绪混沌不觉，也很虚幻，虚幻到万物朦胧不存。他从田边助跑起跳，想要飞翔遨游天空，越过坎边，呈抛物线落地，看着身后这堵五六米高的土坎，倔强地再次助跑、起跳，又落下。定是自己不够努力，还需不甘地重复始终，恍惚间，脚踏高枝，在山间疾飞掠影，而田边凭空出现的几个人影，既清晰，又模糊，知道是谁，却喊不出名字。他们在欢呼喝彩，是他在心底希望得到的认可。在自家和外婆家各起一座站塔，拉一条缆绳，挂一辆缆车，坐在车厢里，比拉风的飞行要省力许多。

想去旅行，先得有船。伐木作桅，砍树太费事，把木房粉碎后，再合成巨船。起飞后，掠过重重云影，升到平流层里，还是看不见船身。头顶像是飞机轰鸣，抬头去看，浓云仙幕下，只有两条垂直的长绳，忽大忽小，似是无形，长绳下端系着一截横木，也似无形体，他坐在横木上，与机身平行疾驶，感受不到一丝劲风。没有阳光，但万物皆可发光，看过霞露云遮，撞云叠身，宁静无声的云层间，没有飞机轰鸣无度，偏又有生命力流转，霎时变换的视角，一面本该完整的云幕之上，裂开了一条噬人心魄的缝痕，汲取了云气点点，似有水光流转，又似大河汹涌。怒雷鸣闪，惊出的余缝，补合扯裂间，鼓荡起狂风大作，吹得他东倒西歪，捆在腰间的长绳，捆住的肉身，还盯着那处裂缝看，看到身后小邻居，打一声招呼，他也想领略世外风光。却是梦醒了。

荒诞的梦境，分不清真人和假愚。

那世界又因何而伟大？是芸芸众生之一。

头痒，嗯，很痒，像有蚂蚁咬住不放，痒入皮质的锥痒感，从单点到局部，主要集中在头顶。想单凭意志不予理睬，却刺激得膝盖的神经元痉挛酥麻，再就是胃部空虚失落，心脏腻歪难受，管他的，反正抓痒挺舒服，挠掉几层皮屑后，头部神经的痛感暂缓了瘙痒。

正午时分，一处山洼泉点，和别处不同，尽管四周无树无林，水潭还在烈日直照下，不算光照灼人，潭边却很清凉。五个附近中学的学生，有四个在潭中蛙泳，不时把头也缩进水下，清凉一次全身；剩下一个站在潭边的中学生，胆小慎微，脱得光溜溜的，试了几次都不敢下水。

据他们说，这里是远山，一处水源地，四周围着一圈山岭，高不过二三十米，全由灰岩构成，凸石斑斑，长不出大树。山上只有几棵不高的灌木，和盖不住硬岩的杂草，小花点缀几丛，掩不住的秀色，摇曳着妩媚自怜，似在感叹这世界太小。还是格局不大。

潭底上渗的泉水，裹挟的细粒沙石，铺满了整个潭底，也把泉水滤得清澈干净，看不见一滴杂质。上渗的泉水许是承压水，输水的岩溶管道中填满了沙石，才能让潭水这般澄澈。有个中学生游得累了，坐在潭边的一块巨型落石上，盯着身旁那几颗落石，根基被埋后，看不出是否连着山体。

潭边紧挨着一个消水洞，哗哗水响声，激起的水珠飞溅，溅到洞穴正中，无阻无拦后，落到不知深浅的洞底，再也荡不出一丝回音。没有涟漪起伏的人生，要来何用？洞口拱卫的半环巨石，根基被冲蚀破坏后，不知道还能屹立多久，就会被推去填补空洞的虚无；剩下的半环，靠着山坡，灌木环绕，有两只在空中盘旋的飞鸟，几次靠近灌丛，都被戏水声惊得高飞。多次无果，身累心惊时，它们只得胆战地落在另一处灌木枝上，无辜地望着他们欢娱打骂，眼底的祈求和渴望，翅羽欲振欲拢间，浑身不安的激烈情绪漫延，猛然被一声大喊惊散，只剩惊惧四顾。

"唐，我们青帮组建后，就让你来当军师了。"

"你们说帮派组起后，还要哪些职位呢？"

"昨天晚上，学校操场有人打群架，我们班有个被砍了三刀，差点死了。"

"今天早上我捡到一把刀，梯桶底那圈铝皮磨的，被我藏起来了。"

"我们回去了吧，不然赶不及回去上课了。"

直到结束，那个胆小的学生唐都没敢下水，后来干脆穿衣坐在潭边等待。他们走后，那两只小鸟回巢了，带着侥幸和心焦，心安后的啼叫，空灵啁啾悦耳，在环形山中回荡纠缠，余音编织成束，可直达天际。

他走到泉口，掬饮一捧水，伸头往下看去，洞底漆黑深邃，黑暗的洞渊令人神往，似有惑心的呼唤，婉转悠扬，若是身无顾及，就这样结束也好。

忘了问了，他们应该是镇上的学生。山间浅草茂密，只有一条染着泥痕的草路，从路的一头来，要到镇上去，也就说不上跟随某人的背影，只有一条路，也是在跟着他们的脚步。

草路忽宽忽窄，随性凸起的硬石，既破坏了这绿色完整蔓延，也缓解了那绿意单调乏味；路侧种植的成片柚子树，三米来高，墨绿色的叶片在光照下，正承受着未知摧残，泛着晶莹的绿光，汲取着光合所需，折一片绿叶，尝了一口，涩苦的气息里，饱含了心酸、痛楚和理所当然。

"欸，朋友，请问你一件事，那边山塘有没有学生在洗澡？"

"现在没有。"

不算撒谎吧？

再往前行，土石渐显，有了几栋村房，人气起来后，开了一家杂货店，买瓶矿泉水，短时间内可以不用担心口渴。山腰那个宽高各两米的溶洞，水平插进山腹，纵深三十几米，内壁有个泉眼，涓涓流水清澈，可以灌满水瓶，还能息凉，坐在洞口石影下，能看到山下那个小镇，没有多远，也不需着急。

这里小学比中学放学早。洞里进来了两个小学生，幼童的稚黑色皮肤，透着憨厚，他们要搬石摸蟹，洞里的螃蟹不大，只有小指大小，口馋的那个，在撕腿咀嚼，扔掉腹身，多余的几只活蟹，要放在装猪草的背篓里，背回家养着。横行无忌的螃蟹，这可是它们又一次挣扎的机会，先逃出背篓，不管能不能找到活水，再说，反正都是一死。

山下汇聚壮大后的溪水，激流湍急，冲走了细沙浊泥，留下那些暂时无力搬移的鹅卵块石，日积月累后，也能让它们位移人生。溪道上也有几个孩童在摸蟹，摸出的螃蟹最大的可比两根拇指，先用小卵石围一个水池，把捉到的螃蟹养在池子里，等走的时候，再数少了几只。

太阳西行，风叶为侣，山涧水落有灵，百鸟归巢养家。霞红的光晕扩散，染红了一溜青云，霞云是翼似羽，挂在太阳一侧，另一侧也有一只羽翼，许是离天际远了，还是青色，视觉错位下，两只羽翅同等大小，颜色各异。两翼相对而行，异位重叠后，拉出的差距，也因人而异。

小溪另一岸，这个当地盛传的据点，还残存着壕沟和机枪口，以狮子洞为依托，在洞口垒石砌成的防御工事，如今已是芳草萋萋，落叶腐泥垫起的地面，往事尘封后，一派凄凉。整面石墙只长着一棵小草，孤立无援，能从石缝中汲取力量，把面子壮大后，根基更弱了；还能看见的那只落雀，正在对日狂歌，曲声唧啾婉转动人，无心掺杂的无奈和悲愁，有心才能听到吧？

狮子洞有三个支洞，各延伸一百米，久缺人气的阴暗冷瑟；配合着钟乳水的滴答破响；再有洞口吹来的暖风，瞬时凉成阴风阵阵；余晖泛进的光，让不时滴落的水珠也晶莹璀璨耀人；不时寨窣游过的爬虫，叶翻水洒咯吱声时，阴恻恻的人心，需要光照温暖。再惊悸地看一眼更黑的深洞，有一滴水珠从他的鼻尖刮过，手一抹，是黑色的。

洞顶被熏黑的岩壁，黑轨蜿蜒直至岩洞深处，岩壁附着的水膜蠕动时，光华流转间，似有黑影晃荡，专挑心神恍惚的游客下手，惯用弱化的神鬼伎俩，好彰显曾经那个岁月。记录着方圆众生的黑尘，被渗水剥蚀淡化虚无后，又是一个曾经。

此地不宜久留，太过阴凉，冒起的鸡皮疙瘩，一直消不下去。扒开洞口的茅草，先去找家酒店住下，夏日里行进一天不息，最舒心的，莫过于晚上找地方洗个热水澡了，再安心睡到自然醒，第二天是走是留，走疾走缓，全凭心情。

群星为证，他饿了，吃豆花面吗？没有那个地方的绿豆粉好吃。

第二天，他起得很晚，烈日正当空，刚到饭点，可以吃了午饭再走。邻桌的那个中学生，面容俊俏，却有些瑟缩畏蜷，好不容易下定决心在校外吃一碗水煮泡面，可不敢浪费一滴汤水，都很鲜甜。

放学成潮的中学生，各自到食堂端走自己的饭盒，要端到宿舍吃饭，拌上炒酸萝卜和油炒辣椒，同一种口味要吃一个星期，混得开的，每天能尝到三种菜样，可能还会有人带着新鲜的炒菜；家境不好的，同一种炒酸菜，可能得吃一个月不止。

街道一角那家卖饲料的店面，店内空旷，墙角的网尘密布，除了人走的那条窄道外，其余地面，积尘很厚，脚印都看不见一只。店门一侧有四个男性老人坐着，相互间有聊不完的家常，眼神却似有民警巡视时的目光，锐利地扫视着街上的行人，大概是想再拉来一个认识的同乡。

而那个吃泡面的中学生，在桌下默数了一遍剩余的钱，折叠后放进口袋，要藏到墙脚的砖缝里。

"唐，我们去爬财神山了。"

"现在吗？下午还有课嘞。"

"早点回来就是了。"

路过的那条河流，水质清澈，冬暖夏凉，是镇上唯一的饮用水源，取名龙泉，泉点在财神山脚，暗流是从远山那边过来的，河道三米宽一米深，河床铺着厚厚一层河沙，汛期时的水位会再长三米，能够淹过桥面。石桥在泉点下游一百米左右，桥体正好分离饮水区和洗菜区。

据当地人说，远山那边的消水洞里溺死过人，尸体没有找到，也有人说汛期时尸体从龙泉泉点冲出来了。现在谁也说不清：那里是否真的淹死了人？既然都在喝这处泉水，也就没有问题，龙泉水本无味，冲着冬暖夏凉这个特性，又被估定了几分清甜。

在上游饮水区，用附近人家放在岸边的瓷碗舀饮一瓢水，神清气爽后，再掬水洗去手上的热气。流水带走手上的浊尘，流经洗菜区，又带走几片碎叶，再经过洗衣区，此时还能看见的，不过河底一层积淀的黑泥，还有时不时清一阵浑一阵的水流，整条河流都被污染后，又有谁能明察最初那几丝肮脏？

山脚那根锈蚀严重的铸铁管，连接着山腰水池和龙泉源头那个水厂，管径三百，先在平地缓向上陡坡，平缓这段能走人，铁管表面因被经常踩磨，已经失了锈色，较陡那段也能借此攀岩，把完整的山岩都踩出了一条轮廓分明的石阶，隐在草巅丛叶下，仔细翻看时，有一条百节虫缓缓爬过。

"唐，我玩会儿牌再上去，你先上去嘛。"

在水池顶板靠山侧一角，一棵灌树荫下，此刻正围坐着七八个稚嫩的脸孔，聚精会神间，还目不转睛，略显幼稚的攻心术，把钱钞豪爽掷地时，眼瞳深处隐晦的一缕担忧，和嘴角抑制不住的得意，手指莫名颤抖后，也说不上谁输谁赢，反正都是请客吃饭。

再往上走，灰岩深切成壁，站在崖边，折一根山上的南天竹，有小指粗细，叶冠呈环形散开，从崖边放落，旋旋下行无阻，缓缓摇摆不定，有风吹来，小树偏开的轨迹，在光天化日下，不能有既定的人生。

上山的道路多沿着凹凸的灰岩层面。绕过路侧控电室，才能看见那个还算大气的财神洞口，有许多学生在进出游玩，好奇于洞穴里的黑暗，看能吓退多少玩伴？

"唐，你知不知道？这里以前是红军待过的地方，运气好的话，还能在隔壁那个洞室里挖到银圆。"

"真的能挖到吗？"

"能，听说有人挖到过。"

财神洞长约有五十米，有前后两个洞口，在洞腹中段，三个初中生正在架锅煮饭，明晃晃的烛光，亮了半室空间，也照得人影模糊，对胆小的孩子来说，更是慑人。没用柴火，他们在用蜡烛煮饭，看他们脸上的痞气，正在争论烛焰那一层的火焰温度最高？又在考虑是否再加一根蜡烛？声音散进空室，路过的许多人影，也不好唐突发言。

洞底遍地的碎石挡路，走路全凭脚底传来的触觉，摸索前行的进程很缓慢，但又有对未知的心奋。借烛焰余光观察，脚下的这些石块方形很正，巴掌大小，像是特意打磨的石砖，被三个初中生随地捡了几块砌焰台，用来落放盛米的铝质饭盒。

"本来没有后面这个洞口的，听说当时红军被困在洞里，就从这边炸了个缺口，悬绳滑下去。唐，要不要一起过去，去试试能不能挖到银圆？"

出了洞口，去到山顶。顶上矗立着一座废弃信号塔，占山顶大半面积，见证了已逝的岁月，风雨兼程后，塔身早已锈迹斑斑。一根固定塔身的缆绳，齐脚崩断悬挂在铁塔旁，底端圈了一个拉环，山顶上有五六个小孩，轮换着上场，拉住拉环，后退助跑，能把人荡到半空，悬在山外，贪图玩乐，也不觉得危险。

荡起，落下，他在笑；再荡起，再落下，异常分泌的肾上腺素懂得激奋人心；又荡起，又落下，掠过的光景，很美，换得了舒心。

其中有两个胆大和一个胆小的学生，在互相攀比爬塔，需要双手环抱的铁条，腾出一只手向上时有些力不抵用。那个小心翼翼攀爬的学童，落在最后，动作有些重复且畏惧，在同伴已经爬了十几阶塔架的情况下，他还在第三阶徘徊，伸出去的手又缩了回去，换一种方式抱住身前的铁条，伸出另一只手去拉上一级铁条，还是不放心，又缩了回来。

衣服不见脏。是因为塔身久经雨水冲刷而垢不起锈粉？还是攀爬的人太多，蹭净了塔身？每一个爬塔的学生都没考虑这一点，只知道下午去上课，衣服还能见人。

"唐，走塔架中间，注意安全。"

塔尖搭建的小平台，可容五人站立，边缘环了一圈拇指粗细的钢筋，半人高，可以略微减小登高者的畏高心理。他扶着护栏，蹲在承台上，想看一眼三十米深的塔基，塔下仰望的顽童，许是抬头的动作累倦了童心，他们又去拽着那根缆绳，荡悠悠舞到半空，落地后还玩性不减。

　　而那有百米高的崖底，他只恍惚了一眼，就如掌控众生命运的神仙，在高空俯视时对蝼蚁的恐惧，渺渺万物，不能脏了衣衫，也不能乱了道心。

　　塔上，除了烈日让人燥热外，其余一切还好，山外的景色也挺好。炽目的光下，纤纤绿树成荫，寥寥花容耀日；可有可无风吹叶动，正是斜光照影生，远方的炊烟，绕过云端，冲散了岁月。此情此景，使得人心舒畅，纯情的童年，谁都愿意敞开心扉，去拥抱这大好山河。塔上风势太大，鼓动得衣衫瑟瑟作响，他踉跄后退一步，在全身毛孔疾缩骤放间，惊得一身冷汗。

　　承台上来风拂面，温度正好，削减了高温热暑，却避不开光照灼人。他还要赶回学校上课，爬下塔之前，再迷恋一眼这广阔的天地，山势延绵起伏不绝，雾气氤氲翻腾不休。有生之年，可不愿偏居一隅，还需体验众生百态，欣赏一番别样风景。可，人，终究只是人。

　　才坐了一会儿，天居然黑了？今晚走夜路吧。在没有喧嚣的夜色下闲行，听听轻灵的虫鸣声里，有几只在为求偶搭弦？又有几只为空虚寂寞而放浪高歌？没了尘世的杂音，耳畔回响的峰吟低鸣声中，似在渴求那一丝人间的吵闹，可却渐行渐远。

孤霞隐世月沉沦，白日浩尽夜无边。黑暗中，走得通透了，人心有何可怕的？面对他们，我只想大声地说一句：风、水有形，可高可低，浮萍微末，却也不愿做那人下人。

第八章

　　对他来说，路上遇到的大多数人并不认识，也就不愿为了少数人而改变走路的方式。遇到一个人，最多寒暄一声，那个矗立在溪边的人像，五六米高，只有上身，嘴角裂开的笑容，用坚石代替的尖牙，是死物，也还和气。

　　这些半身人像占了整面山丘，有的垒在水中，有的砌在房顶，头上均裹着绾巾，少数民族风格和悠久的历史，吸引了大批游人。石板铺就的窄路和摞放的堡坎，上下穿行时，看那些结伴的情侣，有独特的韵味弥漫处，形单影只的游人，只想把赏景的目光再深调几分。

　　"未来的事情，谁能说得准呢？"

　　"你真的就这么看不起我吗？"

　　"不是，你的未来一定前途无量，只不过太久了，我不愿等。"

　　"难道想找一份爱情就这么难吗？"

　　为什么要说未来？不能想想曾经吗？沉湎于过去，沐浴天光时，社会的发展，离不开又一次遭人欺辱。

　　"既然找不到爱情，我何不到乡下老家找一个踏实的人结婚？既然有钱，又何必非要找有所谓长相的人？"

这个新规划的大学城，还在施工阶段，夏日直照下，土干地燥，进出的车辆，扬起漫天烟尘，才半刻钟，他的身上就积了一纸厚的黄土，掸抖干净，想去买一个冰镇西瓜，却发现冰柜上的灰尘积得更厚。有一辆车来，挤一辆车走，路上有一直连续的车辆阻隔，繁忙的马路上，他看着那头，冰柜上又落了一层黄土，这样，还真没了去买的欲望。

沿着溪流的方向前行，踩伏沿岸的水草，走一走别人漠视的道路，在杂草没膝的窄路上行走，千万要小心别落在漫过来的水坑里。走这岸倦了，想要过河去，找一处有垫石的水面，先观察垫石是否稳当，再踮脚过去。

小石不稳，其实也能过去，只要小心一点，不会湿了鞋面。但这水为何涨了半寸，几次试行，水面都会淹过鞋跟，倔强的心灵，不甘示弱时，真就一脚踩空，湿了半只鞋，再逃遁似的几次点水，落在了后一块垫石上。敏感的体质，无可奈何后，鞋里有了凉意，还更舒服。

脸上会心一笑，已经湿了一只鞋，何不直接走在水里，免得纠结？放弃了一些希望，没有了某些束缚，毫无顾忌时，真该好好看看这山高水长草茂树壮，身不由己后，还能有多少悠闲人生。

就像人们常说的那样，一年又一年闲逛，人生能有多少个一年？那一年又一年的工作，儿时的乐趣，交给学业后，毕业转身就工作，一生皆在奔波，到老来，真就甘心吗？估计都不会有人考虑，而是在笑颜享受儿孙乐了。

流水清凉，把全身的热意经由脚面散放。踏水而行，溅起的水花下，暗流涌动，不争也不堵，上善的柔劲下，只默默改变万物的本质，等到万物发觉时，早已坏了根基，变成了另一个物种。

过了河才发现，是谁摆放的七星线，以七颗垫石连接溪道两岸，他踩翻的第三颗垫石，像星星暗淡了许多。管他的，两岸的水草都能被流水带偏，更何况本就在水中的卵石，何必在意它们是否翻到水下，日积月累后，也没人能记得它们，除非它们是奇石不朽，外加后天水淬火炼，不甘平凡的人生，总会有璞玉荧光。

走着实在太热，还是在路边的树荫下休息会儿吧。盘坐望天望日，煌煌的天光，再怎么也不及生命的奇迹。飞鸟蝗虫逐行，长蛇蚯蚓共步，人们所说的蚂蚱，慌不择路时，闯进了一处火堆，扑腾两下，终结了自己的生命，而后弥漫的肉香和青烟，对于周围坐着的人来说：不值一提。

"唐，去打点水来。"

"唐，你多说点话嘛，你一句话不说，那两个女生都不敢说话了。"

"唐，你来扇哈火，我手都摇酸了。"

"唐，你别杵在那点不吃啊，再刷点油。"

"美女，这块肉熟了，我给你放在面前。"

"唐都不吃，我也不好意思吃了。"

"唐，美女都发话了，你还不快吃点。"

还是走开点，别去碍他们的眼，许久不曾滑动的喉结，鼓起口腔蓄存的唾液，不经意间吞咽下肚后，俯身摆弄一棵开着紫色花朵的小草，不去看他们，他们也不会看见你。若是可能，有人说今天没有女生的。

"怎么可能？至少这一刻是真实的，人生也由无数个这一刻组成，谁还能说人生不是真实的，而是轮轧的记忆呢？"

水面漂浮的落叶，终归是另一个轮回，为之后的生物提供养料。而被焚成灰烬的蚂蚱上方，他们吃着烧烤时，会不会觉得恶心？

树上挂满的青果，有的已经泛着点初红，路旁种得广阔的高粱和辣椒，结出的果实累累，正在地里除草的农人，脸上黧黑色的皱纹密布，是因秋季收获的喜悦太多？还是家人团聚时的欢笑不断？抑或是操心得太多？可能只是很累，又不敢闲停下来，怕对离家的亲人思念得更多。

脚下这片大地，碳酸盐岩高度发育，喀斯特地貌勾奇斗炫，漫山的基石凸显，石漠化非常严重，在石罅夹缝间点种的作物，能否存活，多凭天意，再就是勤劳的农人，在炎阳草衰时，要挑水上山浇灌，不敢有一丝懈怠。

　　可有一点，对此地来说，石中奇峰易出，山间洞腹难寻。在当地久有神话传说的太虚洞，全长两公里，是方圆百里已知最大的溶洞，也是附近村庄的朝佛圣地，农历六月中旬，正是烈日炎炎天，万家农闲时，得了父母零花钱的两个小孩，各骑一辆货架上绑着香纸的摩托车从家里出发，每每追逐争行时，总有一个掉在后面，看不见前面那个人，也不想走一条不太可能会查车的山路，绕过另一处山脊线，才走出颠簸的山路，接到的一个电话，却被告知前方查车。

　　先停着等一会儿吧，听说他们快下班回去吃饭了，前方也有许多摩托车停在路边等待。双脚斜踮在地面，这个十四五岁的男孩，神色间满是能骑摩托车的优越感，风吹日晒后，脸上蒙着的一层热尘，在局促且无聊地张望前路，不安的手指，握着车把时，还在不安地敲击制动拉杆。

　　"哈——"

　　无奈叹一口气，警车确实上来了。打一次火，车身只是轰颤一声，无关紧要；再打一次火，轰响了两声，似要点火成功，又像被掐断火线一样咽了气；又打一次火，响起的一串电击声，为何要惊得鸟飞虫散？只把忐忑的人心裸露；再打一次火，警车近了，近就近吧，他们又不一定在这里停车。

右脚用力踩下蹬杆，想把内心的忐忑发泄在可控的事物上，在心中认定他们不会专为他停车。怎么办呢，车子发动不了？警车上了一个坡，离他不远，他看着上坡的警车，想着等警车过去后，可以把车推到坡顶，自由下行时，猛地放开离合的惯性联动，车轮带动链条，能够强行起火。

先停车，再拔钥匙，一气呵成。真正发生了的事情，他的心里倒是没了忐忑，只剩下平静无痕，眼神漠视着，只看一眼，那个警员骑车欲走。

"车我们骑回派出所了，叫你家大人来镇上登记。"

"等一下，这香和纸总得留给我吧。"

哪里来的烦人苍蝇？不是蝇寻臭味吗，你围着我转是什么意思？挥手疾拍，还真拍不着它。没有车骑，也就没了迅风，好像更热了。

"喂，你怎么还不过来？"

"车被派出所的人收了。"

"我过来接你，刚才叫我背你，你还不答应。"

"如果刚才你带我，说不定你的车会被查，都要着一辆，结果不是一样？而且我们还要着走回去。"

挂断电话，刚才发生的点滴，他的心中能没有自责吗？为什么刚才自己不拿着钥匙站到一旁等待，等警车离开后再骑车走？摩托车停在路边，他们也不会无缘无故去查问。而那些人是不是真的警车呢？有警车警服，应该是真的警察吧。那能不能在派出所找到摩托车呢？他们会不会骑到别处去？

无边的遐想后，真就只能想想。回家怎么交差？看看这天地冷寂，竟然连之后的朝佛过程都索然无味，把香纸扔进焚香炉里，回去得找一条更加偏僻、被流水冲刷得松石遍布的山路回家，也注定更加危险。

还有隔天来的六七个高中生，结伴而来，要横穿山洞，却有一人临场退缩，说是要回家做题。他像是对洞穴里的黑暗恐惧，不愿与黑暗为伍？又或许是他喜欢独自一人，能想能看能感受的更多，恬静悠闲时，能思索也能宣泄？还是仅仅因为队伍里有女生，会让他拘谨而格格不入？

这个方正脸的男生，目送着他们走进洞腹深处，洞里的回声响时，像是在借着暗处的小动作来寻求刺激。再一阵灯光闪烁，就算没了他们的踪迹，也还有世界无穷。

初闻风响，初闻叶动，光彩照人时，自有霞练万丈；无心始，无疾终，换得的人生，印证着万古铁律：人，终究是人，也只能是人。

风和日丽天，空中的光晕如丝线缥缈；古钟长鸣寺，山间的余音似云雾缭绕。群星震烁，皆因宝刹涤尽蒙尘；万物生花，全凭庶人功德救世，竟分毫不取，全数返还天地，天地再回赠人间。风雨飘摇，大地如歌如泣；龙凤冷对，天空似啸似吟。全在人的一念之间。

聆听自然的呼声，恪守心中的准则，看遍了人生人逝，尽数在虚度光阴。我可不想像那些人一样。一腔空有凌云志，万念俱无践行心；沦为痴人心知足，踟蹰百载岁已终。

回去的途中，心里像在犹豫不决？石山上并无多少大树，零星能看见的几棵，无外乎杉木、枫树和椿树，再就是齐腰高的茅草下，贴地的碎米荠，白花似雪，花虽小但量多，内心坚定且自信，哪怕生长在草石夹缝中，也还敢直面阳光；有几棵伴生在草根树影中的紫花地丁，花茎纤长，哪怕有了遮护的羽翼，也还要低下尊贵的紫色花朵。长藤勾连，密网一片，从藤上取下一颗快黑化的野豌豆角，去尾去粒，吹响的哨音，高亢嘹亮，曲回婉转间，似有哀愁弥漫，引得声声鸟兽嘶鸣。

想这么多干什么呢？还是回去吧。而那个黑漆漆的洞口，真不敢一个人进去，徘徊不决时，像有无边恐惧噬人而生，强迫自己有点其他想法：他们不是要从另一个洞口出去吗？

　　循着模糊的记忆，他不愿问也不想问旁人，看着蝴蝶拂过花丛草海，听到蜜蜂流连粉蕊苞丝，还有群草倾伏如织席平坦，山石屹立自然蕴藏百态。他爬到一块巨石上，或坐或站，神色间有些隐藏的期待与羞赧，凝视着强光高温下扭曲变形的洞口，怎么还没变化？起身来回踱步，看人看物看车辆行驰，数山数石数万象更新。亘古未变的冰块脸下，为何生得这般阴冷？隐下去，隐下去，气不骄不躁，可唾手得粉色幻想，先要有金色奇迹。

　　洞里阴暗，碎石累累不平，在点滴毫光下，需要互相帮衬着前行，落地的钟乳水，在死寂的洞室内清晰可闻，还有人声回响，惊出的游蛇夜蝠，吐信唧叫间，要顺势扶一把，再体触一次异性的细腻。

　　"唐不是喜欢你吗？你怎么不答应他呢？"

　　"他没有向我表白，我怎么答应他？"

　　"他是班里第一名，你最好不要现在答应他，不然影响他学习。"

　　"你对他有感觉没？"

　　"没什么感觉，应该是喜欢他吧，他专注的时候挺帅的。"

　　"你觉得你们合适吗？英语老师的晚自习，他过去和你坐一桌，老师当时的眼神挺怪的，高三学习最重要，她应该也不想你们现在谈恋爱。"

"你知道吗？他为你哭过，裹在被子里以为没人听见，但那伤心哽咽的哭声是隔不住的，抽泣时，还要把声音咽下去，只有泪水横流，湿了被子，要靠体温来捂干。他太孤僻了，不想让人看见他内心的懦弱。"

"我们不合适，根本不是一个层次的人。"

"寝室里其他人也这样认为，怕你们在一起，耽误他的学习。"

黑暗，人类赋予了它一个特性，才有伪装的功能。借黑暗的掩饰，其中一人伸出了魔掌，另一人默默享受。转到光天化日下，彼此又陌不相关。

"你今天不就是为他来的吗？"

"心中多少还抱着点遥不可及的奢望吧。"

洞口有光亮，即将结束的暗夜之行，有多少欠缺和遗憾？又有多少意犹未尽？走过去，都将得到终结。

洞口处，壮阔恢宏，洞顶附着的一层钙化，夹杂着丝丝黄土本色，洞外有阳光折射进来后，把洞室映得熠熠生辉，如鎏金的殿堂，贵气外露。洞底破土而出的几棵喜阴植物，长得浓郁茂密，轻折一根，汁液四溅，还有烧烤的火灰，朝佛的弃物，这些还没来得及处理的垃圾，最是刺目不堪，搬块巨石盖住后，只看表面，亮眼的介绍和操作，也还可圈可点。

"你们看，唐在外面站着。"

初通山水棋艺，渐悟日月轮转，仅凭一人之力，根本不可能剖析宇宙至理。看着走过来的几人，草木蔫衰的柔劲，维系着给养供需前，它们还能摇曳生存。

"你不是回去了吗？"

"走到那边，又绕回来了，回去也没得啥样事。"

"你不会是专程来看她的吧？"

他不会正面回答，刻意避开女生，也不需要窥视；男学生们故意打趣，想撮合这对；她含情在目，偷瞄他的眼神中，哀怨和忧郁共存，憧憬着倾慕着且迷茫着如何拒绝；女学生们忸怩作态，神色拘谨且自卑，说了一句话，不知是羡慕还是嫉妒？都无关紧要。

青丝绿缕勾织如潮，游山戏水浪荡人生，皓日之下，用黄土夯制的土砖，被米汤拌灰的浆液黏合后，修起的房子可以密不透风。栈旁有割草的牧人，刀疾手快，站在坎边，手贴刀刨行，手中捏握的牧草也越来越多。几只蜻蜓点水，几丛陌上花开，无畏的水流不息，无谓的绿植随风，无言可对时，皆是过眼云烟。还有朝暮迎日晒，午时避光寒，闲暇后，都会选择枯坐在家里，盼望着有人来家串门，这在当地是很有面子的事情，只有无知的小孩，又跑到别家去找玩伴，回家后又免不了被抱怨几句。

"他们都没来过你家，你还经常跑去干吗？"

游得了黄泉碧落，勘不破凡心红尘，在这渺渺众生间，有人问他："你知道人心之外有什么吗？"

人心之外有什么呢？对于这个平凡的路人来说，他的要求真不高，只希望日晒雨淋时，有人为她撑伞，除开欲望和目的，这在当代成了奢望。

而他？光疏密影日，花开万样妍；阴云笼罩天，雨落黄昏时。当然了，他也羡慕仙侠世界里的人物，夜里白衣胜雪，梦中无拘无束，挽巾逍遥天地时，痴女羞开锦上繁花。

第九章

有人说，失去的风，最暖；也有人说，得到的心，最甜。他走在城中树影下，看着路上的匆匆过客，车阵缓行之时，也能听一句用嫉妒的语气自豪地炫耀：车不如人快。

反光的玻璃外墙，吸收不了阳光，也就永远暖不透易碎的玻璃心。他坐在公园里的小便利店桌旁，叫来一杯冷饮，竹制的遮阳伞下，可以好好看看这个浮躁的社会，冷漠的目光在期许着搜寻着可以发泄的目标，疲惫的躯体如行尸走肉般遵循麻木的引导，在这钩心斗角的人世里，也有一丝不曾受浊世污染的奇迹温存，在那些人眼中，他们是少数人，是另类，也有人羡慕他们，却再也回不去了。

一个刚毕业的大学生，进了这家期货公司，内向腼腆的他，因为高学历而得到重视，也因为高学历遭到排挤，他无所察觉，只因心中还坚守着那个朦胧的梦境：有父母的庇佑，一切都要活得虚幻，真实的人生，是没有尔虞我诈的。

又一天上班，需要完成的任务不等，先开一个工作，定下一个死硬的基调，再干着养老式的工作，问一问是否有人入坑，看一看自己被公司强制开户的账号，想一想这个需要流量的公司，不敢打电话询问时，他选择在网上用字符代替。

"你们还在上学吗？"

"是的，现在大四，到这里毕业实习。"

"幺妹，晚上一起去吃饭吧。"

"好啊，那家干香马肉丝挺好吃的。"

"好好上班，不要讲话了。"

办公室里都是年轻面孔，却无人和他说话。浏览几条曲线变化，算一算哪个网页的潜在客户最多，发一条帖子，被禁了几次后，好不容易有人回复，却是同行客串，需要互相帮助，要在对方平台开户。

久久没有客户，前辈的意思是：不仅要有日积月累的决心，还要有使人潜移默化的心思，积累自己的客户时，也要学习别人成功的经验。他正想静心工作，怎会有人轻言细语碎碎声响？

"陈主管这两天脑壳有点大了。"

"怎么了？"

"你看他这两天都有点垮了。听说是他的朋友给了他十几万炒期货，现在套进去了好几万了呢。"

听听这些人言无谓，别人经历的苦楚，正是自己所需要的安慰；或是看着别人的苦闷，心想自己可不愿有这样的人生；也有人觉得这样无所谓。

他不愿学习别人的经验之谈，也不想重蹈那个诡异的骗局，看着别人的成功之路具象化，真正踏上去时，窄窄的路径早已拥挤不堪，跟随别人的步伐，人心竟有些许浮躁，躯体还在底层挣扎生存，竟把心境虚构得高不可攀。也有人选择努力奋斗，用来填补缥缈的思绪。他不想骗人，才签了劳务合同一个星期，就听到这样的消息，吓得他想马上辞职，那种事情简直无法接受，还是直接不来上班了吧。

人生，可以是小事，但胜在真实。看着光点虚浮不定，看到人脸上洋溢着笑容，至少表面上，人与人之间很和气。又一缕清风飘飘，沁人心凉，而和人类同在城中的植物，在风中无忧摇曳时，终究逃不脱一点：叶绿沾黑衣，花开染红尘。在城市里，人的命运不也是这样吗？

今晚吃什么呢？找一家烧烤摊，点些豆腐韭菜和肉食。饭前先结账，却尴尬地发现钱不够了，放回去几样，只拿两串青菜，再煮碗泡面，之后的旅途，还需节俭克制。

"你是工程师的'工'，我是工人的'工'，能一样喽？"

"我这个'工'字两头都被封死了，哪能一样嘛。"

重复的呓言自语，像有一些不自然的神态，也有一些认命般的低迷。

"工程师的'工'还不是一样，两边都出不了头。"

"哦，对，两个工是同一个字哈。"

听说在这个片区，很多商品房都没有人住，小区里绿化占比倒是挺大，人为生硬地淡化着死寂和冷清。在这种氛围里，夜虫的叫声很清晰，偶尔填补了人气缺失的空白，静静的，左右凝眉四望，只有单调的冷光和黑暗。坐在邻桌的几个人，年龄在五十岁左右，不时地倒酒碰瓶，竟还有年轻时残存的几丝激情，许是想重拾旧时的时光，瞄到某个风光路过的年轻人，不认输般卖弄曾经的辉煌。也不管别人是否认可。

"同学聚会，全在聊自己到了哪个哪个位置。在我大学那个班，说到最后，就还剩我一个是大头兵，混得最差。"

"疯子是哪个？"

"一天疯疯癫癫的那个嘛，遇到和他打麻将的老太就靠上去，别人都嫌弃让开了，他还不晓得自觉。"

"他当过兵吧？"

"我也要学哈他，被安排和工作无关的事情的时候，晓得也要说不晓得，他就是这样的嘛，你们没发现吗？"

有个愤世的老妇人，穿着旧时的碎花衣，此时正在倒翻垃圾箱，快把头伸到了桶箱里，埋得只剩半边躯体，找到一个空的塑料瓶，脸色稍缓，手上却不停顿，迅速把瓶子收进手提布包，像是生怕有同行眼热抢夺，又像是在顾忌那些路人的眼光是否鄙夷。

"哎，老太太，我扔了一袋易拉罐在后面那个垃圾箱，你自己去拿吧。"

路过的那个年轻人，穿得标整，说话声很大，似在暴喝和指使，溢在眼外的，却带着略显和善的笑容。老妇人并步快行，脸上回以更为不自然的讪笑，去收得的易拉罐，有三十几个，换得的零钱，对于城里这群没有退休金、又无地可种的老人来说，能看到孙辈用自己挣来的钱购买玩具和零食，最让他们开心。

还有一对情侣，男帅女靓，肤白细腻，着装时髦，两个人站在人行桥下的阴影里，女的泪眼蒙眬，还强作欢颜，男的面现纠结，却强自狠心，各为生计考虑，真希望没有欲望烦心。

找个旅馆睡觉吧？第二天还需继续前行，漫漫人生，他真的不愿意困居一地，到头来，生命已逝，时光无穷，还能嗟叹的：很想要久视长生。

夜里无风无浪，说不出的梦里精彩，已是到了第二个日头。山腰正在施工的硬化路面，窄窄的一条车道，此时不能行人，在路面两侧没有铺上混凝土的路缘错脚试路，来回绕了好几次，还不如修路师傅的一句提醒；光照很强，汗水涌滴，找一处树荫休息一会儿，灌满一瓶泉水，再掬起一捧清凉的泉水湿脸，有凉意袭身，很舒心。

风尘同路伴身行，前途叠径始自开。今天，傍晚的景色真美。霞红三万里，纵横贯苍穹；还有：鸟雀啁啾漫舞，草木顺风浅吟。

有几个聚坐在一起吃晚饭的民工，来自四方，正天南地北的摆谈着所知不多的历史和政治，也有一些和名流有关的话题，说出去的开头，多数不能收尾，全让那些醉意朦胧的酒友带偏了话题。

"老二，你这菜香不香盐哦？"

"咋个不香盐嘞。"

"老三，你少喝点酒，喝了酒就耍酒疯，这样会吵到别人睡觉。"

"不妨事的，我能在正常时间上班就行了嘛。"

"其实脆哨要用猪颈子的肉做出来最香，最脆。"

"我以前支农的时候，当地人就用米酿酒，听他们说米是不能酿高度酒的。"

月下逐光，能看到云遮月影，星光璀璨，硕圆的月亮之外，星星也得分出层次，有三颗并排的星星，大小和亮度等同，他第一次看到这种星星组合，真是稀奇了许久。也可能是因肉眼狭隘，能看到的，只有这么多了。

路过的田地里，有几个小孩在打灯抓黄鳝，世代摸索后的经验相传，了解了黄鳝的习性，它们在晚上会爬出地面，在这个时段捉黄鳝的收获最丰。记得上一次遇到同一年纪的几个小孩，抓螃蟹的初中生，过了几年，也长了几岁吧。时光真是无情，日推夜移，记忆又有多少能保持清醒呢？

奔波一天，腿酸人乏，再次吃一块从乡村小卖部买的面包，轻抿一口矿泉水。你听，静静地听，有梦音在轻唤。

"要悄悄的。"

找一块山石坐下，抱膝偏头，微微出神，真不想走了，只好自我安慰。暑天，要在空旷透气的环境下才能睡着，最好空中也无遮无拦。

早上醒来，先看一眼天，模糊的视界很小，水亮无痕的蓝色空域也不清晰，有一堵云彩挡在了前方，那云杂糅了无数色纹，不再是纯粹的白色，却又比白色更加纯粹，色纹吞噬移换中，把大脑也晾得清明，视界拓宽后，还能看到一堵墙，纯粹的灰色墙壁正缓缓压近，还来不及站起，灰云已逼近人身。湿就湿吧，我已无所顾忌，天又能奈我何？

豆粒大的雨滴，砸得大地噼啪作响。他漫步雨中，细细聆听雨声悠转，滴答声中似隐着窃窃私语：男人胸怀天地，怎能因落雨阻路？本想再偷听一点雨和自然的秘密，天居然晴了。

"兄弟，进来烤下衣服吧。"

"谢谢。请问这里到镇上还有多远？"

"大概有三四里路，听你的口音，你不是我们这边的人吧？"

"不是，我是一个自由旅行者，只走我看见的路，看到哪里就走去哪里。"

"你们这类人不是都有一个旅行背包吗，你怎么没有？"

"嫌累赘，本就是想放松身心，何必背个重物。"

"那你晚上住哪里呢？"

"旅社和酒店。"

坐在灶口前，看着火舌吞吐，有火气上身后，衣服渐有水汽缭雾。主人家的儿子，一个肤色偏黑的五岁儿童，站在灶旁，正被逼着喝感冒药，放下比脸还大的铝瓢，再揉着眼睛到另一间屋里抹泪。

"不好意思，让你看笑话了。等哈和我们一起吃早饭吧。"

菜虽不足九样，却也不少。有农家待客必备的青椒腊肉，小炒青西红柿，凉拌青西红柿，黄瓜汤。都是家常菜，色香近天然。

"海椒和洋海茄都是自家种的，估计你还没吃过凉拌青色洋海茄吧。"

他家的三个小孩口味很怪，老大喜欢酱油拌饭，老二喜欢味精很多的清水辣椒面下饭，老三喜欢用油泼辣子下饭。

"菜不好，乡下地方，也没得啷样菜，你别介意哈。"

这样的谦辞，家乡的回答一定是：菜够好了，平常还吃不到这些菜。

屋顶黑如炭，有蛛网蒙尘。他家的房子，起初立一个框架，尽是有闲钱后，东补西装一点，到现在，房子已经严重黑化，整栋房屋还是大致框架，只有卧室请木匠修装完工，其余房间还在用围着四壁钉的木板挡风。

"你们三个快去做作业，不要一天就只晓得耍。"

对于国内大多数家庭来说，有一种深埋在骨子里的自卑，都寄希望于晚辈读书翻身。几千年文化的演变和积淀，说不上是好是坏。姑且是需要这种形式吧，在金钱和欲望的攻势下，也变味了。代代如此，大人自以为小孩得了更好的教育，以后也能过得更好，事实却是和他们这一代没多大区别，真蹦出来几个，倒是耀眼，承不承大人情是另一回事，表面功夫得做足。

"主人家，你家厕所在哪里啊？"

"楼下猪圈，你怕是用不惯哦。"

怎么说用不惯呢？首先，饥饿的蚊子很多，多到吸一口气都能吸进两只蚊子到鼻腔那种；其次，里面浓烟呛人熏眼，说是在用稻草和蒿草焖烟，打算熏去一些蚊子，结果不论，管它是死亡还是离开后复返，重要的是祖辈有这个经验可行，有这个过程安心。

"兄弟，我儿子今天要到镇上读书，你和他们一起走吧，让他们给你带路。"

"多谢，今天真是太麻烦你们了。"

吃过早饭，两个大人要去邻居家的大梨树下辫烟叶，集体产业，七十块一天，农闲时，做一些杂工，生活富足也得把空闲时间用来积累家产。

和他同行的有五个小孩，走路的时候，彼此间的话不多，偶尔提出点感兴趣的话题，最多附和几句，总也离不开那几个范畴：你们班谁的成绩最好？谁最浑？同年级的哪个老师教得最好？哪家有钱？

"干疮不能抠，不然会越来越严重。"

"我也不想抠啊，但是太难受了。"

"他那胯上长满了痘痘，大恐怖，密密麻麻都看不见肉了。"

"你睡觉的时候把衣服全脱了，手绑在床管上，就抠不到了。"

"试过的，没得用。说到这件事，我那天把衣服脱到床边，有二十块钱不见了，不知道是被偷了还是拆落了。"

"你的钱不见了吗？"

有个少年看到了一株类似烟叶的植物，天名精，乱岔分枝长着许多长茎的小疙瘩，各人折几根，又说是要"斗牛牛"，两人互为对家，各自拉紧草茎，把两个疙瘩的弯颈勾结，斗各自手中植物的韧劲，断掉的是输家。其中，有一种叫"抻颈颈"的植株最受欢迎，它仰头直面蓝天，最不易折，可称常胜，两个手中无可用之兵的少年跑在前面，正四处搜寻这种茎头，而那些低头垂胸的茎头，它们已经没了傲视天地的豪气，离开了母株，又受不得辱，头断无人问，堆起了一大片。

又说经过的一个地方，地名叫高碑，据说以前真有几座高碑矗立，现在只能看到断碑残迹，一座记录名字的碑面影锈着黑斑，靠在最角落；几块碎掉的雕花被人用来围了田坎；还有张三丰骑马时踏出的半环形马蹄印为证。叙述的传说，也有人相信相传。

破了妄境，留着的几棵古树葱郁，全是柏香树，高过五十米，有一棵被雷电劈得一半焦黑，还有一棵因为灰岩地层，土层薄，大树被吹倒在地，有人砍去当了柴火。再过几年，可能再也没了实物。也是，任它曾经多么睥睨无敌，在岁月里，都是微不足道的，毕竟，世上荒凉境，人间最难勘。平常人，平常心就好。

有个村寨正在扩建的水井，每户出一百五十元，上不封顶，没钱的出人力，最后留碑记名，说不上诱惑，为了能让自家的名字尽量靠前，既出钱也出力的人家也有，整个寨子三十几家，还真让他们把水井修好了。今天是立碑吉日，盖在红布下的碑面上，娟秀楷体刻得工整规范，顾及某些人的自尊，碑面上只有名字，没有排名和金额，这样做或许对少数人不公平，但大多数人认为这样最合理。

"小朋友，我现在要走另一条路了，再见。"

"叔叔，你不去镇上了吗？"

"现在还早，我想先去其他地方逛逛。你们给我带路，也没什么感谢你们的，我这里有五十元钱，算作酬劳。"

"我妈叫我不能拿你的钱，她已经给了我五十元。"

"没关系的，用力需要用钱使，别让你妈妈知道就行。"

这种教人的方法还真是怪，让人撒谎，还得让他们认为这对他们有益处。

　　腼腆的小男孩没有拒绝，也不接受，木讷站着，任由他把钱放进小男孩的那个开口背包里。转身离开，还有广阔的天地为伴，风雨雷电和炎阳，在那水声之畔，卧土枕木眠，幻梦有金木水火土五行勾绘，足迹拓出万水千山社稷长青。

　　"我们几个可以改善几天伙食了，打饭菜的时候记得一起哈。"

　　"他们以前是用饭盒蒸饭吃的吗？"

　　"好像是的吧。"

第十章

夕晖斜悬，影照烟云，在地面映上几缕缥缈黑丝。他站在岸边，看着宽阔的河面上倒映的一轮黄日，拉出长长的一线黄色光面，正随水波涟漪流光四溢，那轮黄日和水面上的落日正好对应，双生的日光，一阴一阳，得了水镜助益，落到他眼中，更是晃眼刺目。

不过，有略染霞红的日光作背景，那远山像是涂了一层浅色黑彩似的，平添了许多朦胧迷离的美感。

看罢美景，要去哪里呢？河上河下，两个太阳晃得眼花，也就看不清脚下的路了。

又一阵飘云落雨。太阳雨天，雨下得并不大，而且断续不接，当中空出的时间，有烈日炙烤大地，断续的雨水根本不能润湿地面，更遑论蓄起涓涓细流。

在远山的松树林里，有树木隔绝日照，所以盖着针叶的地面还能有些湿气，再有绵绵不休的地气升腾，湿气和地气在腐殖层交融孕育的温暖里，得了一夜发酵，第二天一早，地面必定生发出许多开伞的蘑菇。这几天早上，村里的大人会打发几个结伴的小孩进山，背一个背篓，到松林中翻找，找到的丛木菌和油滑菇，需要去根洗净后，和大蒜一锅煮熟消毒，再撕片小炒；找到的奶浆菌，可以生食，有一股清甜味，也可以煮熟后小炒；而当地人所说的青石灰菌，有苦味，他们多用来泡酸菌后爆炒；至于长在茅草丛间的紫菌，又更是一种滋味。如果运气不好，装满松叶回家，也是一种不错的选择，免得家长唠叨。

逃不脱农活的大人们，要抓紧时间收割玉米和高粱，赶在雨水落地之前，还要收完玉米地里的黄豆，去壳筛粒保存。某家种在玉米地边的黄瓜藤，晚结了一个黄瓜，被他摘来解渴；另一家种成一片的花生，觍着脸要一束，污了的双手，哪及得上食之有味；地里零星种植的葵花，花团并不随太阳转动，似是因为饱粒的果实太过笨重，量力而行后，不必要的行为可以适当缩减，只默默承载，也就说不上难能可贵。

中午的太阳很烈，大人会借时休息。小孩们又聚在了一家，只因他家有几棵果树，屋前两棵需要五人合抱的梨树上，拳头大的黄色甜梨累累挂缀。

下午三点，是当地的午饭时间，算是农忙吧，吃得很简单。烧滚一锅水，揉好面团后，把面团贴在水上锅壁，用锅铲铲下一块块筷子粗细的面片，煮熟后盛一碗，即是当地人所说的"麦汤粑"；或是把面团伴稀点，挖出许多婴儿拳头大小的小面团，用滚油炸出"麦粑果"；但大多数人家都用简单省时的剩饭现炒；冷饭冷菜也不错，别说大热天，吃着胃里凉。

傍晚天凉爽，他们会尽量延长工作时间，扳苞谷割秸秆，两人各自分工，把割的秸秆靠在土坎上，晾干后可以收回家当柴烧，也有人嫌麻烦，直接在地里烧燃，说是肥料回归，青烟袅袅直冲天际时，还当是日笼薄纱；另一户收辣椒的人家，挑拣着红透的辣椒，脚步和手中的动作有些轻柔，但又不可避免地折断椒树的嫩尖，这之后，把收拢的红椒铺地晾晒，眼中火红一片，照样不失芳华。

又一天早晨，山间笼罩大雾，水汽浓重的地界，露水也凝出细流，换手接一滴挂在叶子边角的露珠，唤一声站在浅丛枝上啁啾嘀鸣的麻雀，本来在欢快地频繁变换站位的它们，再一次轻灵舞起，被惊得又换了一次站位后，它们又在调情互侃，眼波流转间，眉角轻抬下，彼此都不愿放过异性的身形，勾得了躯体，羞涩地道一声 Hello。

他站在一处山巅，看着山下的奇景，雾珠肉眼可见，不似云汽，从山中一角盘旋升空的雾气，慢慢向四方扩散，渐至珠绕群山，却始终突破不了那层束缚。白色的浓雾之上有群山高耸入云，借了白幕的底色，空中的一切颜色都倍感清奇。雾中有白丝流淌，塑造着高低起伏不平的雾面起百般变化，其中的韵味，竟比飘带舞起的卷袖还要曼妙几分；青山孤立，着墨了浅黑色的随笔，深嵌在浓雾里，竟有着遗世之风；黎明的曙光初映在天际，光芒有雾珠传递，所以不曾耗损半分，本是从上往下的光线，与从雾珠折向上的光线交合后，营造了一个莹白的空域，有光丝纠缠漫溢，光华汇聚更是把正中的一座高山耀成金色，灿灿的光流乱舞美如画；两重山外的一道彩虹，其实并不长，但他的视界只有彩虹下的那个门户，在他的眼中，彩虹横跨群山，虹光中有丝丝七彩光晕四溢，完善着缥缈的奇迹。此时此刻，美如仙境的景色，震撼着弃世的灵魂，想迷醉其间，却是山风不许，他穿着的短袖薄衣，就这么一会儿，已经被漂到发白，吹动着衣衫炸响的山风，也把他晾得单薄死气，再夹杂点露水的湿气，倒是很冷，需要抱臂取暖，才能继续品赏这人间奇境。既品：氤氲之气绘屬影，也赏：风声呓语畔耳声。

找一块基石坐下，他只想枯寂地坐一会儿，细细体悟一番，感触其中的生灭变化和人世有何不同。但只有景美和风凉，等等，好像有变化？多了三个人气，是三个被遣上山的十几岁男孩，在讨论去哪片山林。

"我们去哪家山林？那边有块丛木林，里面的菌多。"

"丛木树的范围太小了，不够我们三个人捡，去谁家山林？那里离这家山林近，范围大点，可以多捡点菌。"

太阳还没有破开云层，森林里有些阴暗且潮湿。三人并排翻捡，相互间隔二十米，分隔不超过五分钟，他们必定靠拢分享和炫耀，或是抱怨。又一次分开并行，有人想扩大战果，争保第一，他脸上洋溢的喜悦，再一次被眼中的毫光闪过，捡起一朵红盖的丛木菌，反手扔进背篼；另一人想争抢第一，翻捡的动作就得更加卖力，近似粗鲁，找一根手臂粗的木棍，刨开碍眼的蕨叶，有了助力，他走得更快，但收获还是不怎么样，找到一朵，要把背篼放下到地上，仪式般轻轻地把菌朵放进去，没有谎话骗人，他们也就没有在意是否有老蛇出没；还有一个走在最边上，翻捡得也很努力认真，趁那两人俯身时，绕去了另一片杂木林，在某处坡陡的一角，记得以往几年，那里长了大片丛木菌，全收集起来装了小半个背篼，他没有向任何人说过这个地方，只等今年还能由他采摘，回去后，悄然归入队伍，讶然于地面长出的几朵小指粗的奶浆菌，大喊一声，每人分食了几朵，还得等着别人的惊叹。

阴森的树林里有一座阴恻恻的坟堆，四周围满了杂草，全比人高，得益于父母的别样教导，坟茔最吓小人心，快步绕过它，前方好像还有一座，怎么办呢？

"这是我家山林，哪个准你们进来捡菌的，还不快出去。"

三个小孩唯唯诺诺，不说一言，聚在一起，望天望地望绿树长青，也望阴影叠生，面对陌生人，心怯而又不敢说的迷惑，趁早随风消逝。

"你们再不出去，我就打电话报警了哈，让警察来抓你们。"

看着山上不知从何处冒出来的四个大人头，纵使心有畏惧，也免不了在私底下埋怨一声：这好像不是他家山林吧，有了无谓的抱怨，他们才讪讪转身走下山去。心中已经落籽生根的小事情，抱团的小孩们还要猜测一番他们是从哪里来的。有人说："山顶有条马路，他们是开车来的。"

风吹云涌诧雷声，汽聚雨落疾电闪。飘到头顶的一片乌云，暴力凝聚的几滴落雨后，又是光辉普照，他们躲身的巨石外，才经由落雨滋润的大地，有浅草共生互惠，初看之下，水珠晶莹，似有珍珠般的光泽在点滴间明灭闪烁，细看之后，衣服又得湿了。

路侧有一块种着红薯的地，薯藤下缠着几根渐黄的黄瓜藤，藤上有一根嫩白的黄瓜初结挂蒂，左右张望一番，装模作样地拾一把干柴，眼见无人，三个小孩就放下背篼，争抢着去摘瓜解馋，得了一个，另两人要再翻藤找瓜，吃完黄瓜的那个小孩，许是觉得不过瘾，或是单纯想找乐子，也跑进去找黄瓜，不着规矩地东扯西拽，把遍地的薯藤搅得叶背凌翻，犹未知：多亏了红薯的生命力顽强，才能忍受这等摧残，在又一个新时刻，还需以新面目示人。

返身背起背篓，怎么感觉怪得很？背带好像变长了，又像是竹篓变重了，沉沉地吊在双肩上，为了保持平衡，上身要躬得很低，整个人和背篓嵌绣的新形象，就像一个Y型字，跨步行移时，又成了X型。

小孩不考虑这些，他们只知道背篼里没什么东西，怎么把量堆填到长辈认可的程度呢？度很难掌控，质也很难把握。据说白茅草丛里容易长出紫菌，先去那片茅草坡碰碰运气。三个小孩又分线前进，并排而行，这一次，茅草紧密，他们也找得更认真。

茅草有人高。芭茅叶锋利，容易伤人，白茅叶有刺，刮得皮肤干痒，还有被雨水淋湿的草木，不经意间，身上的衣服又湿了几度，板鞋已经全湿进水，习惯后，他翻到了一朵三个巴掌大的菌伞，小心翼翼地取下，接着小心翼翼地放进背篓，还没转过眼，居然散了。

"唐，我们去弄柴吧，现在才找到几朵菌，估计找不到好多了。"

"那些一个早上就能找到满背篓菌的人，不晓得他们是怎么做到的。"

取下随身携带的一把耙，就近找一处松叶铺得很厚的林地，用耙轻轻一勾，干红的松叶就有盈盈一握，方圆中的松叶合拢，装进背篓，换一个地方，继续同样的动作，直到背篓里的松叶冒尖。

"唐，你的柴弄得快嘞。"

没人看见，他的进度就快，但内部蓬松，没有按压紧实，能迷惑别人的双眼就行。松林里的杂草不易生长，多是灌木和蕨草，所以林间空隙很大，有很多空地，他坐在某处，欣赏别人勤恳的付出，无聊着去转一圈，想找一棵结了一个灯笼形状疙瘩的松树，想看看上面是否沁出了糖汁。

在这个点，他们遇到了本家的几个人，一个伯伯，三个比他年长的堂哥，他们是来吃湾里丧酒的，打一声招呼，他们去了隔壁的另一家树林，说是要找几根木姜树苗，这是伯伯的注意，三个小孩只是瞎起哄、凑热闹，又邀了来捡菌的三个小孩，队伍壮大后，更热闹了。

"你们到处找哈，这个山林里面的木姜树很多的。"

木姜树苗，什么样子呢？反正不知道，就瞎晃乱转吧。山里的松树挺拔，即使长得佝偻或是杈枝，也是受了外力影响；乔木下的灌木，不能实时逐光，就长得磕碜了许多，叶干横生枝节，树茎虚头放射。针尖般的松叶，尖端挂缀着透亮的小水珠，随着行人的位移，他们的内部正在浮光幻影，构筑虚拟，似科幻般银白且冰冷，却又是取景于现实，精装加工伪藏后，才能浮现不一样的景观。

那个大人转去了另一面山坡，直接带回来一根纤长的嫩苗，有三米来长，无枝无叶，独独的一根，看不出特殊，光秃秃且软绵似鞭的树苗，免不得让不识此树的小孩又围拢了一次，大略看过后，自以为胸有成竹的又钻进了密林。

"伯伯，你嘟个晓得这是木姜树的呢，和很多小树都差不多嘛？"

"树根割个口子，可以闻到木姜子的香味。这里刚才扯脱了块皮，你们可以闻哈。"

仅此而已，农人摸索出的经验，年轻人需要慢慢领悟。六个小孩，一个喜闻，吸取新知识；一个乐见，眼中惊奇；一个愤怒自己为何找不到，再背靠大树蔑视苍穹；一个哀求全知全得，苍生为己；一个嗔怨水落湿衣，悠闲赏景处，不愿堕入同伴之中；一个呆愣装傻，充耳不闻心外事，神色虚浮众生情。

"找不到了吗？我们走了吧。"

恍过的时间，他有些疑虑，模糊记得大人是专程为那棵木姜苗来的，而好巧不巧，他进了这片森林，去了那面山坡，霎时就拿了一棵树苗回来，又提议该走了。小孩的心思简单，也就禁不住恶意揣测，现到脸上：树苗真是这片山林土生的吗？还是挖到这里寄存，回程带走的呢？不会是从别家地里挖来的吧？应该不会吧，据说山里有很多的。

水泥路面，前不久还是土路，现在却新开了许多车道。七个人前后散行，他和大人并排，拿着树苗爱不释手舞鞭玩，答空的爆劲，多少能幻生点武侠的豪气；其余小孩虽有笑脸，但沉默不语，东偏头西侧腰，对视着同样表情的玩伴，尴尬一笑，还舞步般转身倒走几步，看一眼那个快要干涸的山塘，承载的记忆正随水位消退，等到水塘彻底干枯后，也就不能再称之落凼了；唯有大人的表情沧桑，眉宇间终年不散的忧虑，深刻出一道道竖眉，当遇到几个朋友或乡邻时，寒暄一声，不得不说的秘密：唐老板，今年在哪点发财哇？再有人无奈且嗔怪地回一句：不说就不说嘛，看不起我们不是。或是：发嘛样财哦，今年都没得找到钱。面子崩盘了的，还要强撑着回答：你们有没得活路嘛？介绍个来做哈。

叫老板，是恭维。偏激者的言论：一群失败者，见面后还相互恭维一声"老板"，声音响亮，想把心中的自卑，以一种所向无敌的气势喊出来，其实是把未来可能有的成功，理所当然地认为是现在应有的谈资。

人生在世，各有各的难处，正如商贩各有各的摊位一样，勉强不得，需要绞尽脑汁为生存支付租金。

"唐，你家新房子旁边不是有块空地蛮？你把木姜树拿去种在那里吧。"

"不用，种在哪家都是一样的。"

回家后，剥几瓣大蒜，煮熟生菌，小孩子嘛，忙里偷闲，还是去隔壁家看看，没准有人斗"高脚鸡"，或是折纸飞机？也可能是纸青蛙。

院前结满青果的大梨树，平时挺内敛厚道，能给人遮阴蔽光，真要有暴雨来临，它会第一个管控不住自己，调皮的孩子个顶个地落，初时还能享受坠地的快感，真要落在地上，又得是个身碎骨裂，再被落雨洗去残渣，还略带涩味的果肉，白净的肉体倒也能引人拣食。而对于极不稳定的大梨树，他认为这个时候最好绕开它。

晒好的玉米，留几张叶壳在蒂尾，晾去表层水分后，全堆在堂屋里。在横梁上挂几根钢筋或是绞绕的铝线，尾端绑八到十颗玉米承力，之后每挂用三到五个依次往上辫，这项工作至少要三人，一个在地上收尾束，一个站在梯子上递送，一个坐在最上方辫玉米。

"唐，你的暑假作业做完没？"

"还没开始做。"

"你们知道吗？小弟昨天差点被牛撞了。"

"谁叫他穿红衣服去望牛的嘛。牛好像是色盲的。"

刚才出了会儿太阳，有人家抢时想晒玉米，现在有点滴落雨催促，他家又开始怒吼谩骂奔行和推拢，实在救不过来的那部分，先用三色布盖住，浸水了再晒干就是。这一阵雨后，炽烈的光下来了，一直未曾弱去。

"唐，快点转来吃饭，下午还要去掰苞谷。"

"唐，你不要太秀气了哈，用两根手指抬菜，端倒了，哪个都吃不成。"

"唐，快点吃。菌你们先不慌吃，我吃两块看有没有毒，还有里面的大蒜是不能吃的。"

咽一口唾液，一年就这几天能吃一点炒菌，还需等大人同意。寻求意见的目光饥视，就和猪脚的谎言一样，小孩是不能吃的，会叉走媳妇，你看隔壁大哥，就因为吃了猪脚叉，现在三十多了还没结婚。

"唐，二叔叫你去帮他搬砖。"

路过二叔家，二叔正站在新修的砖房二层如诌笑一般，吟吟地叫他的小名。二叔家的木房才立起没几年，房木还略显新色，去年年底才把整栋木房的墙壁装好，今年不知从何处挣了一笔钱，新申请一块地基，打算赶在同乡之前

129

砌起一栋两层高的砖房，赢得一些虚荣。仰笑一声抱歉，他现在没空，要去掰苞谷。

山路不平，有流水冲刷，洗出的黄色黏土滑人，土生土长的他们，尽管走路要小心，却都知道哪段路在何处踩点，所以还能有闲隙打招呼，看一眼在某块地里挖凉薯的小哥，背身吞一口液腺分泌的口水；洁白的"果苔"很清甜，可惜自家今年没种；那两头在新收的玉米地里吃草的水牛，牛肚浑圆，只在后胛骨有两个浅窝，牛尾左右有节奏地缓慢甩拍，幽静的步态，像个小女孩似的，秀步只半移。

刚爬到叶子正面的青虫，被一只觅食的燕子叼走了；而在洞口透气的蚯蚓，等到水位消退后，又缩回巢穴啄泥松土；还有一只在上空盘旋不去的山鹰，听老人说是在找寻谁家的鸡崽，也有人说山鹰会抓走不听话的小孩，跳得越凶的小孩，越容易听到和风细雨吓人言。

走到自家的两亩玉米地，他被叫去掰苞谷，掰得有点磨蹭，大人看不下去了，就叫他把掰好的苞谷背到路边，一个来回，掰的没有背的快，又被叫去割秸秆。刀锋斜提最省力，可他偏不愿刀口朝自己。一棵一棵地砍倒靠着土坎，遇到水分足的茎秆，还要各自争来嚼饮一口，再去收割时，要小心地里尖锐的残根，走路就太过分小心了。

"唐，你能不能不要这么秀气。"

"唐，你这种性格，长大了怕是不好找女朋友哦。"

残风怒饮狂歌，枯叶脆鸣惨烈。玉米叶很痒人，如果不注意，它能在肉皮上割出一条条泛红的疙瘩，叶子上没有挥发干净的雨水，一遍遍地被他用来清凉这种瘙痒，但不治本，他打算把堆在地里的玉米背回家，累是累点，却可以不用接触玉米叶，那一刻，他竟不知道：汗水流过伤口时更难受。

是哪户早收玉米的人家，正在地里烧秸秆，扬起的漫天烟尘，火焰爆裂的声响，终是崩碎了奇迹，四分五裂的躯体，有一小块落在了他身上，轻轻一吹，又能继续飘飞，或是手拿不起，碎成敷手的污尘；而大部分余烬绕不开这段宿命，回落到了这片生养它的土地里，继续塑造下一代人。

路过的房舍，有人家在用连枷砸黄豆，一根三米长的竹竿顶端，回旋一块木条编的盾匾，不需多用力就能去掉豆壳。叫一声在地里收辣椒的婶婶，看一眼那个同龄的小孩，你在地里帮忙，却不知你家牛跑远了。

小孩倔强，牵回了水牛，可还一直哭丧着脸，闹着要去地里绊草，看他跃跃欲试，谁能不知道他的那点小心思？

"妈，多弄点坝脚海椒嘛，我喜欢吃干炒的。"

当地有场坝一词，即城镇主街道的意思，坝脚就是快结束了，需要来年再见，也有另一层意思，如同赶集结束时，货物更便宜一样。

炎阳无光时，昼夜交替，躬身回家的农人，把当天收不回家的玉米棒盖上一层油布，再狠心插高背篓里的玉米冒头，想为第二天减少些负担。那个牵牛背辣椒的少年，上身躬得极低，走得很慢，额头几乎贴到地面，他把控制背带长度的木棍取了下来，可以让背篓长长地挂在屁股上，有人在大声喊他，他走快几步，想赶在有人来接他前，自己背到家。

看他这神异，才刚到家，空中就刷起了密雨，这又让母亲有了和邻里吹嘘的资本：你们看，天都在帮我家儿子。

黎明之后，黄昏之前，抢时晾晒的红辣椒，若是泡了点水，今年的收成也就废了，晒干的辣椒，母子同行，要去某家舂辣子，舂起的红粉刺鼻辣眼，但不知为何，他总觉得充分晒干的辣椒，用石碓舂出的辣椒面格外均匀，也更香。

那晚，云层很厚，凉风沁人舒爽，浅光照物影淡。吃过晚饭，洗好脚后，此时人心最放松。

母亲又在教育弟弟，惯用的语词，希望能潜移默化别人的思想，平和的口吻，又不能让子女太过叛逆。

"小唐，你再哭，小心有猫猫来把你抓走。"

"你这么大了，我们也不想打你，但你自己也要懂点事啊。"

他站在河边，看见的山影，一重盖过一重，能入眼的，一叠高过一叠，山矮的，隐在山间，要走近了才能看见。绿树崇山间新缺的一面壁影，青石黑斑，还有被潜水浸染的两行对称锈痕，直坠接地。捡一个别人丢弃的打火机，还能点着火，放进兜里，以后心许能用得上。

水波漫漫无痕，萤火点点闪烁，霞影渐淡，借助恍惚的天光，在这溪水之畔，勾影之间，他遇到了一个人，心中的挚友，不通名姓，也畅谈无碍，而挚友扶萍，一笑竟幻生百态。

第十一章

"一块钱一个打火机，个人买个便宜些，男的要吃烟，女的要煮饭，个人买了得个方便，只要块把钱，要用大半年。"

小镇的集市，已经不如前些年热闹，从街头排到街尾的摊贩倒是没多少变化，只有摊主增添了些许老态，换了几茬的行脚商人，上次那个是卖农具和菜刀，这次这个在卖麦芽糖，都有铁器敲击声伴行，重复的节奏敲击出单调醒人的韵律，目光有些明亮且戒备，泛着自卑的心态，既希望有人买货，又害怕正面别人，混到了他父亲的年纪，一切又将理所当然，虚度着浑噩的余生，眼神中必定弥漫无法复燃的死气，祖祖辈辈传承的命轨，需要改变的不止金钱和思想，还有环境。

新来的一个少数民族中药商，铺地上的一张纸，纸面印有"祖传"二字和多种不常见的药材介绍，内着平常衣，外套民族服，摊主坐在一根贴满广告和泡泡糖彩贴的电杆旁，面容黝黑的男子言行过分浮夸，殷勤的动作却让人提不起丝毫反感，好心地提醒着每一个围拢的顾客：免费试用，有效果再买。中气十足的声音，自带小音箱，饱含自信的措辞，侃侃而谈后，倒也能为他招来许多买家。

围观的顾客多是一些留守的老人，基本独自一人，均背着一个不小的背篓，十几个人围在一起时，还能留有许多空隙，其中有两个牵着小孩的老人，神色间满是慈怜，暗呼一声，把小孩护到身下，紧抱大腿，手罩住小孩的脑袋，生怕他们磕碰到篓底直晃的背篓。除了老人，街上的行人就属十几岁的学生最多，三两结伴，买到一些古怪的小玩具，就能在同伴面前炫耀半天，但又懂得分享万物，才能友谊长存。

"胖老师眼睛看的方向和他实际看的地方不一样，你们注意点。"

"有次我站在他背后，他都能知道我在干吗，真是怪了。"

"他是用眼镜的镜片看的，最吓人。"

街上的中青年，十不足一，眉目间多有疲态淤积，唯有的两个衣着亮丽、精神抖擞的年轻人，才兜转半圈就不见了踪影，似是不愿与他们为伍，要去县城潇洒和混迹。其实，县城里的年轻人也不多，能挨得住底薪生活的他们，丧失了进取心后，也就考虑不到另一批人的那层含义：老家县城两三千的服务员，和某地七八千乃至上万的服务员，是没有可比性的。真希望两者不是受家庭的束缚和驱使。

听人说这条街上有一个很有趣的人，是一个品酒人，赶集那天，他提着一个空酒壶出门，从街头开始，挨家的去打酒，装酒前要先尝，如果不合口味，他会说太淡或是太辣，然后转去下一家，一直走通街道，他的酒壶还是空的，这个时候的他已经酣醉，酒意上头，倒在门楼的石狮子那里睡觉，直到第二天早上才晃着脑袋回家。每个星期都这样，街上的卖酒人基本都认识他了，不知他用了什么方法，从不去以前进过的酒家，还是能大醉。

"虽然有许多漏洞，但作为笑料还是可以的吧，丽？"

看你的眉头不喜嘈杂而微皱，厌恶肮脏正撇嘴，衣服洗得太过白净，有洁癖的人，在浊世前行，还要惦记星星是否沾了污秽。

眼神轻蔑，又在鄙夷什么呢？一个身穿皮大衣的男性老人，戴着皮帽，目光有些骤衰后的死寂，和不可一世的孤独个性，自以为见识不凡，双手插进衣兜环抱，看谁都是一副冷脸，见到认识的人，又讨趣般小跑上前打招呼，询问一番老家的变化，和自己搬进城后的所见所闻，特别是那件颇为自豪的糗事，以挖苦的语气，又要提出来说一番。

"现在的年轻人，得个手机抱起就不放。前天我碰到一个走路玩手机的小伙，看手机看迷了，走路摔一跟头，手机甩到很远，我看他半天没爬起来，走过去把手机捡起来就跑，看到他也追不上我。"

对于这类人，别人能说什么呢？同龄人，相识的那几个，关系基本不到位，而作为晚辈，也不好逆语直言，用婉转的语气呢？固化的思维，难以拨动分毫，说不得还会让人仇视。最后，听过这个故事的人，大家都相视一笑，再若无其事地岔开话题，摆谈一些工作和学习相关，有人提问，就端正态度，以严肃的姿态，煞有其事地回答一些自己也所知不多的答案。

而对于那个年轻人来说，或是处在极端的两类人，可能就相互看不顺眼，甚至是结怨，成长的环境和后天努力，还有成就，塑造的独特个性和内心微妙的变化，至少短时间内，是不会有隔阂的。

"俗尘扰人事多，既然你不喜欢这种氛围，那我们走吧，去乡下。"

"丽，秋天最应景的是什么呢？是万物凋零的愁？还是硕果丰收的喜？"

可能是总有缺憾的人生，要享受追寻补全的过程吧。

就像那个一脸憨相的小男孩，背着个黑色小书包，只因应了爷爷一句，就要陪同爷爷去二十几公里外的县城牛市卖牛，他想要的是什么呢？最开始可能是想到县城里，能有一碗牛肉粉；走在小路上，最希望太阳不要那么晒人；走到大道上时，又想知道爷爷什么时候能再找到一条拉近距离的山路。为了适应黄牛的速度，还有爷爷不时絮叨的繁华，一路上倒不显枯燥，当提到可以买碗粉吃时，又说能坐车回家后，小孩的内心是激动的，一个并不富裕的家庭，没有闲钱旅行，乡下小孩的见闻基本局限在随年级逐步提升的学校所在地。

他岂知：选在午后凉爽的天气里，在爷爷早已规划好的路线上，六七个小时的脚程，注定他们今天是到不了的，要在一个久不联系的老友家休息一晚，把小孩安顿休息后，爷爷要在只有木柱框架的牛圈二层，堆满稻草的草堆中紧绷神经休息一晚，不想给主家增添太多麻烦，凌晨六点离开，到了烘臭的牛市，把小孩留在管理室，独自牵牛到黄汁四流的操场上四方接触，卖了一个说不上是否合适的价钱，才能对小孩浅笑着买粉坐车。爷爷本可以卖给串乡的牛贩子，但他舍不得那差价。

牛呢？本是习惯性地跟在主人身后，如同懵懂的前半生那样，本以为这次也毫无危险，被现主人绑在一根树干上后，愚笨且转不过弯的大脑，还要疑惑地目送前主人离开，在被送进屠宰场前，水汪汪的大眼睛，永远是那般没心没肺，似是麻木，麻木于被主宰的命运，前路被斩。

时至正午，光柱如泄，他们才回到村子，就有鸡鸣狗吠不止，被主人喝退后，全缩成一团呜咽哽泣，像有无尽委屈难述。他们在村角一处树荫坐下，想晾一晾这抑制不住的汗水，一阵微风来，竟是丝丝热气侵袭，感受不到丝毫凉爽。

他家所在的这个小村子，三十几户人家，村舍鳞次栉比，皆依山势修建，面对晨阳有无穷活力。烈阳之下，村民们多数待在屋里，不过也有个例，母训儿孙懒，子念瓜果熟，两个理着平头的小孩，偷得半时玩耍，背着个牛仔布包，要去山上摘瓜。

农忙时的大热天，时间的挑选很重要，早上和下午要放牛和收庄稼，中午虽热，但难挡小孩活泛的热情。在孩童时代，家家都在为子女存钱读书娶亲，那个年头，农村的家长是不会给太多钱买零食的，想要小吃，就无可选择地去寻觅满山按季生长的野果。

山里荆棘密布，林中虫兽蛰伏。两个小孩讨论着心中刻意记住的瓜藤所在地，对于心中可见的渴望，他们干劲十足，步履轻快，幻想着唾手可得的目标，半小时小跑，脸上竟是看不到点滴汗水。

进了森林，山顶的那棵刺树上有一根瓜藤，小孩们直奔目的地，有矮树挡路，暴力崩断就是，有人高的茅草呢？
害怕割手，却是得绕开。刺树有大碗粗，周身长满筷头粗
的钝刺，看着肉疼，但树腰那两个半开口的瓜，白里泛着
粉红的果肉诱人，近在咫尺的收获，真就得放弃吗？那还
不如努力奋斗后的目标渺渺，可以直言难成？

　　"唐，我上去吧。"

　　"刺多嘞，小心点。"

　　四周找不到长竿细树，只能人身犯险，看弟弟小心慢
爬的动作，尽管慎微，还是在手臂和大腿上刮了两条深可
见肉的伤口，起初不渗血，也不见疼，摘得了瓜，还能咧
嘴傻笑一声，不过那短袖短裤遮不住的伤口，俯身翻起一
块皮肉，响起的嘶声唤语怎就如此让人皮酥肉酸。站在树
下不敢爬树的他在畏惧什么呢？不是树刺伤人，而是听说
树下虫蛇多，和绿叶同色的竹叶青，指不定缠在哪截树枝
上，等到别人打破它的寂静，再蹿出伤人。

　　把得到的几个瓜装进书包，他们要去更为浓密的刺林，
少了人为破坏，才能有更多收获。刺笼遮蔽阳光，所以地
面几乎不长草，脚踩枯叶慢慢搜寻时，他祈祷着不要遇到
老蛇；心痛着全开的瓜上，有不少鸟啄残迹，忍心将一个
长满青霉的熟瓜丢掉，把另一个同蒂相生的熟瓜拿在手中，
瓜壳已经开到翻背，相比被鸟啄的那个，还算新鲜完整，

只是不能放进书包，怕被压碎果肉。

"小唐，你先把这个吃了吧。"

"别，你先吃，前面还有一个，我们刚好一人一个。"

零星的光斑跳跃，在人身和地面间来回调皮，低矮的刺笼下，他们要躬身行走，保持这样的姿势，在无风吹拂的密闭空间里，闷热非常。视界有限，不仅要防止荆棘刺身，还要找寻隐在密笼里的瓜，瞟一眼地面，一条盘在某处的老蛇懒惰，一动不动似枯叶裹身，他们都没有发现对方。

他用手指捻开一枝刺条，脚底干叶脆响，地面平整，因用不着观察路况，他们可以全力凝神扫视每一处可能挂缀瓜果的角落。蚊虫叮人，痒人不过一个疙瘩，巴掌一拍，浅浅的疼痛下，再痒再拍。

"唐，该你背书包了。"

早已说定的事情，每人背一半距离。找一处可以站起的地界伸展一下身体，再向前走时，一个不注意，刮了一条浅浅的血痕，真是烦透了这些缠人的刺网。

走在裂响的枯叶上，他们听见的是林中鸟鸣，专注地扫视着每一根树藤，一脚下去，离老蛇又近了一步，再一脚下去；猛地惊起，翘首戒备，惊惧于恐怖的生物离自己如此之近，蛇目阴森，该怎么办呢？还是早早离开的好。

全力蛇行，不时偏头后视，速度极快，瞬间就没了踪影。

从始至终，他们都没有发现那条蛇，心中无惧，只顾看着藤上半开的瓜，默算一下时间，是不是该回家了？出了刺笼，先得找一处树荫息凉，耐不住的手脚，要把装好的瓜拿出来码齐，不放心般数一遍，二十六个，正好两人对半分，再从书包底部整齐码上来，免得压坏。虽然口馋，但出发前就许下要装满书包的誓言，现在可不敢吃掉一个，还要把鼓胀的书包背到同村的玩伴那里转一圈，满足了虚荣心，才能背着书包回家。

他真的很难不去在意别人异样的目光，接饮最后一滴水，把空的矿泉水瓶拿在手中，为了节省开销，塑料瓶应当被反复利用，只是久汗口渴，是否应该厚着脸皮去讨口水喝呢？还是算了吧，一时受罪，总好过半天念叨别人好。座下的石头有些硌人，换一个姿势，还能避开那家母子不时瞟来的眼光。他坐在马路边被弃用的水缸上，四四方方的水缸由薄石板围成，换了好几个姿势，总觉得面对山外坐着最好。不去理会近身的喧嚣，远景很静，山影有着朦胧的浅黑色，空中本应最干净，但浊尘碍眼，还需清水洗涤。

"唐，你是不是吃到石头子喽，不肯长嘞。"

"唐，不要背得太多了，你看你都没有小唐长得高。"

母亲半开玩笑地调侃着儿子的身高，扫一眼那神情高傲、气质不凡的人，短袖长裤整洁，坐在水缸上纹丝不动有遗世之风，没有勇气破坏这份意境的他们，大人模糊花开如凡物，小孩憧憬气质似瀚海；眼神微动又近凝滞，羡慕着别人生活随性，还虚度着光阴永是死水。

邀一声功，当着母亲的面，两个小孩把书包打开。包里的情形不堪入目，瓜壳半开的瓜，经过长途颠簸后，多数已经融成一团糨糊，为了回家炫耀，一直没舍得吃的瓜，现在已经不能吃了，真是有哀难落泪，两兄弟提着融烂的瓜，走到一棵三人合抱的泡桐树下，不舍地把它们倒掉，蘸起一点白汁，再尝甜味时，真是可惜了这些瓜果，不愿就此放弃的他们，又从中挑出几个没有熟开的瓜，可以把它们埋到木屑下焖熟。

有时候，努力的结果一团糟，但能不努力吗？您且瞧那些做苦力的工人，哪个不是在拼命干活？烈日当空，晒得后颈辣辣的疼，汗如雨下，勾勒出一条条虚边细描，不言放弃的他们，或多或少有一些牵挂。

一个随车搬卸水泥的小工，整天水泥洗面，厌烦到已经不愿戴口罩，只想早点结束这荒唐的一生，不过家中有妻儿，还是得苟且生存，卸完一车水泥，铁定要喝一口冰镇过的啤酒洗肺，做完一天工，汗液垢水泥，身上披着厚厚一层水泥盔甲，如果不是还能行走，全身竟看不出一丝人样。若是有得选择，谁愿意做这种工作？慢慢熬吧，都在熬着儿女出头，兴许还有得救。

另一个随车背煤的小工，是个聋哑人，和同样有身体缺陷的老婆有三个子女，无可奈何时，也能求得一份苦工，每天挣钱养家，供子女上学。尽管子女穿得破旧，但乡里谁人不对他道一声好？看自己如何选择罢了。

"唐，去把院坝扫了。"

爷爷身上的旱烟味，老远就能闻到，有时喝醉酒的缘故，回家又会大肆抱怨，爱惜他的田土，生怕有丁点儿浪费，房屋的地基也是在一块最贫瘠的菜地旁掘山建的。质朴的老人，辈辈节俭奋斗，都为福佑子孙，个人愚见，这既是美德，也是束缚。

第二天，中秋佳节，整个村子家家团聚，独独少了父亲，他们都在外地打工。惊讶于今晚的月亮又圆又亮，吃过晚饭后，男孩站在院坝里，四处张望着洁白的光辉从何处洒下，想学古代文人那般望月寄思，不过放到他那幼嫩的稚脸上，完全看不出有丝毫严肃，纯粹是好奇今晚的月亮是何等洁白。

他家的院坝被四栋木房围着，像个四合院似的，站在院子里，个子矮的小孩根本看不到斜挂在天边的月亮，只急得四处乱转。母亲正面明月，面容惆怅，看着远方那轮白月，洁白的轮廓内，有点点黑影斑驳，颜色由浅黑渐至虚无的白，就这一点，不知引得多少古人愤恨：璞玉之中有瑕疵并存，但若都盯着只剩空旷白色的月亮，又有多少人忍受得了这份寂寞？寄思明月时，看得久了，都会去计较那些所谓的瑕疵吧，排解内心孤寂的同时，思念着亲友的人是人非。

乱转的小孩找准一个角度，盯着最亮的一处，慢慢后退，这总没错吧？随着后退，夜空越来越亮，曙光渐近，心中就越开朗，慢慢后退，终于看见了那轮月亮，真漂亮，不是吗？头在后仰，惊呼一声，终于看到了全貌。

"唐，你怎么样了，没事吧？"

听到惊呼，望月沉思的母亲回过神来，四下看一眼，不大的院坝上看不到一个人影，叫人不应不语，他不会是从院坝边掉下去了吧？霎时心下焦急，急忙跑过去，唤一声，还真掉下去了。

由于没有注意身后的路况，小孩倒退时，一只脚尖站在墙边滑了下去，也因有脚尖缓力，他的身体是直直下落，生死之间，强烈的求生欲涌起，双手竟在意识之外挂在了坎边，人紧贴在墙上，没有落下去。

"唐，你没事吧？"

"没事。"

"你的脚下没有好高了，你还不如直接跳下去。"

还真是，脚底到地面的距离最多小腿长。看着母亲脸上转忧为喜的神色，他有些不明白，站在高处的妈妈，为何会被月光衬得无助，慢慢偏头转身离去，一步老一分，本是愁容变换的结果，却把它归结于光阴流逝。按理说，他们这样的家庭，迫于生活，大人是不会有太多时间去多愁善感的，难道真是因为老了吗？想不明白。

作为一个旅人，他的亲人呢？你看那月亮洁白的光辉，太阳刺目的金芒，亲情本同源，一个言情激烈，另一个有了转折柔化，落地后却还纠缠不清，两者相距甚远，却终割不开那久久的忧思。道一声抱歉，怪他把一切都长埋心底，但谁愿见家人受苦，若是可以，还不如不再相见，生为男儿，当破釜沉舟，不进则永世沉沦。

本是一个俗人，偏要僵硬死气地辩白！

月光洁白明亮，走在月下，可以看清路上的一物一景，不用打灯，空出来的双手，摘一片槐叶，吹响叶哨颤鸣。夜里草下，夜虫娴熟地拨弄草弦，谱出鬼言魅语，想吓退某个胆小的孩子，它们以此为乐。

"丽，你没带换洗衣服吗？看起不像脏的样子。"

"好像是。你听这风声，伸手细细体悟，微风流过手指的酥爽，真是不可思议。"

那座困牛山，要半天路程才能到。困牛山不过一座小山丘，山体浑圆，全无出奇，只因那里是一处红色革命遗址，不时会有一些人来此缅怀先烈，就有了许多人气。

山下有个小山村，只有几户人家，房木陈旧，久经风吹日晒，炊烟随风紊乱，村民屏息快行，粗布制成的深蓝色衣裤，耐用的布料，不知用了多久肩挑袖磨，把小肩磨得干硬光亮，还破有两个连筋的小洞。

蝉声悠扬，婉转动听，似乎是从黄土马路边的大梨树上传来的，过得逍遥的它们，无忧无虑的日子里，竟连叫声都要高亢嘹亮许多。

大梨树下的稻田里，稻穗硕黄，连续半个月的旱天，稻田里的蓄水已近干涸，只剩一处低矮泥泞，有个小孩正在那处泥泞里，徒手捉稻鱼，在别人的主场里，毫无所获外，还溅得一身泥，接过大人递来的无底背篓，被告诫声大惊鱼，缓行不见水纹，轻提不闻声响，把网箅猛地笼下，终于得了一条鱼，可这过程节奏太慢，着实不好玩，还是去捡鸭蛋吧。

稻田里的泥地多已干裂，裂口超过两指宽，有水稻遮挡阳光，所以地面还润着湿意，但人踩不陷，两兄弟躬在稻叶下四处搜索，干劲十足，尽管无人提起，但隐藏在人类血脉深处的攀比心，督促着谁也不愿输了场子。都没有收获，怎么办呢？好像有一个梨子落了，砸得泥地啪的一声响，先商量清楚：他们一人一半。

背着拥有梨树的那家人，在他家有人路过时，还假装抓鱼，四处找找，烂梨有蝇营，从地下抠出一个梨子，表皮已经被污成黑色，多捡几个回家削皮后，家人要平均分配，大人尝鲜，小孩饱腹。

对于小孩子的小孩子气，大人就笑笑。小孩能做什么呢？斛斗挑子和风簸，他们一样不能用，帮不上大忙，也就渐玩渐学习而已。

过了几天，是国庆节，在县里上高中的二哥回来了，趁家里没人，大中午的，拿走摩托车钥匙，把脱漆的摩托车推到路上，却一直打不起火。

不知人是否一直如此，有了兴趣，其他一切障碍都会变得平常，烈日灼身，他毫无所觉。把车推到一处陡坡顶，打算靠滑行启动发动机，三十米的坡道，快到坡底时，猛地放开离合器，短暂的停顿和俯冲，真怕车子突然歪倒。之后是连续下坡，捏紧离合器，双臂伸得笔直，左手似乎要长一点，车头总往右偏，歪歪扭扭的行迹，转了一个弯，还能雀跃一声。

一个陡坡下是一条 S 型弯道接上坡，缓冲很短，他乘风下坡，速度很快，不见两侧草木成虚影，第一个弯道，在自己的车道转个大弯，一切还能控制，第二个弯道是小弯，慢慢减速，有货车在弯道对向行驶，更应该减速。速度怎么减不下来呢？他像是不敢急刹，担心滑石侧翻，这种速度下，他想把车头右偏一点，右手却要强自扳直，看着两车的距离越来越近，他无惊无惧，既然无法阻止，何不顺势而为，把车头左偏，打算从左道绕行。

货车司机时刻紧张着那个愣头小子，把车直直往前开，快要相撞时，急急地刹车把车缓下，那个小子把车左偏了一点，司机急打方向盘左转，两辆车真真"插肩"而过。

错身之时，他的四肢像放开的齿轮疯转，被刮掉了一只后视镜，他却是一点儿都不心悸，反而有一种车轮叶上漂的感觉，让他莫名心爽，同时也听见了身后那个回到车道的司机大喊："小私儿，骑慢点嘛。"

一阵风扰，音过无痕。他沉浸在那种美妙的意境中，一时不想自拔。

路面凹凸不平，沟壑丛生，碎石随地可见，把控不住方向的他，车轮压到了一块松石，再也控制不住车头，被带偏到路边的排水沟里，行车遇事需减速，这还是知道的，等到车速降为零，想借一块石踮脚，却错过了最佳踩点，无能为力时，他人很小心，岔开双脚，任由车子倒地。

看着摩托车缓缓倒地，他首先考虑到的：不是人是否受伤，而是车身是否受损。绕车转半圈，车身没有找到多出的划痕，就这一点，至少能少面对许多唠叨。轻松一口气，想把浊气吐出，一瞬间的放松，他骤然间感受到热量猛增，身上像有火气焰容，蒸得全身汗液直冒，汗身粘衣，腻得难受，特别是右脚小腿，烫得刺疼。

露天的石头烫人，找一块草地坐下，掀起裤脚，疼痛的部位有一大块红斑，红斑上还有过度灼伤的黑色，许是刚才反应不及时，碰到了排气管，真是晦气，有刺骨的痛感，独自一人时，还要当没事人一般，走到车旁，抬起二百多斤的车子，小小的身板，怎能提起如此重物呢？

手脚并用，脸上的汗水滴答落地响，千万别怪头顶炙热的太阳，它要惠及万物，就避免不了有几个晦暗的角落里，有几声抱言怨语。一定要在父母回家前，把车骑回家，千万别让他们发现自己碰过车子。

回家的公路全是上坡，路线随山势蜿蜒，车速四十迈，地处山北为阴，不时掠过的山影风凉，全程劲风扑面，吹得头发倒冲，呼吸节奏匀慢，为了寻求少时青春的激情，眉眼一斜，有睥睨天下之风，横眼一怒，自当日月失色。受尽熏陶，小孩就爱抱有幻想，俗称白日梦，大人知道什么呢？

小腿还有微微疼痛，不管意志如何坚定，确实不能漠视身体里的神经反应。

那个滑行点火的陡坡，车子慢慢上行，坡顶渐有光线露头，从一个环境切换到另一个环境，人们最先注意到的是最明亮和极致黑暗的东西，凝视一会儿，晃得眼花，不经意间，车轮滚进了一个重车压出的陷坑里，凹坑另一头是一道被挤出并凝硬的矮墙，十几厘米高，过这道坎时，车头抖动得厉害，离合器和刹车不好控制，偶尔的慌张浮现，车身越偏越低，惯性冲出很远，把一只手肘蹭掉一大块肉，血迹正从沾了沙土的伤口沁出来，忍痛擦掉变黑的沙土，人瘦可见骨。

他没有练过半坡起步，把车推到路旁，上车后总往后倒，离合器和制动器间的转换，无论尝试多少次，一直把握不了两者之间的那个度，没有车速，温度又上来了，真应该抱怨一声：这鬼天气真热。抱怨之后，才能有许多解决办法，怎么办呢？只能推回去。

看着车身多出的几个残缺，油箱凹了一块，另一个后视镜的玻璃碎了，掩饰不住的证据，晚上肯定少不了一顿说教。上坡车难推，才走了两三米，他的手臂已经酸软，把整个身体喻成微弯的长柱，一步抵一步，真的后力不继时，把车撑在某处，站到树影下，看着轻轻发抖的双手，想让它不再抖动，是小事，可惜做不到。手肘和小腿的伤口，剧烈疼痛抽麻，对此不在意的他，更多的是想把车推到家。

几个轮回后，他把车推到坡顶停稳，转身看着身后的道路，不论付出多少，心中自豪充盈，慢慢地成就感四溢，看了片刻，脸色几度幻变，那随云塑形的光照似在嘲讽一般，嘲笑稚童无知：怎么不把车滑到坡下，再骑上来？

可能是有形的汗水压制了无形的思维，才能有如此弱智的做法，就像那阳光和流云，两者间的关系很复杂。有时自我安慰一句：不是吗？

十五六岁，人性初成，介于虚无和现实间的过渡，总有一些东西是难以接受的，忤逆父母，追求极端中的另一个极端，炎阳想冰寒，狂风盼树止。想随心所欲，却愿不从心，转而去追求快感和刺激，肾上腺素飙升时，被紧张充满的大脑，可以忘掉许多烦闷。

晚上，父母果真在念叨，婉转的言语，略带吼骂的语气，眼神似恨铁不成钢，眉宇微皱，脸庞下垂，有多少人不纠结于自己儿女不如别家好呢？

"唐，你都长这么大了，应该懂事了啊，这点小事都看不到吗？"

单说有什么用呢？短时间内根本不可能彻底改变一个

人的言行，还是带他去隔壁兽医家，借来碘酒消毒。才走进隔壁大婶家屋门，又要说起事情起因，大婶也在帮口：都已经十五，欸，十六岁了吧，要懂得管好自己的身体，不要什么事都让爸妈操心。之后是聊不完的家常。

"你家姑娘好大了？"

"比唐要小几个月，唐是正月间出生的，她是五月份。"

小孩的爷爷，抓了一小撮盐，说是洗头能消炎，还说在生活拮据的年代，只能用洗衣粉洗头洗澡，又说在更早的时候，洗漱用品都很难凑齐，村民们每天见面，能笑出满口白垢喷沫，唾液流不回内腔，就更难看了，抽烟的几个，更是一口黑牙，油头汗身，衣裤酸臭，全一个德性，也没人看不起谁。

第十二章

"丽，天太热了，我们找个地方休息下吧。"

三十几度的天气里，太阳直照下，全身的温度都上升了不少，汗水渐沁半挥发，汗泥渐浓，在脖颈处勾出几条黑色项链，低头时若隐若现，仰头时珠粒亦分。

"汗水都淌成这样了，你不知道热吗，站着干吗？"

随处捡起一颗碎石，如同刚出锅的炒菜烫手，条件反射般松开手掌，手指微微泛红。他们走到一棵柿子树下，惊起群蝇不满，嗡散到别处息凉，随着人迹前移，它们自动避让。

许是温度太高，除了一两处，落地裂开的熟柿子大多已经变得干黑，蚕豆大的苍蝇全聚在上面，既能实时获得食物，还能有水分挥发时的第二次洗礼。人扰蝇乱微风起，光照果枯臭味绝，车辆驶过时扬起的泥尘，粘衣后粒粒细小。

"没有外力破坏前，再微不足道的尘埃也知道抱团不动，若是懂得互惠，长几棵有益的草木，还能巩固根基。"

有了不可抗拒的外力，是选择随风逐行的松土？还是固守本心的顽石？扬起的尘幕迷眼，也不容小觑。

吸气摇头缓缓吹出一线天，从手臂到手腕，再次飘起的尘土，见风四散，简直渺小。

走在山中还不觉，站到山上才发现，绵延的大山里，草木皆绿，唯有土壤泛黄，零星的村舍后，缓山坡被开垦成了大片耕地，连成一片的土地，在连绵的山绿中，就像一大块被扯去蒙纱的秽物，异常显眼。山下的房屋和耕地布局也很微妙，地基选在石体上，土层较厚的留作耕地。

耕地里正在忙收的农人，戴着草帽，女的花衫，男的单色短袖，二十几个人，躬身在地里忙碌。他们劳作的耕地半荒，根根枯草底下，种着几年前播下的山参，到了收获的时间，老板先来一个电话，招齐人手，把车开到耕地旁，坐等农人把收到的山参称重，无聊时，可以玩玩手机，落在农人眼中又是羡慕，但有谁知道他的屏幕是显示销路如何？还是家中琐事？或是网文和游戏？

"老乡，我们能拿两个红薯吗？我们一人一个。"

"可以，你看中哪个，我给你丢出去，别进来把衣服弄脏了。"

"没事，我自己进去找就行，谢谢啊。"

"你不是本地人吧？听口音不像。"

"不是。"

很久没有生吃过红薯，想再尝尝。选两个手腕粗细的短梭状红薯，拿着走了半程，本想找水洗干净，实在受不了烈日口渴，就在草地上擦干净，剥皮后再吃，才出土的红薯冰凉，嚼着凉爽清脆，断口沁出的白汁，仔细品尝一番，可惜身体对水分的急需，却是尝不出味。

沿途的紫金木兰，本就生命力顽强，作为当地的入侵物种，崇尚以点开花，渐渐连成一片，再层层推进。这对村民的影响可能不大，但它们完全破坏了当地生态，政府挂赏收购，人们拔了一茬又一茬，还是没能在当地灭绝。有了人为因素，紫金木兰的扩散暂时得到控制，保持着脆弱的平衡，不得寸进尺，也不肯退半分。每年大量的资金投入，算是给村民增加了一项营收。

一个八岁左右的儿童，抱着半捆紫金木兰，背着书包在奔跑，正是换牙的年纪，上课时掉的一颗牙，要带回家问长辈一声：下牙扔到房顶，上牙丢在墙脚，新一年才能长出新牙。父母在外打工，爷爷在家忙着找来柏香树皮，干树皮捆成小束，一把高粱扫，绑紧裤腿衣袖和衣领，准备工作做完，晚上割蜜。

每次打扫蜂箱或是采蜜，小孩都会躲到屋里，不敢出来，他最怕蜜蜂蜇人，特别是那一次，大太阳天，他站在厢房楼道上，看着爷爷拿一根长针，去刺破蜂巢最下端的一个蜂王蛹，小孩本是好奇，怎料工蜂似癫狂地漫天乱窜，见人就叮，叮了好几个红点。丢掉了尾刺，据说它活不了多久。

晚上八点左右，一切准备妥当。割蜜的工序不算烦琐，先扫干净箱底，保证掉落的蜜巢不脏；点燃树皮火把，熄掉明火，用烟熏蜜蜂，夜晚熏蜂不飞，全爬到蜂箱另一端挂成一坨后，工蜂包在最外围，四处流动巡视，荡起的蜂纹，似那装水的气球晃动，真想去摸一把；最后割蜜，贴着箱顶一块块割下来，放在笤箕里自行滴蜜，巢壁很薄，轻轻掰下一块，清亮的蜜汁四流，淌得手心手背到处都是，把掰下来的蜜巢包进口中，细抿一口，甜得浑身一阵激灵，巢壁也软，顺势滑进了食道，过程短暂，他还意犹未尽，抬起手来，想把流到手上的也舔舐干净。

"唐，少吃点，不是不让你吃，吃多了烧心。"

几只警惕的蜜蜂，趴在笤箕里的蜂蜜上，不时取食一口，再飞到空中，随时准备攻击盗蜜人，或是蜜香诱蜂，舍不得美味，眼神惺迷地到了此处，沉浸在浓郁的蜜香中，不愿回去了。对于小孩来说，一切不得而知，他所挂念的，是完成滴蜜要三天，可以背着爷爷多偷吃几次。

隔天的地界，离省城很近，加之地质条件奇特，很少遭到人为破坏，自然风光中，林地绵延不断，河道蜿蜒深切，阔叶轻颤，微风琴鸣，三两成行的游人，眉情暗许外，总有一人多余；两两成双的情侣，畅言有序时，偏少不了性欲潜行，措辞生涩着，又有情愫暗许；带着小孩的一家人，死死拽着小孩的手，却任由小孩好奇的目光延出崖外，有一些束缚，也有一些自由。

金龙谷中至清水，断壁崖上深嵌路。一行四十几人的大学生，在导师的讲解下，渐行渐赏景，以导师为中心，分散在四周与熟人聚在一起，导师开讲时，大家才围拢过去，或站在导师跟前留印象；或站在石头高处看人头攒动，无人留意时去别处转转，照相留影，同朋友说两句粗言鄙语，追逐着晃到别处看看，让同学打电话通知吃饭；还有一些孤僻的，跟随队伍的距离时近时远，导师讲解时，他站在最外围一个，同学聚堆时，只能看着同寝室的几个和别人越走越远。

金龙谷，一条箱型河道，此时河面被映成灿灿的金色，两岸崖壁陡垂，高度超过百米，右岸半壁上嵌着一条险路，两到三人宽，原本是一个小型溶洞，复杂的地质运动后，把溶洞揭露出来，成了一条观光的山路。两岸崖壁斜长的茂树林里，夹着几棵泛红的枫树，正是落叶时节，满天落叶，无风瑟瑟，再有风来，也就分不清是风吹落叶响，还是叶落卷风吟了。

那几个离队的人，去过人能到达的任何地方，看过山、水、风、光能幻生的任何一样景。走进时间流中，站在一处巨大的洞室内，任那时间冲刷，淌过的光阴里，一点一滴沉淀起的钟乳和钟笋，总有一天，能连接成柱变粗，灯照反射的乳白色光华，晶莹点点闪烁。只因掠夺了别人的利益，才能奢华而美。付出者流失的那一部分，不可能让它空无一物，需要找物填塞，可以是柔弱的水，一直剥蚀，也可以是难以捕捉的空气，一直空虚。

　　整条河道有一段暗洞，两百米长，三米高，有客家拴了几条小船在河边，也有几艘船飘在河面，塑料船上塑料凳，不到一米宽的长船，排了十几个座位，却只坐了两三个人，最多的一艘，是一家老小五个人，老人面带奇色，有些拘谨，小孩脸上欣喜，最爱舞弄桨棍，年轻人虽然也高兴，指挥小孩划桨，却一直拿着手机不放，不时瞄一眼，生怕错过新消息，可能来自领导，也可能是不敢让人看的私人信息。

　　暗洞旁要走一个陡坡，才能上到山腰那条壁道，山腰溶洞里的道路，没有乱石杂缀，略显潮湿，洞室沿着轴线被切去外墙，有的地方洞壁没有切除完全，还残留的几处岩片，如石幔一般虚掩，轻开的几处窄缝，透进几束光线久照后，在地面长出了几棵顽强的小蓬草，无风无光的环境里，泛着惨淡的苍白。

洞室里不算昏暗，断开的岩缝，就像缆车的窗口一样，可以让人欣赏对岸的风景。一棵红枫树红得妖艳，不可一世芳华，季节里的无奈，这棵红了的枫树，本来很美，落叶之后，估计刹失风情；几棵围绕着枫树生长的绿树茂盛，枝繁叶茂，本来华丽的它们，本少不了爱慕者，此刻却要折腰尾随。

某截被削去一半的洞室，有一块斜出崖外的岩体，面上长满青苔，那几个离队的人站在石头上，东看一眼成群的班级和队伍，导师是否注意到有人离队？西望一眼那个不爱说话的同学，似有死寂环绕，他的身边聚不起一个人，偶有低眉沉思，目光虚定时，冷脸如果咧嘴浅笑，更是诡异吓人。他这人其实挺好的，不过有一个很大的缺点，看不起别人，或者说看不惯别人的言行。刻意避世遁空，也就塑造了这样一种孤僻的性格，有人找他帮忙，他都会答应，只因难以开口拒绝，他是一个值得深交的朋友，但不是一个临时的玩伴。

到了取景留念的时候，离队的学生在崖边站成一排，请一个游人给他们拍照，坚持着定要照出鬼斧天工：两侧壁影由树止，上空流云幻仙庭，下方碧波锁金龙。实在不行的话，请一定照出对岸的那棵山花烂漫，和白壁上沦为陪衬的无边绿树，若只有花彩绚丽，没有对比，也很单调。拜托了。

　　班里的一个女生打来电话，通知集合，他们小跑追逐下山，跳石翻空，动作多少有些笨拙，但他们很开心。还在讲课的导师，盯着正回来的学生看，却像是没看见他们似的，口唇不停，眼波不惊，以一个钟笋为例，每一个点滴都在积累，断掉的年代，不过蒙尘。

　　吃饭的地方在一个农家乐内，转出山谷还要走很远，早已点好的五张大圆桌，已经摆好了硬菜和几盘小炒，三两坐着一些人在桌旁，两三站着一些人在屋外，坐着的人在看小说或是讨论游戏攻略，站着的人在闲谈或是洗手擦干树影，再移到别处遮凉。

　　点一次名，还有四个人没到，让人打电话通知的同时，班长通知大家先入座，一众团干和导师坐一桌，其余人自个儿分配。那个孤僻的学生走在最后，低头冷眼不语，本想就此找个位置，有人在身后叫住了他。

　　"同学，这里有快餐之类的卖吗？或者是小卖部？"

　　"我也不清楚。"

　　"你们现在是要吃饭了吗？"

　　"嗯。"

　　"你手里的包子现在没有用了吧？我和你商量件事怎

么样？我们现在赶时间，进来之前又没有买食物，能把你的包子卖给我吗？"

"我不喜欢亏欠别人，这是两块钱，你拿着吧。"

他们的无奈，归结于不愿过多的思考，走过田间窄窄的小路，那面石头砌成的堡坎上，树藤垂枝，在村道上方弯一个拱形，延到小路外侧，走在其中，感受不到丝毫光照灼热，一两行从石缝渗出的细流，被引到水沟，沿水渠生长的浓密水草，肥壮晶莹，盖住了流水，丛荫之下，还有沁人至净的清水气息。走到一个无人的角落吃掉食物，没人看见，只为掩饰自卑的落魄，到了人前，还得强装人样。

星光无痕，很困的时候，可以睡一觉，在野外，路旁草地上躺着；在城里，随便一个地点，把跨出去的脚收回并拢，不必理会别人异样的眼光，能做的能算的，醒来再说。

他这天到的那个镇子，规模有一个小县城那么大，一应设施基本完善，镇子里的人们也不像其他小镇那般悠闲，很少见到小孩在屋外玩乐，除了镇中心的那个广场，人头晃动似水面波纹泛光潮涌。

站在广场上，这里本该是一派繁华景象，他的心中却是一片愁凉。看那些低头玩手机还走路的人，默默行如蜈螂推粪；那些坐着玩手机的人，脑袋点抬之间，恍惚扫一眼孩子是否还在，再继续入神地刷着网页；而那些还能看一眼这个世界的，就只剩下活动不能自如的婴儿和耄耋之年的老人。小孩跑累了，回到大人身边，哭着抢过手机，一段大人难以理解的短小动画片就能让他们破涕为笑。

人人如此，这是社会的问题，时代发展太快，塑造的畸形人格，需要更为合适的路线引导。光和水为何能惠及万物？因为万物因光、水而生。

这个镇子喜欢用红玫瑰作为绿植，桥上树下，许多鲜有打理的玫瑰，枝杈乱生，杂草高过花种后，另一个季节里，也是一片绿意，几户把花池清理出来撒下菜籽的人家，倒是引人争相模仿，等到花开时节，偶尔能看到的几朵玫瑰，红色虽艳，败后的花蕊却不那么好看。谁愿去管这些呢？花在最美的时候，才最有意义，而人到老年，也最愿回想过去的辉煌。

"我喜欢坐这里，为什么呢？这里能看到山的那边，那里看不到。"

一个用手指比画的白发老人，不知什么原因，有人问他话，他竟用自答自问再解释的连句回答，相比于他，那些大城市里的老人就多了许多娱乐，和同样的落寞。

第十三章

"丽，不是说看风景吗？别走太快。你不累吗？"

口腔涩水，寡淡无味，嚼一点草根咽下，虽然味苦，但也是生活的调剂。穿了几年的短袖，偶尔找处河水洗涤，不脱衣服直接跳进水里，身体和衣服洗干净后，穿着湿衣走路，可以降温。同样的习惯重复，久而久之，积水的下摆被拉长盖过膝盖，很是绊脚难受，挽起来绑在小腹上，就这还能自嘲时髦。忽视掉被染成土色的白色短袖，比被晒成黑色的皮肤要好一点，这些碍眼的事物，在他的眼中从未存在。

草枯叶久落，寿终人恒逝。不能回返的时光，催促着风流难息，每一步的每一步，停下来的风就不再是风。这一刻，山水寂静，只有行走时的耳畔声响。

折一叶知秋已过，缓缓蚕食的颜色，起初是几个斑点渐显，之后连成一片叶落；也可能是从边缘横推，压倒性的力量不容反驳；或者中心开花，全面普及，让它们暗思理应如此。

接过晨露，放在眼前看边界扭曲，嗑饮手上晨露水，思许空中无云雨，去山上崖下林中树，看枝前叶后蛹破蝶飞。晚霞横贯天际，红云橙幕，柔和的夕晖漂染的天地里，始终有一片顾及不到的蓝天澄澈。之后，阴沉沉的天空，乌云飘荡，凉飕飕的轻风袭人，有些扰人身冷。看这天气变化，还是得去下个城镇找件外衣穿上。

沿路绕过山弯，入眼满是荒凉，两侧山体的土层很薄，只生长矮树浅草，草绿时节，把山体修饰得浑圆的它们，此刻却尽显颓势，草木凋零后，又把山体的缺点全暴露出来，给人一片枯败景象。

山间的那条大河，河面很宽，寒水直流淌，平静无波，如深潭死水，偶尔飘过的落叶和浮木，也多随风流动，再搅起波纹粼光。顺着河水往上游走，听当地人说是一个地级城市，不到五里路。河风吹人冷，一步步踩着小草的意境虽然美，但有时也想找棵大树挡风。更别提现在没有绿草衬景，只有枯草丛下，零星几棵毫米级的嫩草如温室无忧般生长。

主河道旁有一条不起眼的支流，两米来宽，政府重视污水治理，人们的环境意识提高后，河道里的水流倒还干净，不过河床沉积的黑色淤泥盖了一层油亮，看着还是很抵触。

绕着支流走，想在上游找座桥过河。偏离了主河道，两侧的山势更陡，进山种地的小路，还没有荒着的耕地好走，耕地斜倾四十度，要想掌握平衡，真是难为了那双鞋，把脚箍得别扭。耕地尽头接着林地，隐隐有路，草木被外力分到两侧，有人行的迹象。冬季暂时荒下来的耕地，地面残存着根根寸长的玉米秆，水分流失后，尖头腹空，褐皮霉渣，轻轻一掰就断，生养了一些人，也枯萎了一生。

山里林子夹陷的空间阴寒冷寂，看不见一个人影的环境里，密闭无风，草木像死物一般不动分毫，静谧得有些过分。有生气的世界，不应该如此安宁，总觉得在肉眼之外，有一些别的活物生存，疑神疑鬼，却骗不过心里慌张。在没得选择前，他不想走回头路，前路虽险，险不过天涯海角。

而且，就算他爱静，也不该是这种死寂，多少要有些鸟语虫鸣。还需继续前行。

眼前的这条山路还没有人宽，走在上面，要找一些外物借力。树木的粗枝，茅草的草茎，手拉脚踩蹲着走，林子里六七十度的陡坡，一直不敢放开心，有步跨距很大的两个踩点，他蹲在树根上，一只脚踮起，另一只脚伸得笔直，够着了下一个踩点试力站稳后，才敢放手迅速前冲抓紧下一棵小树。也有踩空的一脚，强烈的求生欲下，他的大脑格外冷静，眼疾手快抓住一棵小树，不求它能救命，只愿能减速。重心下移，拉弯的小树被勒去了一些树叶，在自己的承受范围之外，最终被连根拔起。说不上悲哀，它是不能选择，也谈不上遗憾，至少无法反抗，那些能够选择的人，您看：是不是满腔懊悔？

　　脑袋空空，仰头看着那丛越来越远的茅草，他是一点想法都泛不起了，或者在问："自己是不是快掉到水里了？"双手乱抓着草丛细树，满手血痕，现在还无法顾及，"水冷刺骨，待会儿该怎么办呢"？可能是他唯一的念头。

　　跌落的时候，有的人还盯着目标不放，有的人愿寻脚下是否有平台。为了抓住细树，他整个人趴在陡坡上滑落，看不见脚下，只知道坡脚有河流，他会落到水里。他庆幸于水面还很远，脑袋里想不出什么感谢的话，既然没有掉进小河，那就应该快点离开这个死寂的树林。拍拍身上的残渣碎叶，揉搓着粘衣的黑土，却是越揉面越宽，还不如一开始就不去管，多得一些洁净。

　　"丽，你没事吧？"

　　"没事，我从上面过去。"

　　过了林地，又是耕地，前方还不知要多远才能看到栈桥，绕进山沟的支流，上游肯定有人家，有多远？是一个未知数。懒得去计较，河面不是很宽，从这里过去一样。五米助跑到河边骤然而止，这河面好像跳不过去，若是滑了一跤，掉在水里，那还是个麻烦，不如直接蹚水过去，不敢脱鞋，怕有虫咬刺锥。

南方有句俚语："懒得烧蛇肉吃。"知道为什么吗？姑且试猜一次：有蛇进了草堆，不愿去把它惊出来，反正是柴火，一把火烧了，能从灰烬里找到盘圈的蛇躯，僵硬的蛇肉有些许焦煳，如同鞋面附着的黑泥一样，异味难闻。

陷在淤泥里的鞋子，要很久才能拔出来，再陷进去一次，只有脚抽了出来，单脚立在水中，俯身摸出鞋子后，穿上才肯下水。河水冰冷刺骨，不一会儿，手就冻得通红，全身一阵阵颤抖，握紧拳头，却找不到一处安放，指甲入肉疼，暗怨以前为何不剪，全等指甲分成两片后撕掉，让指缝里残留许多黑垢难清。

支流另一岸，下游汇水口是一整块内湾滩地，有一个小小的牛轭湖，湖水澄澈，湖底也干净，能看见许多草根过滤。穿着裹满黑泥的鞋子，他也不好意思进城。坐在湖边脱鞋洗脚，在枯草上刮去多数淤泥，欲把鞋子表面的黑泥泡软，提着鞋带，鞋子放到水下，盘腿坐着，上身半躬，左手夹在腹部，冰得肉凉。主河道的风，时急时缓，携带的水汽把人吹得更冷，可惜岸边找不到绑鞋带的地方，把鞋扔到岸边，还是找块巨石背风瑟缩，待会儿再来过一遍水。

曾有人问他，是否后悔那个选择？他不后悔，相比于人际交往的点滴必较，言行处世全要顾及别人的看法，上司同事间的矛盾和风向，无时无刻不在迫使别人站队，若是意见不一，两头为难，各有一个要求时，不敢当面反驳，还要找一个折中的办法，不管如何违心，渡过了眼前的难关，还有下一个隘口。哪能像现在这般舒心，对沾身的事物不管不顾，拍开似弱尘四散逃逸，吃穿有限，住行差点，又如何？吃草根树叶野果和猪食，穿衣涤白不染尘，睡树下街头，行最有看头，城中路口和乡下村道，万物适时枯荣，唯有死物永存，人性难言好坏，只愿传承不断。

　　有人说，洁癖是闲人的坏习惯，花费不必要的时间，维持别人不在意的外貌观感。他要去把鞋子洗干净。脚底的嫩肉，被粒石草尖刺得腿弯卸力，一瘸一拐地走路，许是要被人赞不容易，可那其中，有多少是被自己"作"的呢？

　　用草团刷鞋，一点点地清理，刷不干净的部位，就用指甲一点点地刮，来回刮动如痉挛般微颤，湖水虽然冰冷，但是他更不想鞋面有泥垢在人前。

　　洗好鞋后，他坐回巨石背风面，把鞋子晾在一旁挥发水分，全身缩成一团，双手抱在胯下，思绪乱飘。背靠巨石，心想为何不是天寒石暖，天热石凉，依靠大地，何必顺从季节变化？

"师傅，你穿这么少，不怕冷吗？"

"没事，天冷人凉，我已经习惯了。"

"去我家烤火吧，天这么冷，小心感冒。"

"谢谢了，我今天要赶去市里，怕时间不够。"

"至少加件衣服啊，我家里有很多衣服的，可以给你几件。"

坐着享受片刻，强加的惰性最难改。谢过憨实的老乡。他坐在石头背面一动不动，看着站在河边的那个背影，羡慕他能衣不染尘，白衣素裹，遮掩不住的气质外露，高冷不笑，只静静对自然给予注视。超然物外，不染凡尘，了无牵挂，这是多少人向往的人生？又是多少人不敢洒脱的理由？

鞋上的水未干，为了不伤脚，哪怕再冷，也得穿上。老乡刚才指了一条路，顺着主河道走，不远就能上大道，路面不宽，只有双向两车道，能在公路上看见前方那几栋高楼矗立。为什么他要去城里呢？他也想避开世人，去深山密林，山中虽景无别致，至少比繁复的人心要简单许多，可是在这个季节，城里更容易避寒饱腹。

鼻子有点儿堵，用力吸气扯得鼻腔痛，头也被大力扯得昏沉，在路边行走，渐渐模糊的双眼，还以为是瞳孔聚焦不稳，自顾四处眺望，何处有绿草破寒生长？路那侧有一棵矮草，开一朵蓝色小花，在一处冲沟里，被两侧山坡呵护不受风吹。

好不容易遇到的错季景色，应该横跨公路去看一眼。才走过中线，头越来越昏沉，霎时的意识薄弱，竟是倒在了车道中间。刚好有一辆快车驶来，意识模糊间，停在了咫尺之外，差点儿撞到。

当意识涣散于虚无，梦境都不存在时，相对的时间静止，他不会知道外界正在过渡什么，落到这个地步，还不是他自认为：轻微的感冒，不打紧的。

冬里人心暖，陌路枕上情。寒风萧瑟，抵不过人间情谊，亲情血浓，爱情味醇，久而久之的酝酿和积淀，多多少少会诱生些小矛盾，拌几句嘴，或是矛盾激化，大闹离婚，真正能相敬如宾、举案齐眉的几对，早已被金钱和欲望磨灭得零星，如同繁星中的隐星不明。

"你真的不在市里摆结婚酒吗？"

"不想，浪费时间得很。"

"别人办酒，你送了两万多快三万了，如果你不在市里请客，你不是亏了？"

"不是你这样算的，我办酒席要钱，还有时间成本算进去，到处送请柬还很麻烦，为了这点钱完全不值得，我不请酒，亏的其实就送出去的那点钱。"

"我不管，市里你必须再请一次，送出去的钱就不是钱哇？有些人一年都挣不到这么多，你就当纸一样扔，好大方哦。"

"你喜欢就行，我没意见。"

"你真的要把他送去医院吗？"

"总不能见死不救吧。"

"我是不可能出太多医药费的，如果超过了五百，那就不关我们的事了，我也无能为力。"

"到时候看吧。"

一对夫妻抱着一个不满周岁的小孩，男的头发刚盖过额头，小脸鼠目愁容，黑色正装，女的抱着孩子，脸似枣圆，脸蛋白净得不合时宜，全怪那长长的嘴角破坏了这份妆容，不论谁都能看出强作欢颜。

在生活中，别人对这个男子的评价并不高，还多有贬义，只因他心高敢齐天，脑中无时无刻不在规划一幅宏大蓝图，才粗具轮廓，又被下一个新颖的创业理论所吸引，改弦易辙，去规划另一幅蓝图，有一个伟大抱负，资金砸下去起了个开头，以管窥豹，又认为这难有成就；工作中也不安定，频繁跳槽，公司换了几家，工资越来越高，不要五险一金，只提换成现金发工资，却也羡慕别人的福利待遇；兼具创业，他没有任何娱乐，上班和构思创业理念之外，多半会叫几个异性聚餐，对家人说是公司加班；好施钱财，狭隘点的，认为是花钱不懂节制，加了一个老乡群，只有学生活跃，每年聚餐，他都独自承担全部开销。

正因为他花钱大手大脚，开了一家小公司，以为多金，才有了这个老婆。

他的妻子大学毕业后，一直没有正式工作，靠微商挣点小钱，贴补家用，每个月不到千元，扣除家里开支后还偶有盈余，也尽数贴给丈夫，指望不上他，有时还默默流泪。

"医生，他怎么样？"

"没什么大病，住几天院就好了。你们先去把号挂了。"

"我们没有他的身份证。"

"用你们的身份证也可以。"

病人很多，医生想一视同仁，却把大家都晾得尴尬，回答着一个人，指着下一个人看病，任谁看都自觉被冷落了，他还似不知，自持大家又想和蔼民生。让妻子去挂号，他站在诊室外等待，等医生再有空闲。

"医生，他的情况怎样，你能不能详细说说？"

"感冒严重，两只脚有轻微细菌感染，血糖也有些偏低。"

他很反感医院里的气味，抑郁的负面情绪和久年不散、越积越浓的药味相互杂糅，变成了一种药劲尘香，飘荡在巷道楼角，病房里最浓。他走到窗口深吸一口气，抽了抽鼻子，拿出手机，翻看着群里新弹出的消息，重点关注那几个前女友，看看是否能创造机会独处。

雾珠还未干透，雨水又来冲刷，把叶片吹打得凌乱，一阵冷风过，寒叶挂满碎冰霜。被别人抱怨了一声开窗太冷，遂拉拢窗子，走到过道去，药味淡一些。

"我们不能直接走了吗？"

"没挂号之前怎么不提，挂号后就把信息留在了医院，之后别人也能联系上我们，我们挂了号，就当是承认了我们愿意支付药费。"

"你还说呢。老家县城买的那块地基，你都是到处借钱砌了一层框架，现在欠了大屁股的债，自己都没得钱，花钱还不知道收敛。"

"不修能行吗？如果今年不修，政府就会在年底把地基收回去。今天时间还真是把得稳，幸亏今天从老家赶了回来，不然路面凝冻就麻烦了。"

回头望一眼那个躺在病床上的陌生人，大冬天的还穿短袖单衣，脸色冻得苍白泛紫，除了新沾的一点泥尘，其余看不出太过邋遢的脏迹，神态平静，任人摆布。

整个社会都是如此，说不得有些悲怆，奋斗一生，都在力争上游。勤俭持家，累年存的钱，儿子结婚时，修一栋房子就没了。红布红花，映照万般笑容，难得的好日子外，又是辛酸苦味、挣钱养家，再苦再累，也捅不破那层隔阂天地的薄膜和血脉间的束缚与亲情。也无人记得，那年的那事，那朵花开，艳过了百花千色，独领花潮，花香浓云日，山深无人知，自从遇到那朵野花，他也立誓，立志争一世名利，光彩耀人。花败了，可他再也没去看过。

"老婆，我要去外省出趟差。"

"好久能回来？"

"两三个月吧，工资能有一万多。"

"你就不能收下心吗？找份稳定的工作，靠我挣的这点钱，等儿子上学的时候怎么办？学费都负担不起。"

"我晓得你这点老火，再坚持一哈，等我的工资得了就好了。"

最折磨的鼓励，莫过于"再坚持一下"了。

"你这边的工资哪哈得哦，已经拖欠了三个月的工资了，而且你到那边去了，这边的工作怎么办？去这么久回来，公司还会不会要你？你考虑过这些没有？"

女子的话音中带着浅浅的呜咽，既奢望男子能一飞冲天，又想他能稳定求存，这是别人的家事，谁能管得了呢？

何况住院的人家多少都有些难处，自家的事都还皱眉难解呢。就说同病房的一家，一个孝子拿了十几万给长辈治病，最后却得了一个贪图几千块钱的坏名声。

醒过来有些疑惑，陌生的环境，他想离开，高冷地起床，强撑着走出病房，许是气血不足，大脑有些虚力，偶尔会恍惚，差点偏倒又自以为潇洒地站正，眼神漠视，看不起别人却又在意别人的眼光，独自旅行了这么久，还是没能摆脱庸俗。

"你现在血糖还有点低，要多休息。"

默然点头，谢了过来扶他的医生，坐在连排铁椅上，妄想自己能完全控制四肢，不顾医生的警告，站起身来想离开，却是靠着墙壁茫然若失：像有一件事情没做。

"你醒了啊。"

"你们是？"

"是我们把你送到医院来的。今天我们从老家回来的路上，看见你昏倒在路中间，就把你送过来了。"

"你是不知道，在我们前面的车，一个个开得飞快，都从你这里绕过去，一辆都没停，到了医院，还是我们给你付的药费。也不晓得那些车主是不是怕被讹钱，毕竟这年头骗子太多了。"

"谢谢，但我现在没有钱还你们。"

脸上的惨然和窘态，本来今生不愿再被钱财束缚的他，看来要欠下一个难以偿还的人情了。

"我们不是图你的钱，还在想你不讹我们都算好的了，再说了，你的病情也不严重，输液和搽药，也没用多少钱，就算是后续的医药费，估计也用不了多少，你不用担心钱的事。"

"我不能住院，现在还要去找人，谢谢你们的好意。"

"但是你的身体还没好啊。"

"我感觉自己好了很多，没什么大碍了。"

说这话时，他的脸上泛不起丝毫波澜，就像别人欠他的一样，偏偏语气饱含谢意，平易近人。反复掸干净沾衣的白色墙灰，看着窗外那池寒水，薄若水膜的冰层下，如果不是有强攻击性的风，还真吹不起水波潋滟。水这种物质，善于借势，高山流水低走，积累的动能可以破山伐石，也有水滴石穿的耐性，平静时，又柔弱得以万物为模型，塑造由不得本心，就像此时，薄薄的一层冰膜就能把它困住。

"好吧，我们也不劝你了。你穿这么少，不觉得冷吗？"

"我已经习惯了，对温度的变化不太敏感，而且，我也是准备上街买件衣服。"

眼前的这个陌生人，一眼就能看遍全身，上下空无一物，口袋不凸，衣服陈旧，一副落魄打扮，但他此刻流露出的贵人气质，眼神睿智，目视清高，和刚才躺在床上时完全判若两人，这种人，理应不会一生潦倒。不过，他的手脚确实冰冷得不似常人。

"我这里有件外套，你先拿去穿吧，不然容易冻坏身体，如果你买了新衣服，这件直接丢了就是。"

他的老婆环抱着孩子，两只小臂中间夹着一件黑色皮衣，老年人喜欢的那种款式，衣领是一溜长长且宽宽的化纤毛绒。怀中的婴儿闭着眼睛，小脸纠结，嘴巴张着，或者换一个表情，嘴角抿紧欲泣的小模样，把下巴收起一团小疙瘩，格外的有趣，而且招人逗弄，这可能是刚出生的婴儿，没有防备才有的扮相。成人若要这扮相，必能挤出两行清泪，强作惹人欢笑的小丑，同情他的少数几个人，本想安慰，最后也会同他一样，落得个黯然心酸。

"谢谢，我们先走了。"

"你们？嗯，再等会儿吧，把药开了再走。"

"不用了，不敢让你们再破费，我把那支用过的感染药带走就行。"

看着背影消失，男子回头去看坐在病室角落里的那个老人，性格喜静，不愿与人相处，眼光矍铄，经常见他独自沉思，总是像有重大发现似的神情肃穆。这类人，喜欢独自一人，安静的环境里容易胡思乱想，偏偏有人在他们身旁经过时，更能集中精力思考。可是，光幻想是没有用的。

低眉沉思，在人生中定几个点，病房药室和厕所，每天几次来回，时间长了，某天需要换一张病床，他还是会去以前那个位置，快走到时抬头恍然般醒悟，返身回头踽踽行，只会让人觉得呆滞和迟钝。

"丽，你刚才去哪儿了？"

和丽并肩走过墙角，背着那对好心人，快速走着，紧盯楼梯口那个垃圾桶，心中计算好距离，把药膏投进去，人和药管同步，错开了垃圾桶，却发现撞到了桶边，落到了地面，他又返回去捡起来，放进垃圾桶。

你昏倒后，我没有拦到车，就去附近农民家借电话，救护车来了之后，我们没找见你人，就为这件事，还和他们发生了一些小矛盾，司机硬是要五十块的油费，哪怕是接到通知，说你已经到了医院，他还是不放弃。

"我累了，我们找个地方休息会儿吧。"

他披着黑色冬衣，躲进身旁一个稍微封闭的暗角，只想停息片刻，酣睡枕眠，身前来回晃动的人影，连迷眼的繁华都看不够，又哪会在意角落的阴暗里，虫蛇杂居，还躺着某些人，被黑色模糊成阴影，和黑垢同色后，只会让人平添厌恶。

"能不能把地面打扫干净，太脏了嘛。"

"你扫下喽，没看见我有事吗？"

"什么都要我做，你到底还能做成喃样事情？叫你给儿子买件衣服都做不好，买啷个大，他怎么穿嘛。"

"他又还没到在意外表的年纪，再说小孩长得快，我小时候就是，每件衣服都要买大点，可以多穿一段时间。"

"他们这代人能和你们那个时候比吗？"

第十四章

　　慢慢离了城区，远离喧嚣，大概是因为太冷，路上只有三两形单的汽车驶过。他们沿着路阶走，每当有汽车从他们身旁经过，卷起的冷风促使他们裹紧外衣。沿路两侧的一个小平原，很空旷，被形形色色的农田鱼塘和大棚菜地切分成小块，有人顶风垂钓，也有人温室作业。

　　整个小平地上，只剩车道两侧还剩几棵乔木，树下枯枝败叶腐烂后，被积水糟成黑泥，干涸的农田里也有一些枯枝，一个半显老态的妇人正在捡拾，手掌老茧破皮，握紧手中的干柴，也不怕柴枝上的刺棘锥人。

　　"路上的朋友，进来喝杯酒吧，包不冷。"

　　"谢谢了，我们不喝酒。"

　　喊话的人矮小精壮，有白发几根，脸上总是笑呵呵的，待人和气，穿着有衣领的外套，衣领棱角齐整，即使再普通的外套，只要照着这种穿法，总能穿出正装的即视感。中年男子站在一栋三层高的黄砖民房旁，眺望远方那片粉色别墅群中的某栋，无意间扫到这个走在路边的年轻人，衣服破旧，气质内蕴，身体挺直且自负，皮肤虽有些病态的苍白，他给人的感觉却是很精神。

"没关系，我们快要吃饭了，到我家来一起吃饭吧。"

平原上见不到一点冰白，北风呼啸，带来了高原的寒气，男子哈气搓手，又理了理衣领，站回门后背风处。在别人都穿羽绒和毛衣的冬季，他身上的衬衫和外套，较夏天不过多了些棉质罢了。

捡得太多，中年妇女已经快握不住手里的干柴，她把柴夹到腋下，纯朴的想法，还想多捡些耐烧的枯枝。她的背上背着一件老式背带，底色黑蓝，正面一个红色底框里，绣着金色图案，顶上盖着一条带绒的彩色方巾。在某一个瞬间，她感知到刮过脸庞的冷风又大了一些，遂放下手中的柴，用裂口、已经没剩多少知觉的双手，认真整理方巾，压紧每一处缝隙，不能让孩子受凉。

"大嫂，回来吃饭了吧，他们也快回来了。"

长长的摩托车队里有三辆并排，三男三女，两对上了年纪的夫妻各一辆，还有一辆是一个肥胖且黧黑的二十几岁小伙子载一个四五十岁的憨胖妇女，最终停在了民房门前。背着孩子的妇人开始回走，步履不稳，还不忘回头招呼那个陌生人，把一棵枯草踩进软泥。

坐在电炉前回暖，直烤得他身上热烘烘的，主人家才喊闹着吃饭，几块孔砖垫高，一块漆褐色复合板上，杂烩的白菜豆腐海带汤，碗底沉着土豆片，多次回锅的剩菜，蔬菜被炒成熟透的菜青色，猪肉也炒得焦煳干硬。还有一道他们说很美味的菜肴，油炸鱼鳞，出锅的鱼鳞酥脆金黄。

"可惜丽吃不到了，谁让她不喜欢人多聚餐的。"

放下手中的筷子，久冻而不能活动自如的双手，想要拿回控制权，却有些力不从心。

饭时聊天，矮壮男子滔滔不绝地叙说，把家族历史的发展和现在的分布，如数家珍般细述，似自豪于家族庞大，又感伤无人发迹。听他介绍，他的直系父辈有两兄弟，他们这一辈人七个男子，都已成家，子女两到三个，加上相距不远的同族人，整个家族有上百个人，分散在全国各地，虽然久不联系，回去后还是一家人。

他们较亲的一家抱团，主要接一些私人的小工程，几妯娌打杂工，子侄辈既是小工又是学徒。他家学历最高的一个人，小时候的成绩很好，被这一大家子人寄予厚望，但他不善言谈，名牌大学毕业两年，到现在，家人也搞不清楚他的工作情况，除了过年见一次面，在一年之中，难得主动联系家人一次。

那样一个人，上了好大学却没有一个好工作，估计家人在外人面前也自觉丢脸，陌生人或许还不觉得，熟人之间难免比较，最让人难堪，有时也就多催促了些。

"唐家三娘，你在搞嗬样？"

"唐家三娘，过来哈哦。"

"有嗬样事嘛。哼哼，来了。"

相处久了，也被自以为是的家人用安排的口吻喊得厌了，第一句话回得不耐烦，紧接着婉转地哼笑两声，不愿过多得罪人，有人听出了这层含义，也要刻意忽视掉其中暗存的疏远。矮壮男自诩比别人知道得多，大话连篇，不接受反驳，若有人不顺他的意，经常当面回怼。

中午回房小憩片刻，简易铁床锈色半掩油光，床布破卷，本来习惯了也就觉得生活当是这样，但那一抹崭新，却是让他呆望了好一会儿，随后怒上眉梢，拿着新电筒回到客厅。

"唐家三娘，我在外面辛辛苦苦找的钱，是给你在家乱买东西的蛮？"

"以前那支手电筒充不了电了，我就想着重新换一只。"

"你们不要吵了，还有外人在，别让人看笑话。"

几妯娌正在客厅收拾洗碗，看见有人怒气冲冲地吼骂妻子，总要顾及自家颜面。二十几岁的那对小夫妻，可能矮了辈分，事不关己，正坐在一旁低头玩游戏，好像对一切都充耳不闻，也把自己的小儿留给母亲逗弄。

午梦起身，他摇了摇偏疼的头，想弄清梦里发生的事

184

由。真正的梦境其实挺有意思的，里面的人类和物体本来没有实像，界线模糊得很，梦主醒来后，偏偏喜欢拿现世的事物和人名外貌去拼凑，揭示的结果，多数和现实不合，却被人们传成了和现实相反。

"小唐，不要玩游戏了。老三，该去上班了。"

戴上不透风的棉皮手套，再戴上能盖住耳朵的旧帽，寒冷的冬天，骑车的人最好能全方位保护防风，把全身都裹得密实，可却单不能关上头盔的防护镜，最易变的脸色直面最寒的冷流，把糙脸冻得通红，也得忍着冷战，不然呼出的白气模糊镜面后，会看不清前路。

他家包下的小工程，砌一栋三层高的楼房，框架已经筑好，一层、二层的墙壁也已砌好，最近一段时间的工作，他们突击三楼的主体，还留着两个学徒贴一层、二层的瓷砖，争取能在年前做完，可以结一笔账回家过年。

"老三，去把沙浆和了。小唐，去拉两车砖来。"

小唐是那个年轻的胖子，一身蛮力全凭肥肉堆聚，工地用的那种手推车，他能拉动冒尖的沙砖。老三是小唐的三叔，长得很健壮，然而只有一米六几的个子，经常接触水泥的缘故，双手被烧成厚厚的黑茧，看着很有爆发力的一双手，拄着洋铲单脚站立，另一只脚迈过脚腕踮起，双眼眯着笑容，注视着拉车的侄子，咧开嘴角笑，调侃别人的实力又有自认不如的凄凉。

一楼的地面还没有处理，垫了一层粗沙，正厅当中烧着一笼细火，带小孩的妇女坐在火堆旁，百无聊赖，目光直盯着孙子奔跑的身影不离，眼神宠溺且担忧着，感受到火温渐弱，她才偶尔不舍地回头拨动火堆，等到快没有柴时，再加入新柴。

"孙娃崽，跑慢点，小心点不要摔喽，到时候哭得难听，是没得那个管你的哦。"或是另一句："孙儿宝贝，过来烤哈火，要是感冒了，打针痛嘞。"

若是真把他强抱过来烤火，肯定会哭得撕心裂肺，伤心得倒地乱滚，拗不过他，也就只能任由孙子跑去屋外，摘一片长青树叶，扔进拌好的沙浆里，不解地看着三公拣出来，他再扔一片叶子进去，三公再拣出来，兴致起时，把一小根树枝都扔进去，然后站在一旁傻笑，或是双手通红，还去抓沙玩。

楼顶上架着一台小型起吊机，需要三个人配合使用。运到楼下的沙砖，挂上挂钩后，控制电源的那个，把砖起到指定高度，由楼上的人拉进楼层，就算歪靠着墙等待时看别人工作，三个人嗓门也扯得极大，总是不停地吼着"好"字，把气氛烘得紧张且热闹。三楼楼层里脏乱得很，水泥袋扬起的灰尘被风吹得到处都是，四处歪放的塑胶桶，现在看着还像垃圾满地，有了闲着的时间，等到洗干净后，会被他们大包小桶地带回家，那个时候看着就有用多了。有钉子的木板被堆在偏僻一角，小孩看见后，又忍不住好奇去爬，呵斥不住。

孩童无辜，大人们努力工作，多数在为了子女积累，还有一些是想在老家的乡邻间挣得一份薄面。您且看，回到老家，哪个不在说：谁家的某某如何如何。他们倒像在为别人的三观而活着，可要真是固封自闭，社会可能就会发展缓慢，却也说不得好与坏。

"小唐，老三，先抽根烟了着，接到。小唐，你二叔他们弄得嘟个样了？"

扔出的烟支从楼上抛物线落下，质轻易摇摆，有个人接到了，另一个人的落在了沙堆上。可能是听到了外面闲聊，或是外面没了哄闹，在屋里的人觉得太安静了，二楼房间里传出的敲击声变得有些急促，胶锤撞响，回声沉闷，似在回答，又在卖力。

"你二叔的心气就是太高了，只想找那种工钱高的，现在不像前头那些年成，哪还有那么多事情做嘛。"

"喂，二姐，你今天嘟个舍得给我打电话了嘛？"

"我们还有一个多月才得回去。"

"放心，你家女儿结婚那天，我们一定在家。"

187

站在楼上的那个人，在家里排行老四。老四才评了二哥一句，还没来得及听到别人的附和，就被一首山歌铃声打断了。

　　来电的是本家另一户，七代以上是同一个祖宗，血缘说不上近，随着时间越久，又相隔六七百米，在最近几年有事或者办酒时，他们彼此间已经很少请对方帮忙。也就从去年开始，村里的人们逐渐认识到，人与人之间的交情好像在慢慢淡化，有劳力的人外出打工，留下的多是老人和小孩，老人还好，这个时节家里没什么农事，老人们大多会到办酒席这家，围坐在堂屋里烤炭火聊天。

　　小孩子的思想就变得很怪了，不像十年前那样爱凑热闹，社会发展后，他们更愿意安静坐着看电视和玩游戏，如果想要独自操控遥控板，弃下满屏冷清，他们会回到家里，一个人看电视，看来看去，哪里都是冷清。村里办酒席，家族三代以内血缘的，每家都能凑足二十几个成人，这些人能做完全部事情，之所以还要叫上更远的族人，不过是要一份热闹。

　　聚拢的族人，哪怕是猫在一屋打麻将，或是赌纸牌，也好过大办酒席时，看不见一个人影闪过，只有古稀老人互道家长里短，问猪价牛市，这样的氛围，就算是大婚喜事，也会落入一副死气沉沉的景象。

"说好的哈，别骗我哦，你们一定要回来，全部都要到哈。你也给大嫂他们讲哈，我就不一个个地打电话通知了。"

那些生活在社会底层的人，没有什么小心思和秘密，接电话时最喜欢开免提，别人听到了还免得再一次传话和解释。电话那头的中年女声讲话大大咧咧，好像这件事就该这样或者别人必须这样做一般，可说完之后，她会柔声几句，让别人生不起怨气。

"你放心，我们一定到。二姐，你们是哪天到家的嘛？"

"回来一个多月了，你们还在忙哇，多找点大钱嘞。"

"叔，二叔来找你拿喃样桶？我不晓得，你自己来看哈。"

"做事上点心嘛一天。我先挂了嘞。"

"要得，你们忙。"

小小唐从二楼拿了一个抹水泥浆的工具，蹲在奶奶身旁自娱自乐地抹着地上的砂砾，刮嗤乱响，二公让拿回去，小家伙却露出嘟嘴不愿服从的小模样，倒是惹乐了一些人，奶奶伸手欲去捉住那嘟起的嘴唇，他以为是抢东西，反而把那件工具藏到别人看不到的另一侧。

"老二，刚才湾里二姐打电话来，叫我们回去帮忙。"

"去就去啊，应该去的。你那上面弄得哪个样了？"

"到时候估计要留点尾巴，她这时间刚好卡在点上了。"

"让小唐在这里收尾吧，反正她没有给我家打电话，让别人带话像个嗬样事嘛，其实我家不去人都可以，离得近了，又是一家人呢，不去又不好得，小唐就晚点回去。"

"大嫂，话不是这样说的，她晓得我们在一起，这样做其实也没错个嗬样。"

继续工作，干活的人根本不敢在火堆旁停留，如果隔绝不了对火的依赖，他们往往会采取另一个极端，尽量靠近火焰，把皮肤烤烫得受不了了，这样会迫使闲怠的身体离开的。

砖块的温度近零摄氏度，拿在手里很冰，但他们又不能戴手套，那样会影响操作，有时也会影响施工质量。砌的砖跑偏线后很麻烦，调整一下垂线，别被风吹得太过；冻僵的双手，握得一点温度后赶紧放开，接着干活，停下手中的活计，身上会更冷；每砌一层沙砖，他都会四方丈量，误差不能太大。

被冻僵的手，灵敏度不高，谁都会出许多失误。就说老三，墙角最后一块砖只要半截，左手接住旋转的方砖，右手砖刀用力一砍，把左手拇指的指甲削去了大半，深见

190

白骨，连带到第一个指节的皮肉都被削在了地上，手上的伤口边缘内卷，地面的断口渗血痉挛，宣泄大喷一声，把手中的工具全扔在地上，砸得铁击颤鸣，捡起地面那块血肉，哪怕早已分离，还是疼得他嘴角抽痛。

"小唐，送我到药店去哈。闯他妈鬼了，这都得砍到。"

从药店包扎回来，为了赶工期，到工地，又拿起工具干活，对于更多的轻伤，他们的双手上缠满了创可贴，要保证质量和保障生活，也就不能太过在意自己所受到的伤害。别人永远不会有深刻体会，只因他们各有难处，痛在己心。

没有太阳，天黑得很早，挂在竹竿上的太阳能灯，早早就亮出白炽光芒，微末毫光照亮了这一小片空间。夜色漫延，点点灯光各异，构筑了一片恢宏的璀璨光斑。

收拾好工具，他们聚在摩托车停放处，就在楼边，笑言嬉语，勾媚斗俏。他们早已没有余力去做那些闲事，就连照顾小孩的妇女也一样，毕竟刚会蹒跚的幼儿是最折磨人精力的。

"大嫂，唐还没有给你们打电话蛮？"

"没打，不晓得他一天在忙些嗬样，电话都没得时间打个。"

"微信也不聊，他真有这么忙蛮？天天坐在办公室里头，应该挺轻松的啊。"

"他肯定是瞧不起我们这些做苦力的，嫌我们丢他的脸。"

"小时候他的成绩好，还以为他长大了有好大出息，家里的弟弟妹妹都还以他为榜样嘞。"

前面不是提过一句吗？山和山之间的距离，可以用海来填平，人和人之间的距离，要靠时间来拉近，或渐远。隔海远望，暗叹一声，谁都有自己说不出的难处，空有抱负，需要慢慢践行。许多人都有过那种阶段，半生懵懂，半生打拼，熬到了白头，身后有许多遗憾，可能是父母逝，也可能是失爱侣，就当下阶段，他也有很多无奈。临近三十，一无所成，背离了亲友的期望，等到此时，孤心再造，若是不能创下一片功成，何以面对乡亲父老？

"其实打电话来，他也不晓得说些喃样，嗯嗯咦咦两句就完了，也没得必要。"

老二和老三各有观点，老二自卑，老三瞧不起，认为他哪怕是大学毕业，没有出息，帮不了家人就不值得尊重。作为母亲，对儿子就算再不满，此时也会帮言几句。

他们租的房子在一个廉租房区，三四百就能租到一整套三室，再在客厅用复合板隔一间单间，一套房能挤进四户十个人。摩托车和单车错行，凌乱中不失秩序，从混乱中找出规律，谁都要重视自己的生命，不敢行差一步。这里面的人多半穿着厂室制服，有中年，青年，匆匆买菜回家的独行者，若是孤身在外，家庭压力也不大的话，大部分人都会找一些业外的娱乐。

"大嫂，我后家三姑婆有个孙女，二十几岁，要不给他介绍吧。"

"我问过他很多次，他一直不松口，不晓得他是哪个想的，二十五六岁了，还不晓得为自己考虑，等到三十岁，看还有哪个会嫁给他，好的都被别个挑走了，别到时候捡些歪瓜裂枣回家，我怕是不同意的哦。"

"你再问问他的意思嘛，他是不是已经有女朋友了嘛？"

"前几天寨上有家三姐问过我，也是想给唐介绍女朋友，我还特意打电话问过他，他说他现在还不想找，最近有点事。"

"你就不担心他蛮？"

"操心得头发都白喽，但他自己不答应，我也没得办法，我还不是想快点上坎，了一件事，等到抱孙子。他不趁我和他爸还做得，能帮到他点，等我们老得动不了的时候，就帮不了了。我也要和他讲哈，如果今年还不带女朋友回家，就不让他进家门。"

真的会不让进家门吗？一年不见，可能高兴迎还来不及，哪舍得推拒？一时恶言，不外乎关心，再要训说，又怕伤及自尊，偶尔旁敲侧击，还要用谨慎的眼神观察神态变化，真怕生了嫌隙，谁让他与家人格格不入呢？不知道他对外人是否也这样寡言，若是如此，会吃很多亏的。

高楼林立，密室自封，他只想自立，管他人如何面首狰狞、冷漠憎恨？家人那条底线不能失，默默关注，又不过多接触，一切等未来，若有功成那天，是否能消除碎言隔阂？供到大学毕业，他真不想再问家人接济如弱叶摇怜。说有底线，可这样做，失去的，岂止家人！

在他们回家之前，家里的饭菜由侄媳和二嫂做好，早上的剩菜外，多炒了一盘青菜。今天周六，在邻近一个城市上班的老大，下午刚到，没什么大事，只为了过来见一眼孙儿。

"那个人已经走了蛮？"

"你们早上才走没得好久，他也走了。"

"小唐，去把酒拿过来啊。老大，今天晚上喝一杯，我在农贸市场打的，十六块钱一斤嘞，酒名叫包不冷，听着有点意思，所以买来尝哈。"

吃饭没什么说的，挑菜夹菜，也挑不出什么新奇，都是为了饱腹，哪像小孩天真，吃得嘴角桌面到处是饭粒。

"老婆，唐最近给你打电话没呀？"

"没给我打。"

"他硬是舍不得打个电话嘞，关心一哈家人都不懂，这么多年书算是白读了，像他这样，能有嗯样鬼出息嘛。"

"应该是太忙了吧，没有时间。"

"打电话的时间都没得蛮？微信给个消息也可以啊。还是坎脚二嫂家那两个娃娃教育得好，经常和父母联系，有嗯样事都和家人商量。唐就是太憨了。"

成长于拮据的年代，老大懂得审时，也能吃苦，十八九岁离家打拼，从一个小小的民工，善于反思，变成了现在的项目经理，人前新装，人后旧衣；又能正视别人异样的目光，脸色淡然心头痛，一步步往上爬，只想让孩子有一个更好的学习环境；还不拘泥于旧时地贵如黄金的大众想法，同兄弟间少有利益纠争。

"小小唐，过来公抱哈。"

"小孙儿，你看是哪个得叫你哇，是公嘞。"

老大坐在塑料矮凳上，俯身伸手作半环抱状。小小唐被奶奶的两条大腿护在中间，陌生无辜的小眼神斜视一眼叫他的人，又求助似的看向母亲，没有得到回应，再回头面带疑惑地仰视奶奶。

"公？"

"小唐，你应该懂点事了啊，儿子都嘟个大了，不要一天就晓得抱起个手机，也该为你个人未来考虑哈啊，现在我和你妈还能帮到你点喽，等到小娃娃读书的时候啷个办喃？那时候我们老了，就算想找工作，也没得人会要我们，就是以我们现在的年纪，别个都有点瞧不起我们了，嫌年龄太大，你还不存点钱为以后考虑哈，我们不可能一直帮得到你。"

他已经长大，不能再像小时候那样任意打骂，适时怨言几句，语气不满却要增加几分柔气，不能太大声，不然就是对门那种结果，您且听听。

"老二，手机有喃样好玩的嘛？看得啷个人迷，多和家人聊聊天要好得多吧。"

"嗯。"

"你啷个不知事喃？二十岁的人了，不小了嘞，我当初出来找工作的时候，才十七岁……十七岁都不到，也晓得两三天啊，最少个把星期给你家公打次电话，那个时候都还没有手机，寨上就卖杂货那家有台座机，每次我打过去，都是他家通知你家公，我这边等半个小时再打过去，长途电话，他那边接要少着点电话费。后来他也找到规律了，有个时候我打电话过去，他都等在那里。我们那个时候啷个困难，都会想方设法打电话，你们这代不晓得啷个变成这个样子了，当面都找不到说的。"

"说来说去，还不就是那几句话，有嗝样好说的嘛。"

"吟——说的嗝样话哦，你再玩手机，信不信我把它砸了。"

"砸就砸呗，刚好换个新手机。"

"你说话的语气就是哪个的蛮？我是你爸嘞，真是白生了这个崽了，嗯——还不如打死算了。"

"你打吧。"

是不是生活节奏增速得过快，上代与下代之间的代沟也随之快速拓宽？实在气不过，那个父亲拿起身下的塑料矮凳作势欲拍，长吁一口气，本想不是什么大事，就这么算了，谁知他说了那句话，再也忍不住，用力朝着他的脑袋拍下去。他不避不躲，任由凳子拍下来，眼睛一眨，凳子碎了。

"你们不要再吵了，是不是想让外人看笑话？老二，把手机放下，看电视。"

几兄弟妯娌听着他们对门的吼骂，不发一言，对于别人家的矛盾，多数避而不谈。妯娌们收拣抹桌洗碗，几兄弟坐着抽烟，熏得烟雾缭绕，不习惯的人，在烟尘到来之前，深吸一口气，憋着穿过浓烟，诓小孩子去别处玩。老大不抽烟，皱鼻扇烟雾，且看且听且暗视，或思或想或凝眉。

家徒四壁，墙白痕无序，似爪抓喙啄鸡画符；鞋换后乱放在门后鞋架旁；陈旧的碗柜放在厨房门前，漆皮落后黑斑霉变；没有地砖，厚厚的黑垢上，随意搭建一个简陋木桌；另有一张也在脱漆的折叠木桌，和简陋的木桌各在一方；凳子很多，随地放着随处坐。

"他们这一代啷个变成这个样子了哦，我们家族耐吃苦的传统，不会到他们这代就断了吧，那怕是不好想得喽。"

"老大，你家新屋基后面那一块地，我准备建个猪圈。"

"我那房子要往后移，会占到那块地，前面地势太矮了，而且你修猪圈在我家房背后，粪流下来到我家后阳沟，臭得很嘛。你们当时修房子的时候，我也没说过嗬样啊，都是全力支持你们，不会到了现在，你们反而针对我吧？"

"我就说一声，你要修就修你的，猪圈暂时不修也没得嗬样影响。"

"老三，你们几号回家过年？"

"准备腊月初十回去，湾里二姐家十三那天不是要打发姑娘蛮？喊都喊到了，不去也不好得。"

"我也是那两天回去，我的车还是空的，你们坐我的车嘛，车费大家平摊，和你们坐火车回去的费用差不多，还免得挤，大包小包的，坐火车也不方便。"

老大有一辆七座面包车，此刻正停在门外，一丛常青树下，温度骤寒风里，停着始终是死物，一动不动。

那年大凝，山上有冰雕玉树，镌刻着众生百态，凝着不争的事实，也有沉寂的落寞。行者无意路边的风景，只在乎脚下路滑，偶尔驻足，全因冻途封禁，被困山中，才能细细欣赏这山河银装素裹勾红尘。就这一点，他们哪比得上久居山里近可垂涎山林树花的山民有优势？撒盐化冰，一行摩托车队，两辆警摩护行，沿途的服务点，热水暖人心，倦旅途，多道几声谢，风雪无阻家途在望。

回顾一年劳累，展望除夕团聚情，一切似乎都挺值得，再细细想想，眼睛酸泛活泪涌，问一声游子远行，或归家盼路短，一个又一个，数人头攒动，乱点某人，有谁真正地再次享受过山村一年的悠闲宁静？若是这样，又有谁来积极付出，不忘当年落后屈辱耻？

第十五章

爆竹声声年关近，恭喜揖揖新岁临。冷风冰尘拂面，天寒地冻加身，这样的气候，小镇上的居民也不怎么出来了，全在忙着做年夜饭，每人分摊一点，复杂的工序，最后如细流汇入海，内里有一个庞杂的机制运存。

这个小镇的除夕，没有他的家乡那般热闹，颇显冷清，整条街道上只有几个调皮的小孩，背着父母买鞭炮乱砸爆响，买了几组烟花在白天看不出色彩，就相约在晚上某地同乐。第一家喊吃饭的声音响起，同时点燃饭前庆年的冲天炮，户户延续，一直颤鸣到黄昏。

不知是哪家的小孩，模仿《还珠格格》里的台词喊了一句："你算哪根葱？"本是恶言，却被邻家的小姐姐赞了一句：普通话说得真好。之后，那小孩就在那里独自反复练习，也不和朋友一起玩了，单论意义，这效果比训斥强了不知多少倍。

忙了一天，镇上的年夜饭却很简单，只有饺子，不配菜。算不上浓重，可在冷寂的空间里，一团团欢祥的气氛活跃显眼，如同夜里萤火虫。一年劳累，加上当天忙碌，

200

他们的年夜饭不该如此寒碜，潜首自算，原来他们在为今后调度：未来的生活要更好。

赌徒如有天神助益，麻将脆响战天明，不谈家长父子情，可有冬琴瑟风鸣？大年三十，回家的人多了，用电的人也就多了，这天晚上，他们镇上最爱断电，老人看不了春晚难熬，青年打不了麻将难耐，东走西家左转右转无聊，玩手机也没多大意思了，实在没事做，不得不玩会儿手机聊会儿天，电来了，又聚拢各忙各的；中年人和小孩对电不怎么依赖，一类爱玩纸牌，可以点蜡烛，借微弱的烛光，几乎都把牌翻到台面上，全都明牌还一脸专注，另一类爱放烟花，飞天旋地，也是光。

"丽，人有人依，物有物倚，我们怎么办呢？"

小镇街道的灯光很弱，没有街树，也无人行道，房屋的修建，要么修几阶步梯向上，或是向下，要么在房檐下接一段陡坡，算是护得了一些地盘，那些直接平街面到墙脚的，且不说下雨水淹，就是错车的车主，绕不开时，也多半会选择贴着他家墙壁走，若是车重，还会导致地基变形，危及人身安全。

走街看暗影，听人间种种，谁与谁不得为谁又谁？

家人齐聚年夜情，其乐融融，忽见衣衫褴褛客，眼神异常。不能破坏那种氛围。镇上有一条穿城而过的小河，没有灯光，偶尔跌进几线光丝，略增了夜色朦胧且不似漆黑如墨，他们站在阴影里，整条河道上下只有不远处的石桥有光，桥面上有小孩疯跑，或趴在桥边看水波泛光，或燃放白天未能尽兴的烟花，或是凝视黑夜，黑色的世界里有模糊的轮廓，华灯几盏外，也有某些潜藏其中的未知。一对捉迷藏的幼童，其中一个漫无目的般四处藏身，像是想到什么似的，径直向他们走来。

"丽，我们走吧。"

大年夜，总不能让小孩撞见他们潦倒，只能栖身黑暗，重要的日子里，无缘亲情纠缠。河边有一个被丢弃的双肩包，拿来可以装一些东西，比如矿泉水瓶，放在包里轻松许多。

支支吾吾，有什么不好意思说的呢？左右偷瞄瞎逛，得的瓶子越来越多，可以兑换一些零钱。

第十六章

雨雾寒阳交替，转眼又是一春，无尽是岁月，看着太阳西沉，看到月暗无光，心却了然豁达。

初春，同样还很萧索，若是心细，定能发现田里的绿草最先破土，不免感慨一番：本是群山一点绿，奈何万物寂无声！若是无意，却又要感慨：这地里的绿草，是何时破的地面？

他们坐在站台长椅上，看着车来人往，人影稠密眼前过，丝毫没有落魄者的自卑。从出发到现在，他的外貌变化很大，头发因汗液成束，下巴长出寸须，目光冰冷已然不沾红尘，脸上笑容浅隐，看似洒脱随意；黑色皮衣上的漆皮连丝挂着，皮下的白色网布也被污成了黑色，裤子着半身，破洞可见肉，原来，他还穿着那条初时的长裤。

"丽，你说人性思维的固化，到底算好算坏？"

世人认知的真理，是不容更改的铁则和构筑道德的基石。偶有天资横溢的绝世之才，想一窥法外蹊径，虽然最终会跌落凡尘，但他此生终究有过辉煌，不是还有江郎才尽的典故吗？生活在凡世之中，就算行差一步，前路尽毁，也无须过于自责。且思：莫道人生不如意，江郎也有才尽时；且想：崛起于微末之间，谁人不是白手起家，才能福荫子孙？

一张报纸随风飞，几次翻身滚落后，停在了他的脚下，本就无事，况且纸不透风，贴在小腿上被风吹得紧紧的，收束得难受，他就把报纸拿起来，想了解一些时下新闻。报纸头版刊着第二艘航母下水，其余报道很大众，尽是些诸如民工出行、企业传奇和中缝插幅的某些名家流言一类。

"著名作家唐先生失踪，疑因税收而惹上官司。"

"有人说，他是一个大师级别的作家。"

"为何？"

"《春天的风》，读者中有一半人说他以这本书封神，另一半人则认为此书太过平淡乏味；《秋天的雨》，前一半人调转矛头，贬这本书一文不值，掉了他的身价，后一半人又说此书深悉人心，足以使他封神。在彼此争论时，他们还不曾发现这一点。"

花知果味甜，果知花味香，皆因同蒂相生，在旁观者看来，却又能品出万般味道。才刚回城的上班族，脸上还弥漫着在家时的慵懒，漠视一眼银白高楼耸立，刮骨吸血；娇吟几声绯红大店堂皇，淡然享乐。

"你知道吗？这个城市里有一个小官员，他一直被频繁调动，经常被安排去一些烦琐的职位。"

"不知道。"

…………

三言两语勾起一些共同话题，同时大胆做小事，随着两人的身体越来越近，近乎挨在一起，也就没有了凡俗的顾及和道德束缚，关系可以更近一步，做一些于社会无大碍的小事，就算摆到台面上，也不过家庭纠纷。

那两个聊天的人走进了公交车厢里，一辆辆汽车驶过，在他眼中，恰如残影绘线、恍惚变幻、昙花开败，把死物做出这等奇迹，已是不凡，可其中的人影僵滞，似那蜡像无神，和被圈养的牲畜无异。也不尽如此，还是有人想逃脱这个牢笼，且不说他们能否走出那片光影，单说出来后的成就几何。不知道，但也阻不了他们心神激荡着大喊一声：廿年无迹岁已去，今朝梦醒立龙门。

之后该如何？一步该寻功成可享万世名，一步可思锑羽宁为冢中骨，最后一步，终将是那黄土塑身寿无穷，可惜失了本性。

那夜，他们走在山间树影下，水声潺潺，虫声起伏，飘着的细雨绵绵，淋湿的落叶溅雨，却无处藏身。一夜后，雨止树绿，初春的晨阳升起，柔和的光芒使雨珠映辉，溢彩晶莹，饮露餐风食百草，可不只是说说，草增叶长千山绿，绿进心头，漫至人间。

　　不过，绿意苍翠的森林虽然悦目，但其下隐藏着不知多少虫蛇细兽，而且，又有多少人愿意涉足其中？单看表象多好？

第十七章

　　植树节那天，阳光明媚，成车的树苗四处拖运。他们从小镇出来，本想和往常一样，随便选一条大道直行，可惜出镇的路只有一条，没得选择。

　　湖光山色金枝叶，风转云游日出头。满山绿意澎湃，掩不住磅礴朝气激荡，无知无畏，竟敢与皓日争锋，歌声悠扬，又彰显出小孩童真。

　　趁老师不注意，一个小学生跑离了队伍，躲到一处小树荫下，猫身坐着，借树枝叶隙，窥视着老师是否离去，并且还和队尾的某个同学比眉画眼，打着俏皮，或是看向尾随队伍的那个人，衣着邋遢，脸却洗得异常干净，胡子稠密，眼神深邃，气质出尘。

　　"叔叔，你是在体验生活吗？"

　　体验生活？可能是吧。看不惯人世种种，又何必强求自己苟且，受气受累，总做不到如工蜂无怨言，那还不如率性而为，好过精神扭曲乃至畸变，笑谈内心委屈或是自杀。

　　"唐，你在干什么，还不快归队。"

老师注意到了队尾那个学生挤眼的方向，一改原本平和的神情，转而刻板严肃，等学生走进队伍，再以严词教导，且偷瞄着不远处那个脏乱的年轻人，眼神戒备。

"唐，以后不要再和陌生人说话了。"

植树地点是一个缓山坡，有十几亩地，杂草茂密，长有几棵灌木，每个班划分一块地皮，分组分工，扛锄头的挖坑，其余人去领树苗。树苗被堆在路旁，堆了约两米高，看不出什么品种，每个人五棵，按照他们的种植方法，也不知是否能活。

他站着看了一会儿，觉得没什么意思，特别是植树快结束时，多余的那些树苗，像无用之物一般随地丢弃，也就淡了那份闹心。

再往前走，是三段急拐的 U 型弯坡，每个弯道之间有五十几米的缓冲地带，某处茂树之下，或站或坐着几个执勤的警察，公路前后都有急弯阻路，需要减速行驶，加上树荫隐蔽，在这里，他们每次都能拦下许多违规驾驶的人，如果有人摸清了这个规律，警察就会在这三个弯道间小换一个地点，有时半个月来一次，有时一连来三天，频繁变换，是随心意？还是出勤任务如此？

前行的道路，要穿过一片松树林，林中潮湿，哪怕外面光照正烈，森林里还是很阴暗，就算有些光斑，本应荡尽黑夜，在这种大势下，却也不得不束身紧守那一点光明。

一个人的前途如此，其实是让人惧怕的，密不透风叶无声，只在树巅奏响，光芒染尘涤不尽，甘愿沉沦繁华。阴暗的环境里，好听的鸟叫声，也会让人觉得是鬼鸦催命，喜人的嫩芽初生，又会说是黄泉碧莲摄人心魂。

把人放在首位，感官就会凸显得很重要。出了树林，骤然换一番风景，定会觉得别有洞天，满山草绿花开，枝头鸟飞雀啄，金色光辉铺洒，娇柔和风吹拂。在傍山的一条公路上，一行四十几人的学生走过，老师带队、押尾，把他们牢牢护在中间。

"同学们，先在这里休息一会儿。"

老师在前头喊话，那些执着于自我的学生是听不到的，背着锅碗蔬菜，自顾打闹调戏，老师还算民主，自行组队的举手，剩下的人由老师安排。自建的队伍中就有那么两队，都是两个人，其中一队亲兄弟，有个小书包，没有带炊具，应该是装着零食；另一队放下背篓，以为到了目的地，开始收拣柴火，生火做饭，水都自备着，图个新鲜劲，哪怕别人告诉他们只是中途休息，他们也没有停下，自得其乐，永远不要忽视别人的主观能动性。

炊烟升起，老师除了提醒小心防火外，对学生的行为很放任。山坡上只有去年的枯草，没有干树枝，柴不够，他们的火烧得半燃欲熄，等了十几分钟，水才温热起来。许是等得太久，眼看着火又熄了，老师才提议继续走。

他们收起工具，水倒掉，泡胀的米留着，等女生走完后，淋一泡尿灭火。

稚童天真，说是春游，其实他们领悟不到那份意境，山水相逢勾妙影，草木当春绘青风。他们能想到和看到的，不过折一细枝，一米长最好，用力挥舞，劲风如刀锋利，能够切断嫩草，觉得好玩，就一直重复；或是小鸟筑巢，孵蛋时若有人来，小鸟会一直叫个不停，有驱离之意外恐慌，顽皮的小孩知道这里边的门道，会一直紧盯那只小鸟，可听那鸟叫声越来越急促，知是自己吓到它了，不敢入巢，这时他会假意离开，等它进入鸟巢确认了位置，再跑过去摸蛋，蛋没摸到，却有小鸟破壳无毛，小孩子考虑得不多，知道能养鸟也很欣喜，可惜注定无法养活；剩下的大部分学生为了跟上老师的步伐，并没有某些人那么悠闲；作为成年人，老师本能理解那份春意，可要时刻关注学生安全，也无闲人心。

绕过一个山梁，进入的山沟，有些幽闭，两侧山脊狭长，沟尾是一面陡峭山坡，出山的沟道绕了几个弯，所以沟里看起来像个洼地，四面陡山环绕挡光，没有房屋，土地荒芜，小孩单纯，真担心这里藏着一个大魔头，吓得他不敢孤身落后。

公路依山腰修建，没有下到沟里，他们需要找一条小路下山。组队的那两兄弟，走在队伍中游，不时前仰后望，本来善于言谈的他们，此时却略显拘谨，偏开队伍一段距离后，从书包里拿出四袋方便面，每人两包，捏碎放入佐料，摇匀后干嚼，主要尝那香辣味。吃完两袋，意犹未尽，可是书包已空，真不知他们是家庭条件不好？还是两小孩嘴馋，特意央求父母得的零食？

"胖，等哈我们弄两个哨子再走吧。"

山中有一种灌木，独有一根树干，树皮较厚，叶子只生在树巅，叶面呈长棱形，树干粗不过拇指，折下一根，用小刀绕树干刻两个圆，间距不超过小孩指长，之后，用石头轻轻拍打那一截树皮，直到树皮能完整脱落下来，用嘴抿扁其中一头，能吹出声音。耽搁了这么小会儿，他们站起身来，刚好看见队尾最后一个同学的背影消失在山脚，慢走慢赶，自娱吹响哨笛，余音回荡，怎么听都不好听，还是快些和队伍汇合，不用独落幽谷、担惊受怕。

顺着沟谷走出山坳，谷外可以看见一条清澈的小溪，溪岸已经有人在搬石搭灶、进林捡柴、淘米洗菜，有个老师在消水洞边巡视，不让学生靠近，或是看顾着那个抱着大石的学生，扔石进洞听回声。

分散在山沟里的学生都很忙碌，除了一人外，那位同学性格腼腆，成绩虽好却不爱说话，他们那组五人中有三个女生，更是害得他做什么都绕不开面子，跟着去捡柴，只拿了两根回来，有女生去洗菜，站在身后又不好插手。

"唐，柴可能不够，你再去捡点吧。"

春光洋溢，树影婆娑，在地面嵌下的光斑暗荫里，有老师躲凉。鹅卵石滩上的干柴已经被捡拾干净，同学们都在往山里走，矮草没膝，踩出足迹暂存，最多一两场春雨，就能恢复原貌，不时回头看一眼身后那条线，矮草葱郁，足迹半掩，草茎斜立欲起的倔强劲儿更是惹得他内心荡漾，小手一挥，似睥睨众生，赦免罪途枷锁去，完全不惧漫步光阴上，或是不虚度时光漫步。当十几个人呈伞形分散时，踩得草叶凌乱，却是扰乱了春境。

山里乔木不多，枯枝也不多，学生们不得不去折生柴，爬树被嘲是猴灵活，只当是夸赞，您且看某些学生，都不敢尝试呢。他就是不敢尝试的那一个，不都说"君子不立危墙之下"吗？在地面折些灌木细枝可好？目的相同，为生火，别太纠结细节，虽然他也想异于众人，引人瞩目，但那需要基于自身条件优异。

"猴子，反正你都上去了，多弄点吧，把我们的一起弄了。"

身在高位，就要为下面人考虑，不然会让人觉得自私，要求太多，不得不以身试险，自己一个人哪会有这些麻烦？手指交叉挂在树枝上，吊起落下，想靠惯性掰断，最易脚滑；也可以借体重死吊树枝，坚持不懈，树枝会断的，人也有可能掉到树下摔伤。

"下次春游，我一定要带把镰刀去。"

"我哥哥给我说过，初中没得春游了。"

"唐，柴有多的，自己过来拿。"

他怎么没有想到去更远的地方捡干柴呢？一个群体里，个体的主观意识，是会趋变向主流的。

树枝太过蓬大松散，拖在身后有些扭手，但这些是次要的，最让人难以接受的，还是枝叶拖地，让那片绿花半开的草地更加凌乱不堪，足印不再显，记忆模糊难寻。没有带炊具的那两兄弟，正在到处闲逛，从被碾平的草地上走过，口中哨音不息，逢人就用更响的哨声打招呼，如果遇到暗恋的人，哨音会转而吟韵，鸟雀啁啾，竟是让山鸟也附和了几声；走到溪边，看到一块表面锈黄的白色石头，温润细腻，以为是玉石，四周戒备地扫视一圈，没人关注他们，就偷偷放到书包内层口袋里。

"唐，还有点菜没洗完，你和胖去把菜洗了。"

到底是不满他闲着无事，还是为了顾及他的情绪，想把他拉到团队中来，很难说清。毕竟，不是每个人都甘愿孤独的，若是现在不帮他们一把，以后会更孤僻。

　　胖是一个在这个年龄段还算高挑的女生，脸蛋略微胖圆，头发用胶绳捆成一束，性格活泼，也很勤快，接了通知，单手拿着菜就走，没盆没箕，小孩也不在乎那点沙石，当地不是那样一句俚语吗：不干不净，吃了没病？唐默默跟在身后，不提帮着拿点，洗菜时也不好意思和她并排，还站在身后。其实不该顾及这些的，压下心底的退意，拿菜洗一点，渐渐彼此熟悉，两人相处，也就不会觉得生疏，能和某些人一样畅所欲言。那些能说会道的人，还不是一点点选择和积累的？可他就是迈不过那道坎。

　　"唐，你先把洗好的菜拿回去吧。"

　　站着人不累，她也不想有个人在身后站着无声。

　　半途做饭的那两个学生，此刻有些气急败坏，什么都准备好了，米饭却煮不熟，就算无助且无奈，也决定炒菜当饭吃。生柴烟浓，浓烟似雾罩，许多人都受不了那股子呛鼻，躲得远远的，等明火起来才靠近，这样做出来的菜，会有很浓的膛烟味，他们不会在意，更多的是想要开心。

　　"我们做好了，老师，在我们这里吃饭吧。"

　　当有一个小组煮好饭菜，其他队伍都会想方设法拉近时间，手忙脚乱，做出来的也才那几样，一盘蔬菜一碗肉，切片火腿小炒，有两个忙不过来和做砸了的小组，直接弄了一锅大杂烩。

"都准备好了吗？准备好了就开饭吧。"

"煮不熟饭那两个，我们的饭有多的，自己过来舀。"

"老师，小幺炒的菜好吃嘞，到我们那组去尝哈嘛。"

"喂，你们哪个煮的饭，都没有熟，还是夹生的。"

"猴子家两兄弟，过来我们这里吃饭嘛，但是喃，没得碗了，可以用菜碗吃饭。"

"我们这组有碗筷，到我们这里来吃，他们那组不晓得是哪个炒的菜，弄的差火。"

"这是哪个炒的菜，味道不错嘞？"

老师们要各组都去夹菜，学到了这一点，学生们也走得很乱，纷纷想尝一尝别人的手艺。

"唐，你打碗饭菜过去给那边那个叔叔。"

坐在杉木树荫下的那个惆怅男子，脸上没有一丝表情，看人看物都得思索寻味。

谢过他们的好意，把用过的碗筷洗好后还给他们。路过那些神情各异的学生，他的心底泛不起丝毫波澜，这是从什么时候开始的呢？好像是记忆恍惚的那一刻，之后，仿佛时间都不存在似的，一切实境都会变得模糊，人就停在固定的那一刻，回忆过去，憧憬未来，总有那么一刻是恍惚的：这人生，到底是存在？还是不存在？

"丽，人挺奇怪的，能进化成这种形态，不知道未来会是什么情况，我想去看一眼。"

语气再不甘，终究无法到达。看看那些无忧的学生，他们会见到的，那方天地里，有多少银楼高瓦和柔情绯色外的城郊绿景？而现在应该顾着的，是父母持家辛劳。

"你们女生收拾洗碗了哈，要勤快点。"

"班长，找人把地上的垃圾捡了，要有点卫生意识，别丢得到处都是。"

真心言，每个对自己抱有厚望的人生，可能对别人来说，都很普通，以他的立场而言，那些学生就像溪水过岸树常在；对那些学生来说，也是如此，这一顿饭的情谊，或许不会再有人提及。

小学春游，赏景是次要的，早上八点从学校出发，沿途闷头赶路，到目的地十点左右，十一点半吃饭，十二点半收拾东西返回，全程看不到一丝和春有关的活动，春游就像是只为了这一顿饭，才让人提起点兴趣。

"老师，我可以直接回家吗？"

"你们离家近的，可以自己回去，但是一定要注意安全，还要回学校的，和我们一起走。"

特意选在周五春游，也是方便某些农村的学生回家。

带零食的那两兄弟，家离这不远，脱离队伍后，问了一个当地人，得到一个大致方向，就走上一条陌生的道路。哥哥倒是信誓旦旦地保证，方向绝对不会错；弟弟没多少主见，方向感全无，陌生的地方有陌生的路，反正一处不认识，就跟着哥哥走，有人做伴，还担心什么呢？

途经的地界，土壤还是那土壤，草也是那草，石头还是那石头，全部组合起来，却是和他的记忆中的没有一处吻合，既然陌生，就不知道通向何方，未知的前途，若是走错了怎么办？可惜路上再没有遇到一个人问路。

"应该不会错吧。"哥哥有些不确定地低言，却也只能壮胆走下去。

路上唯有一片树林和他记忆中有些形似，那是他做梦经常会梦见的场景，少有白天，多数是在夜色里，梦境无始无终，开头就在林中小路上走，一直以为身后有东西尾随，可是不管在哪种场景，他都会在一截凸出地面的树根上绊倒。

出了树林，阳光多好，见人就扑，摆脱了树林里的阴郁，他们也很开心，更重要的是，走了一个多小时，他们终于见到了一个人。沿途的那些风景，像是一切都在为回归自然做准备，被弃用的房屋破败，墙上长草，鲜少有人行走的土路，路面潮湿似沼泽泛水，他们还以为走进了某处大山，越来越偏僻。

"叔叔，请问一下唐家寨怎么走？"

没人回答他们，中年男子面对路侧的土坎，正在寻找什么东西，越来越近，才发现他在抠泥玩，发觉有人靠近，偏过头来对他们一笑。他们的世界好像很简单，再怪异的笑容，在他们脸上都有一种憨厚和痴傻。

"是个傻子，小唐，走了，不然他会拿石头砸你。"

神色转为癫狂，口中说着常人难以听懂的单个字词，或是呓语，从土坎上抠下一块碎石，用力朝那两个小孩扔去。

"我们快点跑，他又在抠石头了。"

前方有一个寨子，只有几户人家，寨上的长田已经开始蓄水，田坎路宽，浅草青青，能够没过脚踝，主路上也是如此，走的人少了，浅草之下，泛黑的腐叶饱含雨水，走在上面，咕呲作响。

叶芽初生欲展，百花含苞待放。浓郁的树荫中，有一栋木房坐落，房屋四周的地皮被踩得只剩下土膜光亮，在院坝一角，种着一棵需两人环抱的桂树，枝叶浓密，树下正有两个老人躲凉。

"这棵桂花树好大哦，肯定能卖不少钱。"

"确实难见，开花的时候能摘好多桂花来嘞。"

十一岁的儿童，看到一棵桂树，首先想到的竟然是值多少钱？渐行渐讨论，想着是否要找几棵树苗回家，或是折枝嫁接，一如自然课上教的那样聊得起兴。

　　"老人家，请问一下唐家寨怎么走？"

　　"你们是哪家的孩子？"

　　"老唐家的。"

　　"哦，顺着这条路直走，要不了多久就到了，你家公最近在忙些喃样？"

　　…………

第十八章

仲春下旬，天青地绿，所有植物都长了嫩芽，对于他们这一类人来说，这个季节最不缺食物，而不是所谓的秋季丰收。

金竹圆竹和水竹，野生竹笋里最好吃的当属斑竹，椿菜蕨菜刺龙芽，找一块铁皮，生火焯水，两根细竹翻炒，就这种日子，他每年都会在山里生活一两个月。枕风盖月饮春雨，看山看水看涛花，可绵绵不息的春雨，也会把心情弄得很潮，趁着茎韧叶老难嚼，也该去山下看看。

不过，可惜了那朵长在窝旁的野生栀子花，宿命的脉轮勾嵌，花朵早开，却隐在草丛里，无人得识。

路径渐荒人不至，枝叶葱茏掩尘踪。

丝缕幽香何处寻？辗转千回草色深。

花白胜过千层色，隐在山中不自知。

山路都要消失了，再美的花朵，无贵人赏识，最后还不是得碾作尘泥，和庸庸大众一样，供养那一两只独秀。山水洪声，激流得荡人心魄；虫蛇幽步，瑟缩着蜷入暗角；一只淋湿羽毛的小鸟，因扰乱了红尘湿身，想振翅再起，

220

可却越搅越浑；一张嫩叶飘飞，余影缠线，行迹缥缈，却是那人生无疑。

今天清明，正是采春茶的好时候，云雾之上的那几亩好茶，早早地被人预订下来，据说云雾养茶，茶香中透着一股仙灵气息，为了不沾染凡世的污秽，连采茶的手法和时辰都被计算得清清楚楚，到现在也没有改变这个观念。

茶山上土地狭长，每阶茶地上只种一行茶树，浓雾笼罩，似春雨细粒，力量虽小，聚集起来，却也能湿了衣裳，摘一颗细芽，放在嘴里咀嚼片刻，有一种不同于胆汁的涩苦清新，但还是苦味，不过那是人类已经选择了接受。

清明雨中累更泪，浓雾相思稠上愁。偶有几个人影朦胧，湿衣沾泥垢，发丝上附满白色雾珠，套了一件白色塑料披风，尽是锈斑点点，绘成了一幅黄袍加身，似有群星环绕如恒星引力不失，可又抹不掉那份寒酸，厌弃地拍开眼前飘荡的雾珠，快手摘芽折叶，以旧时的那份贤惠和勤劳来作攀比，在劳作结束前，肯定会相互问询一番：你今天采了多少？

不放心别人采摘的客户，会自己上山采茶，交给专人烘炒，就说这一类人，哪一个采茶女不悠悠叹那钱多人闲逸？赶在午饭前那一刻，还要回到城里家中，杀鸡祭祖。

雾中游人心散，不知茶叶味浓，茶女摘芽，不说陶冶己身，如果没有猜错，山外的世人，只会认为云雾绕山美，不知身陷雾中苦。

走出浓雾，有清风拂面；雾珠残落，身处草木珠环翠绕中；浓云幕重，太阳斜映金辉暗镀，一阵狂风起，经意间卷起湿气云破天蓝霎时爽。

"丽，这份景色是不是很美？"

"我也这样觉得，山青水绿天蓝澈，可惜了花开渐败星空静，有多少天骄豪杰，就那样倒在了时光之中花柳之下，毫无价值。"

下了山，山脚的两山山坳里也有一个茶园。和山上不同，山下骄阳漫照，茶树齐腰高，整齐排列一垄垄拉开，约有两百亩地，分散着上百个采茶人，斗篷配粗衣，不时挥洒一把汗水，才能息一下那捻得青黑酸软的手指。

鼠曲寓清明，逢人忆双亲。一处山沟旁有个老农，专摘一叶一芽，手指点得飞快，似夜空点星亮，眼角余光警惕，却放任小孩乱跑。从背篓里拿出一个垢黑的透明塑料袋，解了几次死结，才从里面取出一块清明粑给小孩，有太阳伞遮阴，清凉的清明粑还能降下体温，不至于倒胃口。

他们找了一处树荫坐下，默默看着那些忙碌的采茶人，似是不解，渐渐目光涣散，如何才能算虚度光阴？采茶人虽忙碌，但他们忽视了镌刻渐深的时光之痕；纵然他妄想走到时光之外，可谁人不说他闲散无度呢？风吹死物叶动，光照万树花开，曾经的某一刻记忆，热了眼眶又如何？他甘愿遗忘过去的一切，独自行走天地间，似那遗世超然，无牵无挂，但，为何他舍不了那份家人的羁绊？起身欲行，总归是花开日暖天，前路无阻，只有小石绊脚。无情无欲，多好？又想思维长存，可悲？

"唐，过来把汗水揩哈，回去了。"

从六点到现在，忙了整个早晨，也才收获几斤茶叶。让小孩站进背篓，老农背着小孩抬起簸箕，初次起身，小孩调皮地往后靠，老农没能站得起来，差点往后坐倒。颤颤站起，提着几斤茶叶去称茶点，十元一斤，虽然不多，也能贴补些家用。

"小兄弟，我们坐在这里不会影响到你吧？"

"没事，老人家，你们随便坐。"

山外有农人，顶着烈日劳作，只为盘中餐满；灯下有烛鸟，躲在暗影中栖，无法掌控命运轮转，生不随意，死不随衷。常有灯下黑影中那秽虫浅藏难寻，风起灯灭，刹那暴起蚕食锦上花，燃灯景亮，又缩回阴影中苟存，跑得慢的同伴，你看那：鞋底碎身惨，粘在地面蚂蚁拾。何其可悲？

情谊长久必分，人又何必在意那一亩三分地中梁上情？

223

遗憾中的可惜，人类？难言。

"起风了，爷爷，好凉快哦。"小孩闭眼凹下嘴角笑，满足于现状，缓步走了十几米。

"唐，马上要走了，不要到处跑。"

"我自己可以走的，爷爷，我到前面去等你。"

"不要跑太快，摔倒了就不好了，是痛你个人，你以为痛得到别个哈。"

老农脸上的欣慰不似作假，背着背篓姗姗跟在小孩身后，可那份表情才持续了一分钟不到，转瞬变得阴沉僵硬，只因小孩小跑回来站在老人身前，摊手撒娇。

"爷爷，给我两块钱嘛，我去买麻辣片。"

老农看着不远处那家小卖部，悠悠一叹，浊眼深处那缕慈怜不灭，虽然不像老妇人那般，用塑料袋包了一层又一层，但是也在上衣内袋里翻了一件又一件，才拿到钱，当真是不知他们经历了哪种事？才能把钱看得如命重。

他家在一处山脚，侧邻一壁陡崖，村里树多，把村舍遮掩得小露砖瓦，村里的年轻人全在外打工，挣得的余钱，把老家的木房推倒了，砌起一栋栋华丽的白砖楼房，五年前修起了第一栋，其余楼房全是最近几年争先恐后砌起来的。老农家木房没换，院坝是土坪草地，裹了一卷竹席在房角，作晾晒底垫，屋里简陋，只有厨房和主厅用水泥找平，方便打扫，其他房间还是土坯地面，敷着水泥的地面，厚度也薄，踩通了一个个凹坑积泥。

"小兄弟，进来吃个便饭吧。"

刚才一起息凉的那个年轻人，身体挺得笔直，一步一行跨距很小，潜行幽步，一身破旧，脸上偶尔泛起一个小表情，定是反感于太阳光烈汗如柱。

"谢谢了，老人家，我现在还得赶路呢。"

"现在天这么热，进来息会儿，喝口水吧。"

这是一个不能拒绝的理由。舀水葫芦瓢，扫地绿帚草，看他身上那打扮，白衣破洞抽条，长裤褴褛牵丝，书包半旧，两侧的挂穗多样，铁片和塑料瓶被扭得奇异，打开拿瓶子时，好奇瞟一眼，有铝盒破碗和许多废纸，短勺长筷下，叠着一件黑色皮衣，中间隔了一层垫膜，他那个人配上那身穿着，怎么说呢："很有精神头，但怪别扭的。"有弹性的 T 恤，下摆盖过了大腿一半，走路缠腿，被他挽起来在身前扭一个结，压在皮带下。

"小兄弟，进来吃饭吧，我不想再喊第二次的哈。"他本欲拒绝，却被老农陡然变换成固执的脸色阴了过去。

"是啊，叔叔，饭都盛好了，而且我奶奶做的菜很好吃的。"

青菜切碎炒蚕豆，牛皮菜煮熟，撕成细条垒成一盘，蘸辣汁味更美，不然会有一股子淜味。强邀不好拒绝，说实话，他真的有很久没有吃过真正的家常小炒了，老农的老婆视力不太好，眼睛眯着，为了视线清晰，经常会半抬起头，双眼斜向下，这样才能看清东西，眼睛眨啊眨，不停眨眼似有沙尘进了眼睛，着实可怜，这个症状有好几年了，家里一直拿不出钱看病，既然对生活影响小，拖了一段时间，就没有再提了。

"小兄弟，我家没得喃样菜，你就将就哈。"

"您客气了，菜其实挺丰富的。"

他走过的人家，主人家都要谦虚说没菜，明知是客套话，客人还是很受用，回答不能失风度。

"叔叔，吃几颗樱桃吧，这是我在自家树上摘的，饭后吃水果对身体好。"

小孩脸上的表情较真，为新得的这点见识自得。樱桃细粒酸牙，更有几颗还没熟透，表皮晶莹映辉，一年难得吃上一次，再难尝的果酸，也能够被人接受。

燕飞蝶绕花，鹊啄虫食草，拴在一棵杉树上的黄牛，此刻早已被磨得没了脾气，趴在草粪混合的地面上死气哞叫，光照移一点，它就挪一点，留下那棵杉树皮落茎光滑和绕树一圈的泥泞地面，如果不是他家条件过于差劲，有树绕房，隔离尘世，就在这里归隐也是挺好的。既然要归隐，还在乎物质，肯定是还未涤净凡心，还需慢慢看世事无常。

"小兄弟，当在自己家一样，不要太拘束，我们先去上坟，等我们回来了再弄晚饭吃。"

"不了，我也要走了，今天真是给你们添麻烦了。"

小孩无忧，爷爷扎的风筝，独自起跑想风筝渐起高飞，来回跑了十几圈，风筝还是没能上天，泣泣然想找爷爷帮忙，根本看不到他的湿泪暗藏，笑容凄凄，却是只在膜光绽笑颜。很难受吧？小孩的不知因天少。

大好天气，炮响冲天，漫步风尘路，摘叶弄花，把帽檐压低一点，头低一点，不让阳光照到脸上。黑色的鸭舌帽，帽檐已经破到掉尘。沉心细听，风泣叶哀啼声里，有丝丝缅怀的呜咽浅吟，水中的鸳鸯成对，戏水无趣，暗转头颅寄情思，思情思爱思繁衍。死了一只，另一只徘徊不去，啼声凄怨，竟致使盛世花败，只有一瓣纷飞，一瓣存续花蒂不落，摇曳欲挣脱枷锁，应是不知，这世界，不是一个人的世界。人死之后，定有人承继，就像那堆燃起的纸钱。不管怎么说，墓碑旁的这朵黄花好看，懂得摇曳乞怜，他们蹲在碑影下，对视黄花，直至傍晚，也没舍得折下来。

花开妍艳，怎比得了余晖璀璨，又怎经得起落日摧残，日落花沉寂，月升景苍白，一夜枯荣，第二日，不知是否还这般艳丽。黄昏鸟归巢，夜近人归家，有黄色花种簇绕的坟墓，是这个浮肿中年男子的最后一站，割草挂清，有条不紊，面容坚毅不似身形浮夸，鞠躬三拜，口中念叨着保女儿高中，一份心思三处使，学业收成和生活，样样都要小康。

"喂，女儿，今天怎么不回家？你不是放假了吗？"

"钱钱钱，你打电话给我，就只知道要钱。"

"知道了，明天给你送过去，又不晓得问哈我们在家里过得怎么样啊。"

远方天际的云层厚重，似乐园梦幻炫彩，霞光施布，镀了几缕金光辉映，狂风起，百花香，沁人的香味外，有些凉。伴着余晖漫步，手指轻舞，触那风流有质，左右翻转，还是不知道风向在哪边？弱草虽柔易倾，却能知道这点。路边有枯柴，躬身捡起来，又破坏了这份娴雅。

在这条山脉的某处山腰，有一个废弃的瓦窑，四周看不见一户人家，瓦窑紧邻一处泉点，窑脚四周长满了茂密的杂草，窑口在路边。夜里的虫声叫得瘆人，本来他们想找一处开阔的地方休息，可空中乌云密布，狂风大作，露天肯定是不行了，窑里倒能避雨。

扒开窑口的杂草，点燃半张废纸，在窑洞正中烧一堆火。他已经习惯了这种生活，装废纸引火，下午沿路捡柴，把夜晚的黑色熬过去。摸黑装来半盒水，架在火上等待时，找来一块碎石，偏要垫几层蓬草，坐得绿汁叶痕洗不掉，也不知是为了哪般。

包里只有土豆，还是前几天，有户人家在地里挖土豆，他要了几个，也不削皮，用钝刀切成厚厚的几片，放在铝盒里炖煮，要做多一点，用干净的塑料袋装好，留作第二天中午的便餐，也不能煮得太熟，不然会是糟水的土豆泥，太难吃。撒几粒过期的食盐，然后坐在一旁等着。

"有蛇，丽，小心点。"

下雨了了，雨很大，打得阔叶啪啪乱响无序，这种天气，他们是有一种担忧的：大雨不会把窑顶压垮吧？这么多年都没事，今晚肯定也不会。

土豆味清淡，汤也没什么味道，如果没有中午那餐饭，就这顿晚餐来说，对他也是美味。洗碗很方便，用铝盒接一些雨水，没有油渍，过一遍水就行。

空间震颤，今夜注定无眠。

翻出皮衣，拿书包当枕头，在洞口靠里的地方折一些未湿的杂草当床垫，把皮衣盖在身上。

"丽，我先睡觉了，嗯……真羡慕你。"

衣裳洁净如新，百毒不侵，暑寒不惧，没有忧愁烦恼，真的就做到了那无情无欲之人，少了许多约束。

当天晚上，他一直在浅层睡眠，有睡意却睡不着，伴随左腹一阵阵绞痛，真是个麻烦事，每天这个点，左边腹部总会疼痛。

第二天起来，空气凉飕飕的，山间飘荡着薄雾，静得只剩鸟声清灵。收拾行囊，继续自己的旅程，希望能不负此生时光。山下出村的路旁，扎堆停着十几辆车，其中有好几辆还是救护车。

"幸亏我昨晚上跑得快，不过我家猪圈被推倒了。"

"作孽啊，我那大伯家一个都没跑出来。"

"哪个老乡来给我们指一下路，哪户人家有多少人，我们核对一下信息，看看失踪了多少人。"

陡崖下的那面险坡，因为暴雨，部分山体滑了下来，滑坡导致几家房屋被毁，失踪了十几个人，两个闲谈者妄言：是死了十几个人，还没找到尸体，政府组织救援，否了地质灾害区，另选了一个住宅区，最后统计出结果，只有九人死亡。

村里的人全都站在外围，看那黄泥滑坡面上，不时滚下一两粒泥土，断壁残垣，土翻石埋，随处可见房柱倒立在土中，巨石滚到楼顶，土块翻出，草长地下，现场很乱也危险。

"幸亏我家后面这面山坡没得滑坡哦，不然就和他们一样了。"

"我欠大伯的钱还没有还他，唉——"

没有见到昨天那家人，也不好叨扰，时光模糊，就忘了那份热情吧，一次报道，滑坡这件小事，很少有人会永久记住。转眼天晴，雨珠要后干，昨日才祭拜先祖，今天就遇到了这种事，难免有些凄凉。就像那路边的小孩捉鱼，到底认谁家？

为了充分光合作用，昨晚被吹打得凌乱的叶子，正在渐渐反转，要仰面阳光，叶面上的雨珠渐落入土无声，鸟类在整理羽翼，暴雨后的虫迹难寻，它们应是不能填饱肚子了。小孩目光闪烁，思索着是不是去捉一只幼鸟来养，田坎边的那棵二十几米高的椿树顶上，有一个枯枝搭建的蓬松鸟巢，不时有大鸟露头张望，也有小鸟身影，通体黑色的鸟儿，雏鸟就有小孩巴掌大小，先不说捉小鸟时，大鸟是否会伤人，如果得了小鸟，最好四只，每个小伙伴分得一只，互相比一比谁养得更好。那三个小伙伴今天怎么不出来呢？大婶也是，定要把小肥留在身边，不让乱跑。

土路被冲刷出一条深深的沟壑，汇聚的水流，下蚀能力更强，站在水沟里享受流水的冲力，也很舒服，表情严肃认真，有些稚嫩，半抬头斜视上方，黑黑的小脸上有说

231

不出的倔强。

"有鱼，下雨也会掉鱼吗？"

水沟里有一条五指宽的鲤鱼摆动，鱼尾摇得飞快，力争上游，水珠四溅，在只有三指深的水流中，地利不合，不一会儿就虚脱疲乏，侧翻在水流里，随波逐流，不时拍打一次鱼尾，表示内心的不甘，却是早已认命般无力。

小孩单纯，认为这是上天的馈赠，拦在水里，把鱼捞起来箍在手中，却不料那死气般的鲤鱼拼命扭动，哪怕被小孩箍得瘦身，它也能跳脱到水中，惹得小孩奋力追逐，如此几次，或是落在沙地上弹跳自救，在那些能够反抗的关窍里，不想浪费一星半点的机会，上游化龙或下水入锅，长河中的挣扎，溅得旁人满脸污泥，又到无可奈何时，被小孩围在了一个小小的水牢里。水牢不及鱼身长，必须收尾弯曲，才不会觉得困束，能在原地打转满足一点内心渴望的自由，在方圆之中，泪涌盼天明，却暗夜无边。

上游还有鱼来，这种好事可不能告诉别人。本来他想一只手拿一条鱼回去，单手拿不住鱼，要打滑，只好双手捧着，小短腿舞得只剩残影，雨步飞溅，一口气跑到家，没有看见房子，呆了片刻，无法理解这类情况，也不伤心，转身去了大伯家，把鱼放在地上，鱼嘴鱼鳃张合得似要窒息般频繁。

转身跑到牛圈把牛草全倒进牛棚里。草还是为雨天准备的。背着空背篓欲走，看鱼儿张嘴可怜，又去拿脸盆装了半盆水，把鱼放进水里，却是连立起躯体的力气都没有，还在张合着鱼嘴鱼鳃。

"大伯，天上也会下鱼嘞，那边马路上有好多鱼哦，捡都捡不完，我回来拿背篓去装，到时候我家鱼吃不完了，多给你家几条。"

小孩五六岁，脸上尽是泥点汗液，大人也未训他无知。背着背篓，欢快地跑到捡鱼处，一条一条地把鱼放进背篓，心里还在想着：那些人是不是傻，天上掉鱼都不知道捡，可能是他们还不知道，嗯，趁现在没人抢，我应该多捡一些。接着，双手提着背篓，一步步向着上游走去，走了上百米，捡了十几条，再已看不见一条鱼影，鱼儿不会平白无故地出现，这次下鱼结束了吗？又找了几眼，还是找不到，就乐滋滋地背着鱼回家了，篓底水滴落，把裤子淋湿都未觉。

看着小孩把鱼全倒在脸盆里，装不下，掉了几条在地上，小孩迟钝扫一眼，转身去找了一只桶装鱼。几个大人一句话没说，鲤鱼是某家鱼塘涨水翻出来的，出了这件大事，也就没人去充当恶人，只要小孩高兴就好，鲤鱼而已，没见鱼塘主人都不提这件事吗？眼神怜悯，是个幼儿，又无法安慰。

"大伯，我爸爸呢，你见到他没？"稚童问人，脸上还有笑意。

中年男子看着一个方向，没有说话，神情怅然。小孩顺着大伯望着的方向看去，有几具并排的尸体，血肉模糊，沾泥带垢，说不上伤心，倒是流了几滴眼泪，也没什么反思，只觉得死人了，有人死的家庭，肯定会大办白事，很热闹，那时他又能和小伙伴一起捉迷藏了。

"他怎么办呢？送到孤儿院去吗？"

"让他到我家来吧，谁让我是他大伯呢。养大个把人还是没问题的。"

"山那边有家一直想抱养一个男娃儿，我们送过去吧。"

"不行，他必须姓唐。"

今后的夜晚，小孩经常会梦见那个场景——捡鱼，或许是那段捡拾记忆咀嚼无人问心痛，或是怕他伤心，天灾之下，真的不能怪天灾，只因人在那个位置而已，没得选择。

"唐，我妈叫我来问你，你有没得事，还让我不要说是她让我过来的，你没事吧？"小胖说话吃吃的，一字一顿，每个字都要正音才出腔。

有时候他挺羡慕那小孩的，处世无忧无虑，情感不随俗世所动分毫，这大概只是小孩的专利，不论喜悲，总是一双无辜的大眼睛，看着离他最近的那个人，也可能是羡慕他摆脱了家人的束缚，任想未来如何天高鸟自飞，在没懂事之前，被套上了另一副枷锁，不管未来的那个他，是否愿意。

"大伯，你们这里滑坡了吗？没人伤着吧？"

"毁了几栋房子，死了几个人。"

"好妹呢？她没事吧？"

"没事，她在屋里，你自己去找她吧。"

山那边过来的这个女子，才二十岁出头，一副姣好面容，小脚踏着雨水来，衣裤却不沾半点泥痕，全把肮脏踩在鞋底，污了残边似花绘祥云助人腾空，一袭白衣蓝裤，印上绿叶花纹，更增添了几分清纯气质，视人视物，一双含情目，两眼无尘珠，一颗黑痣暗藏眉下，一颦一笑浅露风情。她的身旁跟着一个忸怩不舍的年轻男子，相比于同行的女子，他的穿着要土了许多。他们是山那边的一对夫妻，年后刚结婚，新婚初别，男子依依惜别，女子惦念城里那份高薪工作，有些急切。

"大妞，你在哪点上班哇？工资能拿到好多？"

"在省城上班，工资有一万多点。"

"妈耶，一万多？我家读大学出来的那个儿子还没得你的一半，是嗯样工作嘛？有这么高的工资。"

"酒店里当服务员，连带推销一些商品。"

"好妹，你收拾好没？要走了欸。"

长腿白皙，小儿心动。他偷摸着瞄了那个女子很多眼，性格早熟，心底期许着她能是自己的女朋友，也希望自己未来能有这样一个老婆。多次避开那份直视的目光，他躲到别人身后，自以为别人能帮他挡住这种单纯的喜欢。朽木无叶难自舞，满山树绿花自开，人心有缺，不能圆润似玉，想要按捺住内心的悸动，就应该主动离诱惑远一些，囚鱼无辜，被小孩当作了玩乐对象，用手搅动桶中的水，幻想像武侠电影里的主角一样，能以人力搅出漩涡，徒劳无功，水最终都会归于平静，除了手酸，也只有那鱼儿为了适应环境，顺势游动，或者跳出水面呼吸一口新鲜空气，被一个浪花拍落下去，念头不再，剩得鲤鱼肚白。

"死的人很多吗？"

"现在还不晓得。"

"哦，我们先走了嘞，班车快到了。"

村里某家自营的一辆客车，每天早上七点启程，要在村里的每条支路上转行半个小时，跑遍全村五个寨子，收罗货物一样来回折腾，此刻正从山梁那边鸣着长笛过来，车速很快，在去县城的路上，和别个村合路的路口，谁先到一步，就能多得一些收益。

"大妞，自己在路上注意安全，今年我不想出去打工了，也去省城找份工作，和你在一个地方。"

"你在那里不是干得好好的吗？在省城还不一定能找到好工作，如果你不去沿海打工，哪来钱养家？"

两人惜别，真落得和那些人一样，一行离别泪，两人心不知，互道请珍重，莫言有伤心。男子神色顿时萎靡，女子心系所属，恰看中了这人软弱，言情真挚，旁人只认为离别愁绪浓，看不出折眉粉黛下，眼底深处暗伏的不屑和鄙视。

也要给他人留点面子，毕竟人是群居的，不能太过。

小孩玩得久了，觉得无聊，就抬头冷冷地凝视着那具尸体，有时也扫一眼那些救援工作者，天还没亮就开始吵嚷，忙了一天不息，有领导指着一个地方，呼啦过去一大群人，仔细清理和寻找着每一个角落，直把碎叶翻成烂泥，人们才肯罢休，村民烧水很勤，粗茶涩味，也是一番心意。再抬头去看那个女子时，她已经走了，除了最初几天梦里相思外，真不见得有太多情感。

"小兄弟，到哪点？"

"镇上，没坐车，谢谢。"

太阳出来了，雨水冲洗后的松土，被他们踩出一个个深坑伴人行。他的脸更憔悴了几分，胡须盖过嘴唇，眼神却更清明，连广阔的绿树繁花都不能吸引他的眼睛，尘世污浊，情愿迷离自视，自视那漫天的幻想。

第十九章

初夏时光，旖旎前行。从污泥中汲取活力，是草木赖以生存的本能。不羡慕，不自卑，是他能恪守的本心。

每年的这个时间，天气最易变，时而细雨，时而炎阳，时而骤风，时而皎月。春风难断夏日，秋雨不解冬寒，劲草疯长，得了退耕还林的保护，林中的山路一年比一年荒芜，比人还高的茅草横生到道路上方，直直望去，可以看到一条比别处要矮上许多的线形叶痕。草叶太密，看不到路面，只能靠脚底的触感来认路，用后背顶着锋利的茅草叶，崩断了许多，双手抱在胸前，茅草叶很长且柔软，也有一些绕到胸前，在他的手臂上割出一条条浅浅的血痕。山里有毒蛇，他没看见，蛇也没咬他，就此安慰成没有。

森林中的景色很好，淹没在树浪草绿下，避开尘世喧嚣，有时踩错一脚，落到更深处的草丛里，只闻窸窣声，不见拨弦人。有时，他就那样躺在草丛底下，看叶面纹理，数蚂蚁上树，有小虫爬到身上来时，为了抓到虫子，把衣服和裤子脱掉，皮肤接触到更多带毛刺的植物，定会奇痒难耐，一天不消。

其实，除了看风景，他还有一个不得不上山的理由，山上有可以充饥的白茅嫩穗，运气好一点，可以拾到紫菌晚上加餐，或是有溪沟的山涧，能够捕到小鱼和螃蟹，或者挖些野菜，野生柴胡、车前草之类的，野外有很多。

　　天气灼热，走出树林，顿时一阵热风扑面而来，身旁那条常年不得光照的冲沟，时时散发着残叶腐败的气息，还有丝丝清冷的凉意，若不是今天还有事，以他趋舒适的个性，他真想在这里待到傍晚，趁着夜色赶路，不用直面高温。

　　"大哥，请问去镇上该怎么走？"

　　"从这条路过去到尽头，再从右边转下去，可以看到大路，直走下去，五十米左右可以看见一条水泥路，这个时候转往右边一直走就到了。你是从哪里过来的？以前好像没见过你。"

　　"没见过很正常，我从山那边过来的。"

　　对面的那个农人，穿着宽松的短衣长裤，挑着空空的竹篓，身后别着一把锈刃镰刀，牵着的水牛，肚子浑圆，因为不喜高温，还有蝇营烦扰，它的脑袋和尾巴甩得很勤快，反倒惊得苍蝇飞旋不息，一点点地逮着机会猛地叮下，逮着一口是一口，吸得腹腔滚圆欲胀裂，也不肯离去。

　　农人放开绳子，去一处土坎边割草。水牛摇摇晃晃的，一步三摇头，拉出一堆牛粪，在农村路面并不少见；慢慢走进冲沟深处，在几棵灌木丛里卧下，不食身侧茂草，似人享受般叹着热气，一个地儿焐热了，就换个别的地儿。

天气转凉，水牛才会进食，而且吃得挑剔，喜欢挑食草茎坚韧的牛筋草和芭茅。冲沟里水位浅，加上没有光照，沟里的植物多不喜阳光，遍地的野草，多是那种草茎晶莹剔透的水草，草茎太脆易折，水牛一般不吃这种草。水草多汁，据说人能食用，他摘了一把，装在背包一侧的塑料袋里，水分蒸发得很快，蒙了一层水汽，蔫衰的水草，煮熟后也没得挑剔。

背包两侧的挂穗，是他旅行的纪念品，铁片和塑料瓶，行走时撞得叮叮当当响，也是行程中的一味调剂，每到一个地方都要收集一点，到现在，身后挂了不下十来斤，用绳子拴两端，吊在背包上。

阳光太毒，照得全身沁满汗水，他不得不直起身体走路，不敢让任何两处皮肤挨在一起，车来车往，扬起的灰尘，沾了汗液结垢，更是闷热，眉眼皱起，似抱怨却明知无用。

这是个大镇，有一般县城的规模，傍晚时分，行人熙熙攘攘，好动的小孩也跑到人行道上，在大人的视线之内，各自玩玩具或是和同伴嬉笑打闹；也有年轻人行色匆匆，打扮浮夸，男的油头粉面，女的粉黛浓妆；还有那些十七八岁的青年，四人一辆骑摩托车飞驰，拉出呼呼的风响，伴随尖声的仰天长喝。人事纷杂，完全看不出普通小镇的一丁点儿宁静。

每个镇子都有一个废品回收站，他问了很多人，才在小镇另一头的郊外找到，两面石壁的夹缝中，只有那一栋建筑，刚好堵在进山的道路旁，行人路过，皆会投去好奇的目光。回收站是两层楼房，墙砖脱落严重，墙面斑驳难看，电线老化乱搭，废旧品堆满院内，有的地方堆得比电线还高。他进院子的时候，里面正有一男一女两个人坐在废品堆旁，从中抽捡物品分类，拿到锈得破洞的铁制品，还会咚咚地敲落铁锈，再机械地扔到一旁。

"老板，你这里收零散废品吗？"

"收，铁的五毛一斤，塑料瓶三毛一斤。"

男子冷冷地扫了他一眼，看到他身后背得满满当当的挂穗，神情没有太多波动，只低头继续手中的工作。挂穗理得整齐，是为了凸显他内心的高傲与优雅，穷也要有骨气。他放下背包，一件件地提到一旁，铁器和塑料分成两堆。

"老板，麻烦你们谁来称一下。"

"一共五块。"

男子称量的过程仔细，习惯性走到一旁，满脸痞气地靠在皮卡车厢上，车上漆皮掉了大半，沾了一些漆皮在男子的衣服上，又嫌弃地拍落干净，斜眼戏谑地看着这个来卖废品的他。长久习惯养出的气质外，套着一件破洞的白色 T 恤，T 恤被漂洗得黑黄，水流拉长的下摆，被他挽起压在腰间，看他的穿着和背负的行囊，分明是一副流浪汉打扮，言行却不卑不亢，估计，这个世界能让他心动的，除了心跳，再没有其他了。胡须剪得长短不齐，可能是那把挂着的钝刃剪刀所为。

"可以，现在能把钱给我吗？"

想当初，手拿两块钱不敢进店，到现在，哪还在乎那份脸面？就像这个院外的铁门半开，锈迹斑斑，内开的铁门，左侧那扇被石头靠墙抵住，右侧那扇，上面那对铰链被锈蚀断掉，铁门全靠下方的铰链斜吊在门柱上，不去修理，还谈什么大场合的脸面？

各人的领悟不同，他觉得那两个人的工作枯燥，不值得为此付出，那两个人何尝不认为他在虚度光阴，或许也羡慕他的那份逍遥，但又舍不得俗世的牵挂，甘愿为此付出一生。

而现在的他呢？他挣钱，是为了摆脱社会的束缚，却把自己和世界绑得更紧密，默然心酸。

从废品站出来，回到街上，选择一条学生多的街道走去，学校附近肯定有包子馒头卖。得了五块钱，他想改善一下伙食，买两个大馒头，在来的路上，他早已找好一个位置，在一栋楼房后面，背离街道，草势长得有些疯狂，好处也显而易见，没人关注那里，也就注意不到他。

急切过去，搭腿坐在混凝土和石块堆砌的地基平台上，从包里翻出一个裹得很好的塑料袋，里面有十几包方便面佐料，其中有两包更是凝成了块。这些都是他在路上收集来的，用来调味，凝块的用来煮汤，这样才不会影响口感，从中拿出一包还是颗粒状的佐料，撕开一个小口，匀一点撒在馒头上，细咬一口，慢慢咀嚼，味蕾不再平淡，脸上也得欣然享受。

背靠墙脚，看着霞光渐隐，默数繁星闪烁，远方的游人，不得不度过一段直面夜空的孤独，月亮从东方升起，还照不到那个落寞的人影。有一个面容被夜色掩得很好的年轻女子路过，两人相望错愕，他低下头颅，把帽檐压低，只有碎碎的咀嚼声响起，和渐远渐淡的脚步声离去。

低头隐在夜色里，等到夜深只剩虫鸣，他站起身来，凭着白天的记忆，摸索着走到街上，身上没有负重，肩上轻松，优哉悠哉地走着，看花下虫眠，望月后星闪，沿街的几家移动烧烤摊后，坐着几桌正吹大话的年轻人，或是满目忧愁对望，无言的倒啤酒对饮。他正身从摊前假装路过，缓慢吸一口油烟气，安抚掉心底的馋虫。

这个点，菜场已经关市，里面黑漆漆的，偶有几缕路灯灯光飘进来，也只能看见，死物不动。他要趁着这个点，没人的时候，捡一些残菜碎肉，镇里的菜场打扫不勤，恰好给了他这个机会。

磕磕碰碰摔了一跤，可惜没能拥有一支能用的电筒，他发誓，以后一定攒钱买支电筒，装电池的那种。

"丽，我真的很想过那种无忧无虑的生活，真的有这么难吗？"

有些小孩都不曾有过无忧无虑，何况成人，不说其他，生存就是一道迈不过去的坎。肉类得了几块猪皮，蔬菜是泛黄的青叶和烂了半边的土豆，从包里拿几个黑色塑料袋分批装好，用绳子系住挂在背包两侧。窄巷里有猫叫似婴儿破啼般阴森，时而像俯首低吼般威慑，时而像长喉尖鸣般刺耳，还是别再和它们争抢食物为好，黑夜里，别人的主场，碰见了也不一定打得过。

从菜场出来，面对冷清但有光亮的街道，一时还真不知道该何去何从，该去山里无光但有虫鸣奏乐？还是留在镇上看光密影疏？走着走着，觉得困了，想随便找地方休息一晚，视线内的那个桥洞底下很黑，应该没人。

蚊子不知轻重，振翅嘤萦，饱腹不知全身退，肚裂才得碎尸还，随手去拍一只蚊子，见风就逃的本领挺强的，没有拍到，拉过皮衣盖住手臂和脑袋，即使闷得发热也不敢掀开。

第二天，光芒万丈，独云下无光，空中叠了九层云塔，似幻时淡，渐变成九步云梯，青云言漫步，世人却道是扶摇直上，糅成了一溜滑梯，再已不见一丝棱角。

"丽，帮我把水瓶拿出来下。"

河边露重，不一会儿，他的水瓶里就接了半瓶露水。露珠晶莹，站在葱郁绿草间，仿佛置身于璀璨珠华中，光生五彩，熠熠映辉；清风徐徐，图一个身姿摇曳。

"叔叔，你是在修仙吗？"

"小朋友，这世界上是没有仙人的。"

"哦。"

问他话的，是一个眉清目秀的小孩，一张小脸俊俏，听了他的回答，脸上生出少许沮丧。小孩身后牵着一头黄牛，皮毛理得光鲜，像看得懂人事一般，人行一步，它行半步，永远保持着相同的距离。得到不想要的答案，受到某些影视剧影响，小孩还幻想着飞天遁地，飞天需要浮力，可以借助土坎助跑腾空，小孩几次瞄向土坎，大脑里似有低语唆使，说不得要一跃冲天，对死亡的畏惧，又怕粉身碎骨。

神色有些恍惚，回忆起昨天见到的那条草势长得很好的田坎，把牛牵上去后，绳子拽得紧紧的，他的眼睛却只盯着脚尖，偶尔回头看一眼黄牛是否老实，又抬头仰望蓝天白云和朝阳，鸟儿飞过，始终不如云高。

趁着小主人出神，牛眼睛很人性化的骨碌一转，在不牵动牛绳的情况下，向前轻轻走一小步，扭头吃了三丛秧苗，嚼同杂草味，只不过人人禁令，吃着才香罢了。

"唐，你家牛吃秧子了。"

后来的那个放牛娃，站在高出一梯的田坎上，侃侃谈着自己听来的经验，同时指着自家放任在远处的水牛，以一种颇为自豪的语气说："我家牛就不会吃秧子。"并且提出一个建议，让他抓一把黄土润湿，敷在断口处，再用水洗去黄土，可以制成旧的断痕。小孩怯懦，做错事也不敢承认，怕回家挨骂，殊不知，没有肉眼看不到的浊事，拙劣的伪装，早有人去他家问罪，食为大事为小，两家和谈，也就撒几把尿素的事。

"伯伯，你来了啊。"

小孩站在田坎上，几次侧移，想挡住别人的目光，不让别人看到那三株被吃去叶子的秧苗。见到又有人来，还是早上见过的那人，见过一面，却还陌生，陌生人，即代表和这里的联系很少，不会向别人告状，可以作为转移话题的对象。

"叔叔，你这是要去哪里啊？"

小孩的神态忸怩慌张，站在原地转身，身体一直正对远去的那个背影，牵着牛绳的手略显僵硬，偏过头来对他说话，眼角却总瞄着别处，等到那个穿着洗白的粗布衣的中年男子走远后，小孩才开始动身，并挥手和同伴打声招呼，全程言不由衷。

"叔叔，我和你一起走，到我家去坐会儿吧。"

据小孩所说，中年男子是一个割猪匠，每年这个时候都会到他家割猪。社会在进步，代代相传的技艺，估计要不了多久就会失传。

小孩的父母外出务工，家里只有爷爷、弟弟和他三个人，等小孩到家，割猪匠已经把猪崽按倒箍在地面，右手拿出一把柳叶小刀，全然不顾猪眼中的恐惧，拿刀比画了一下，左手找准位置，刀很锋利，轻轻一划，对猪崽的嘶唤惨叫声充耳不闻。炮声阵阵，也抵不过那嘶唤刺耳。划出一条深深的口子，取出睾丸，有小孩半个拳头大，拿出的睾丸连筋，割掉了一个，却是受不了猪眼的哀痛乱转，用衣摆蒙住猪眼，才继续工作，技巧娴熟，睾丸上没有丁点儿残肉，刀口太深，有处被割成了两瓣，没用碗装直接递给了孩子。

小孩关好牛，洗手去掉一些牛粪味，也站过去围观，两眼清明灵动，许是存不下多少记忆。

"唐，你唧个早回来搞喃样，牛怕是都没得吃饱哦。"

怎么说呢？幼年少零食，一年难得有一次好吃的，他当然要提早回家，年年买猪一雌一雄，得到的蛋丸，两兄弟刚好一人一个，捧在手里暖暖的，有一股骚味。割猪匠倒了些深褐色的药酒在伤口上，仔细检查一番才放手，割猪要断根，免得长出一副空架子。

小孩得欢愉，大人眉眼笑，冷漠扫一眼贱事贱物，双手在围腰上反复擦拭干净，慢慢走开了，算些零钱给割猪匠，又转身去指导孙儿烧肉。

爷孙相处，其乐融融，有水煮肉香情，他们却是不曾发现，猪崽身痛，挣脱得了自由，急急地跑到猪圈角落里瑟瑟发抖，四肢欲曲却直，口中哼唧不停，似在缓气，眼神慌乱紧张，仿佛身旁有恐怖的怪物潜伏，无力反抗，却是连戒备都做不到。大概率是发现了，却选择了漠视吧。它有多痛呢？好比在手臂上割了一条寸深的口子，用手指里外翻弄，本来很痛，还要洒上烈酒消毒，搞得人的神经紧绷痉挛，拳头紧握，脚趾抓紧，嘴角撇开长嘶一口气，不知这痛感是否有它的一分？

用青菜叶包裹的肉丸，埋在炭火下烧熟后，被小刀划出口子的地方，肉质外翻，尝一口，肉香清甜，顾不得烫，囫囵两口吞了下去，唇齿留香自享余味，满脸享受，怪不得都说：人的享受是建立在其他生物的痛苦上的呐。

今天是个吉日，邻居家的乔迁喜事就选在这天，临近正席，震耳的炮声炸得耳膜子疼，之所以选在今天割猪，也是顺路，说不上是顺路吃酒席？还是顺路割猪？

"叔叔，快开席了，和我们一起去吃饭吧，他家今天人来得挺多的，也挺热闹的。"

"我得走了，还要赶路呐，谢谢你了，小朋友。"

在小孩家休息了片刻，坐着都淌汗的天气里，徒增奈何，只能独看阴影的边线慢移，时间流逝，可总抓不住光尘留步，光阴过隙，又叹人在时光之外也在长河之中。喝水装了个肚饱，小孩家没有留下一个人，还真是对他放心，浅浅笑着，背起叮当撞响的泛白双肩包，该走了，至少，这一生该和时光并行，而不是同死物一般和时光"并行"。天热汗多，腋下味道很重，他竟还凑下去闻了闻，再怎么皱眉，也是自己身上的异味。

他走到大路上的时候，办乔迁酒的那家正在进行一项撒"抛梁粑"的仪式，当地习俗，客人们早早地就聚在了还是土坯的院坝里，半抬头望着梁上的匠人，图个热闹，他站在外围的一棵梨树下，靠树似观赏地望着，匠人几声吆喝，跨坐在梁上，单手扶筐，另一只手能一次抓好几个糍粑，随手一撒，高空坠物，本该下意识躲闪，人们却是哄闹着去接去捡，脸笑着骂人，俯身前冲的瞬间，比兔子还快。这样的场景，现在却是见不到了。

趁人不注意，他疾速地捡起落在脚边的几个，整个拳头捏紧，不让别人看见，悄悄地放进包里，维持那份高傲；或是彼此相熟的亲邻们，客气地不和这个陌生的客人争抢，谁让他的脸色冷得生人勿近呢。

"叔叔，吃饭了，我在我们那桌给你留了一个位置。"

在此刻，脸上的笑容该怎么挤呢？谢不过盛情，却是面上难堪，但愿小孩没看到他的窘迫。

方桌坐八人，七个是小孩，留了一个席口给他，这个位置，尽主之谊，要添酒接菜，八菜一汤，依照习俗列成宫格，各有主次，端上来的菜食，合他们胃口的，三两下就被夹得干净，不合胃口的，浅尝辄止，叠一两只空盘在还有菜食的盘子底下，要分到两个对角上，各处只能有一只空盘，不然太明显，做完这些，他们就眼巴巴地望着其他桌上的食物，嚷嚷着他们这桌还有菜没上，大人揣着明白，互相对眼打趣逗乐，但不会揭穿他们，左右不过新添一只盘子一勺菜而已。

胃里尽是水，他才吃了半碗饭，就再喂不下去了，等小孩们下了半桌，他才去保温桶里倒了杯热茶慢品，粗茶涩苦，端茶站在阶坎上看人情来往，见面的都会打招呼，才绕过一人，又遇到一人勾肩搭背，或是聚友成群，不管怎样，反正得把院子挤满，有阳光和水汽为证，还有人心，都不可捉摸，说话永远是鬼腔或真言？

　　"叔叔，你现在有事吗？能不能和我们去摘杨梅，我们还是小孩子，人太矮了，摘不到顶上红的。"

　　他背着胀鼓的背包，在人堆里很不好串走，既碍别人也碍自己，好不容易钻出人群，又遇到那个小孩拦路，像是专为等他一般，和另一个小孩共同抬着木质矮梯，根本是把他当成了小孩玩伴。

　　他们所说的杨梅树，高不过五米，细枝细丫，每一阶可借力的横枝上，都被踩磨得光滑锃亮。树上的杨梅，有大有小，结果优劣如何，全凭阳光的一个照面。

　　"叔叔，这棵树结的杨梅可好吃了，特别是靠近树顶的那些，我们摘不到，你能帮帮我们吗？"

　　把背包靠放在树脚，他慢慢爬上树，杨梅树枝虽有韧性，却太过柔软，人在树上稍微一动，就会摇晃得厉害，杨梅也在急急地坠落，几次试手，他都没敢往更高处爬去，只在树腰自作踌躇地徘徊。古语言：君子不立危墙之下。

望梅兴叹，总好过胆小怯懦却还故作坚强。

"叔叔，爬不上去就算了吧，你稳在那里摇树干就行，我们在树下捡，以你的体重，再上去太危险了。"

"叔叔，你的包里装的什么啊，怎么感觉你从来没有让包离开过你的身边呢？"

"也没什么，就是一些换洗的衣服和食物。"

树顶上的杨梅最大最红，熟透的杨梅，轻轻一晃，果子就簌簌地直往下落。树下的小孩共用一个塑料袋，紧盯果实落地的位置，捡放捡放的，不一会儿，袋子就装了大半，其中有个小孩举起塑料袋摇着。临下树时，他摘了一颗尝了尝，味道还不错，不由得多吞了几颗，甜中带有淡淡的酸。

"太酸了，没得前几天的好吃，叔叔，你喜欢吃的话，就把这包杨梅带走吧。"

他的脸上扭出一个尴尬笑容，想要拒绝，却是发现小孩们飞快地跑开，借物欢娱，天真得没有丁点儿心机。他提起叮当响的背包，左手杨梅，右手背包，直面阳光前行，虚影却在身后。当晚，吃多了杨梅，他闹腾了半宿肚子。

第二十章

天公不解情，石狮犹系铃；理是蚩尤故，由头浅且真？

村小门楼大，重门面。寺前的一对石狮，本是老实的死物，却还要横挂一副枷锁。今天寺内人多，人来人往，寺里的巷道被摊贩挤得只剩下一条窄缝，信民朝佛天，佛家提倡宝相庄严，沾染了大把商俗气息，不知是否仍旧遗世高立？

今年大旱，许多村子都缺水，倒还不至于危及人命。他走在村道上，汗水沾衣都不敢去捻开，要命的天气，水瓶干了两三个小时，才在一条路旁看到一个水井，看那井壁上的水迹线，许是在持续下降，他去灌了两瓶水，还得顶着好几双警惕的目光。牛饮半瓶，需要休息缓劲，他坐在水井不远处的一棵蔫叶树下，作此无聊，四处张望。

看花看鸟，毫无生气，蜻蜓点水，徒劳空点浮尘，天热灰尘多，叶面沾尘着垢，一片灰色单调，在他那狭小的视野之内，稍微还有点活力的，就只有坐在一排木房前的那几个人了。大人长衫长裤，衣袖和裤腿都挽得老高，谈得兴起，却一动不动，留那两个小年轻好动。

"唐，香和纸在堂屋桌子上，你到了之后，先去把纸烧了，带点香灰回来。你身上的钱还够用的吧，我就不给你了哈。"

"唐嫂，他们好不容易出去玩一趟，多给点钱又啷个了嘛。"

"给多少就用多少，有好多钱都不够他们用的。"

几个家长聊天，都喜欢听别人夸赞自己的孩子懂事，也要适时地点读一下别人的优点。两个年轻人各推了一辆摩托车在路边，一红一蓝，个人准备的不多，别真以为他们是为朝佛而去，就以那个叫唐的年轻人来说，十五六岁，正是不羁的年纪，会去朝佛，纯粹是因为能骑摩托车。

"唐，让你哥哥带你嘛，骑一个车去还能节约点油钱。"

唐傻笑着支吾言语，并不正面回答，继续整理车身，用抹布擦干净座椅后，将它被塞进了车头和油箱的夹隙里。

"他想骑就让他骑嘛。你们两兄弟在路上骑慢点，不要急刨刨的。"

按理说，人前聊天，都该秀自家优越，当然也有例外，水尚且不全归大海，何况人？唐的蓝车起步慢，开始走得弯弯扭扭，挪了一下屁股，摩托车才能行驶如常。

"喂，挑水那个，别在这点舀了，快点走。"

一声咤言，引回了他的思绪。站在田边的一个中年妇女，短发染红蓬松，田边离水井有百米距离，被她三步并两步快，半分钟不到，就赶到了井边，大声似泼妇怒骂，左手叉腰，右手食指抬起颤舞，虽是满脸怒容，却也没能狠下心来，让挑水人把桶里的水倒回井中，但嘴紧不让他继续舀水，任挑水人尽说无奈。

坐在他的角度，看不到那个挑水人，五米乘五米的水井，或者说是个水箱，有一半池顶盖着水泥顶板，挑水人在井下，中年妇女站在顶板上，双眼左看右看，像在寻找底气来源，两人僵持了几分钟，挑水人上来时，也不知水桶里是否装满，摇晃着上山了。

单说那两人，有谁做错了吗？天气不随人意，这种情况下，人性很难兼顾均衡，取水求存没错，护水生活也没错，若是有得选择，很少有谁愿去做那等恶人。

红发妇女一直目送着挑水人消失在山腰，这才收回目光，偏过头盯住他疑惑地看了片刻，不明白这个打扮怪异的人为何还不离开。稻田里的泥土早已干裂，眼前的水稻之所以坚挺不衰，全赖旧时的福荫庇佑，还能汲取残存的壤中水，这等作物，就算之后有雨水润物，最终也逃不脱被收割的命运。翩翩舞歌，大势之下，是否保全自身最重要？蹁蹁欲仙，天青云亮，总抵不过人赏人观。

妇女扫视了几家门庭，都没有看见人影，直到路过他的身前，还来不及细细打量那个怪异男子，就看到了木房前树荫下闲谈的几个人，慢步细跑了过去。

"唐嫂，你们今天这么闲啊，全部都聚在这点摆龙门阵。"

"大妹，快点过来坐，你今天没去上班蛮？"

"回家来办点事。唐嫂，你不是想在家多种点地吗？我家那块空地，想种的话就自己拿去种吧。"

"湾里的那块地？你要好多钱哦？"

"要嗬样钱嘛。如果你去种了，我都还得感谢你，现在这个年头，我也不想让土地荒着，这还不是我家没得人在家里种地。"

唐嫂暗自思量，年终说不得要送些粮食作为回报。独自抚养两小孩，苦命人，她还能努力的，只有多种点地，汗水入黄土，且催物初生了，点滴笑容对人，生怕别人看贱了自己。但愿天公不吝雨落。

"今天我回来的时候，在路上看到了好几辆水车在送水，附近有好几个寨子都已经缺水了，很多人都拿着水桶和水壶装水，没有合理分配，也不知道克制，水根本运不到我们这边来。"

"我们这里还好，洞里还蓄着一池水，短期内倒是不用担心，听说山那边有几个寨子，人喝的水都没得了，他们只能自己骑车到镇上取水。"

"刚才就有一个人在我们水井里舀水，被我吼跑了，好像是山那边谁家的。这种时候还到我们这边来舀水，太没有道德了。"

嗓门扯得极大，看来是个爱炫耀的人。蔫衰的树叶，拼着半耷拉的面子不要，也要把一时口快的脸皮绷住。

"都是一个地方的，这样做是不是不太好？"

"这些不是我们这种小人物该关心的，而且政府会处理好的。"

讲了半天，她还是没能把那个挑水人的情况说清楚，含糊其词，不直言真相，舀水之后，挑水人是否挑有水走？或许是她刻意不愿提起，人性不明，说得多了，难免招致某些诟病；也可能是她已经宣扬了自己坚守村里利益的立场，所以不太在意细节。树叶落地，不是直坠而下，多少有些扬扬自得；花开盛夏，若是碰不上好年景，也只能生得个败花残姿空欺人。

他站起身来，再去装了两瓶水，慢慢走上旅途，头顶的鸭舌帽，帽檐压去光照一侧，汗水直流，早已把短袖圆领浸得发黑发亮，却是连着好几天没找到河流清洗，脖颈黏黏的，尽是半干的汗泥；穿了很久的长裤，膝盖处破了好几个洞，右边裤腿破得尤其严重，被他从膝盖剪去了下半截，左边裤腿挽到膝盖对称；习惯性动作，衣袖不自觉地挽到肩上，像个莽夫一样不雅；背着的双肩包，叮当响的音律无序，权当自娱。

路过某处砂岩地层，捡了块砂石磨刀，他的包里装着得来的剪刀和剃须刀，在一个水池边磨好后，又被他装进了背包。两把刀是他专为打理妆容而特意留心捡到的，磨刀手法粗糙，刀刃磨得并不快，自剪自修，头发理得参差不齐，胡子倒是刮得干净，冒出的浅须，也被他路上无聊，用手指拔掉。虽然不怎么整齐，但勤于梳洗，也不至于让人乱说邋遢。

第二天下午，他才走到距村子十几公里外的县城，从山上看，这个县城并不大，一条十丈宽的河流从两条山脉中穿过，县城建在河道两岸，滩地和坡地，稍微有点缓的地方都有建筑，布局甚是狭长。

他先去河边掬水洗了把脸，揉洗衣服拧干后，套在身上可以降温。河边赤石砌墙筑道，筑起的堤岸比河面高出七八米，堤宽四五米，正中种着一排桂树，树冠宽茂，堤外硬生生挤了一排三层高建筑，家家挂灯笼，更有甚者，还有住户在自家后门前的桂树下围了一圈花盆，把整条河堤的布局镶得合适，笼中能带半分眺望。为了宁怡，正是这个好时节，花开万样不重，效果比之政府规划的绿植还要好，花藤绕树牵结，构建了一个花下空廊，风起萦旋，不同的花香杂糅浓郁，水面最壮阔，不似平时单向风的波纹有序。此时的河面，一片起一片伏，各相角逐光暗明灭不等，虽是只有黑白两色，但那浅影变幻为其增色不少，恰如烟波雾澜，令人心生激荡、自命不凡，留给余者，却只能惊叹其不可思议，眼睁睁看着别人的传奇铸就，偏偏自己入不得局。

到这条河边后巷来的人，都是一些喜欢安静的，独坐垂首的钓鱼翁，自是不会言语；聚群聊天的老人，声音低得弱不可闻；贪图清净选在这里约会的情侣们，均是选择坐在那几家饮品店前，不愿四处走动；花丛招来的几只小雀，喙啄雀藏，在花丛中半隐半现，竟也引来了一些游人喂食。

闻够了花香色繁，看淡了水势无常，他开始往巷子更深处走去，左右观察留意，在别人看不到的角落里，他转去一个垃圾桶旁，瞄了几眼是否有瓶子。看准一个，捡起飞快插进侧包里，到巷子里的公厕水龙头下冲洗干净，压扁后系在背包上。临河的房屋之间有许多未闭拢的罅隙，他选了其中一条穿进正街，霎时，像到另一个世界似的，人间喧闹，看得出来，沉迷繁华的人更多，逼得他倒退了几步，想就此留在那份幽闭中，左右顾望，却是没他的位置。

又一次卖了废品后，他去买了几个馒头，天天野菜寡味，顿顿吃来着实没多少滋味。县城不像乡镇那般缺水，尽管矿泉水只要一元一瓶，他也不愿去花那冤枉钱，接了两瓶自来水，绕到一家老旧的房子檐下阴影里坐着，和水啃完两个馒头，剩下的两个，留在路上吃。

太阳来得不合时宜，墙脚长出的一棵小草，孤独随风乞怜，他呆呆地望着街上人来人往、匆忙的行人，想不通意义何在。或许，别人理解的意义和他不同，就像身后房子里正在粉馆吃粉的那对好朋友所说的那样，他们的生活不是这样的。

"现在的粉没得以前读书的时候好吃了。"

"你是没有找到那几家，就像我们现在吃的这家，他家是从我们读书的时候一直开到现在的，已经开了十几年了，你尝尝看，味道是不是不错。"

"确实挺好吃的，比临街的粉馆好吃多了。"

"其实城里还有几家，都隐得比较深，味道也都不错，不过一般人是找不到的。"

河风依旧，吹走了人影愁离。社会发展，人也变得忙碌起来，少有人再谈及悠怡，雅士不知，只等老来养闲附雅。路上行人，多的是想云遮日隐，街上陌客，逛完了一家店面，自有谁为伊人买单，又回首，顾盼着想看白马驭风，风中夹尘，竟是万分鄙弃，不如梦幻中的清风宜人。

天色渐渐暗了下来，气温还是热得吓人，走路的步伐很慢，特别是选择了一条上山的出城道路时，更是磨得他没了脾气，偶有前途难行，甘愿自堕得三步软行，接一步靠硬气提跨，一条道走到黑的死性子，希望有生之年能够看见终点。

太阳已经下山了半个小时，天边只剩余霞，盘山公路绕了几个大弯向山上蜿蜒，山势陡峭。由于岩体是灰岩，山坡上很少有大树，就连灌木都很少，地面只盖了一层薄薄的浅草绿膜，远看细色，尽是喜人，有一两颗凸石露头，又稍显俏皮。走在山路上，倒是看不到奇景，草长石缝中，棵棵见风卧石，石山上土层薄，积水也少，随眼可见：浅草枯衰了大片大片。

主观上爬了许久山路，客体其实还在山脚徘徊，说真的，其实他是想到山顶去俯瞰全城，而不是为了看这枯石衰草。若是知道如此，还不如选一条平缓的道路行进，哪用得着受这般罪，闷热还得穷苦行。

夜色里的行迹，发不起大汗，毛孔细沁出的汗液紧紧贴在皮肤上，腻得整个上身都难受，本来思绪放得很空，就是想让大脑少接收一点身体的异样，奈何！奈何？恍惚中一阵凉风吹过，硬是让他又退了几步，站在一个岩溶洞口前。

"不甘？不甘！丽，把星空装在心里，行吗？"

洞里的凉风一阵阵往外喷涌，他环臂深吸一口凉气，享受着不可名状的祛热感，适得闲凉，真就沉浸在其中，不愿自拔。洞室里有一个十几平方米的小场地，地皮被踩得光滑不见一棵杂草，正中还有一堆篝火燃过的灰烬，和几根燃了一半后被取出弃到一旁的干柴，洞壁之上，被某些人特意用烟熏了一些奇怪字体，弯弯扭扭的难以辨认，再往洞里走，尽头紧邻着一个垂直向下的洞渊，再没有其他岔路。

凉风是从洞渊深处来的，呜呜似鬼语，"呜——"，"呜——"，风点人皮，竟激起密密麻麻的小疙瘩，阴冷得吓人。远离洞渊几步，人类克制不住的优点，好奇心驱使他往洞渊中投了一块碎石，静不闻声。担心自己离洞渊太近而感冒，或是鬼使神差地踏错一步掉到洞里，他必须离洞渊远一点，在外面的洞口息了下来。

坐了片刻，感觉到胯下有些难受，内裤被汗水浸湿，还有丝丝异味散发，细细回想，内裤已有大半个月没洗了，这还真不是一个洁癖者该有的习惯。收起背包，虽然选好了夜宿场所，但他不想把随身物品放离眼外，背在身上最放心。

在河道治理的流域标上有提，穿过县城的那条河流叫龙川河，下游城区段修了十几阶拦水坝，在岸边散步，处处都有水声溅跃，更有河面光彩辉映，美轮美奂。他在上游某处下了石桥，走在卵石滩上。石桥上装饰用的七彩灯绳，把桥下照得半亮，有人夜钓，架了七八根鱼竿，人很安静地坐在折叠椅上，听到脚步声，才满是责备地瞥了他一眼，生怕他把鱼儿吓跑似的，不想让别人看见他洗澡，他只好往下游再移了五十米。

沿途有很多破网，绊了他几次。将就洗衣服，他把背包放在河滩上，不脱衣服直接下河去，大晚上的，伸手不见五指，他也不敢赤裸身体让鱼吻虫戏。洗好上岸，竟还要找一处草丛遮挡彩灯光线，脱下衣服拧干后快速穿上，就像一个不敢敞开心扉的孤僻儿似的，皎月当空，真就以为别人看不到星星洒下的银色光辉？星图璀璨，总好过皓月洁白自圆。

夜来对月闲思，虫声长鸣，他找了一颗稍大的卵石坐下，石面有些余热，才一坐下，就让他条件反射地跳起身来，接着，首先想到的，却是掸开裤子上沾的沙壤，不像干裤子那般容易拍干净，就又去过了一遍水，再换下穿上。

突发奇想，他慢慢去理河滩上被弃用的渔网，想着是不是能网上来几条小鱼解馋。河滩上的渔网多数很脆，一拉就断，就算还有韧性很好的渔网，基本也都揉成一团，难以理清，找了半天，才得到一张还算完好的细网，理了个大概，就胸有成竹地去河边放网，试了好几种方法，他连一条鱼影都没有见着，懒得再等，干脆在河边竖起一根长杆，把渔网的一头系在杆子上，另一头绑块石头扔到河心，打算等第二天早上再来看是否有收获。

夜深人静，岸边只剩几对情侣约会，偷偷摸摸地躲在暗影里偷腥。桥下的那个钓鱼人还没走，静静地坐在黑暗里，只能看见一个虚淡的轮廓，像是夜兽蛰伏，全身上下，一双浅淡的眼光闪闪，规律至极，一动不动地盯着河面的荧光鱼漂。河面模糊了光影，从岸上看去，鱼漂就像一盏盏倒映河底的灯笼，渐起涟漪，随波轻颤，不知者，让人莫名的想在岸上找到对应的灯源。

他走回洞穴，先是归拢干柴，用包里的废纸引燃，接着把背包放在洞壁脚，抱臂靠卧，不一会儿就睡着。

第二天，天微亮，他已经把一切都收拾妥当，本来只是去河边碰碰运气，拉上来渔网，还真有三四条两指宽的小鱼，鱼嘴一张一合，似有无尽的委屈在倾诉却无声成语，鳃壳张扬，总被几分不甘撬动，鱼鳍收起，翘眼私放狰容。

为了这几条鱼，他不得不改变行程，返回洞穴，拾柴熬了一盒鱼汤作早餐，不加佐料，照鲜。

"丽，熬浓的鱼汤，当不得白云淡，要不要喝点？"

她站在洞口，背对着他，头也不回，自顾自望着对岸。洞中渊风涌出，吹起白衣飘飘，山外晨光渐露，在飘飞的白衣上镀了一层淡淡的金辉，她和往日的变化并不多，照样衣不染尘，沉默孤傲，脑中似有解不完的玄奥秘题，合该纵数繁星横衍岁。真要说变化，他换成了她。对岸的山巅，可否愿意刷下来，别再碍着她的眼。

您看，连绵不绝的丘陵，一个小山包接着另一个小山包，随便站在一座丘顶上，放眼望去，入眼尽是如画的群山，近实远虚渐朦胧，寄情于山水之中，不免要放弃某些东西，比如说她，说不出的无奈，他俩始终处不到同一个世界里。看她笑看她哭，默默地私下心酸，还要被人说故作女儿姿态，谁人值得他为其泪水长流？不值得的。任她哭任她笑，我自有风能刮去残痕，把那点滴心思深埋。

第二十一章

　　天气炎热，幸得有瓜农好心，留他在瓜棚息凉，还特意挑了一个西瓜给他，他抱起西瓜在地面轻轻一磕，西瓜顿时裂了几条宽缝，供人慢取慢食。瓜农显老，才四十几岁，脸色黧黑，皱纹密布，滔滔不绝地述着大把苦水，听那流畅程度，估计已经念叨了很多次。

　　瓜田在一个小山沟内，中午太阳大，四周看不见一个人影，隐隐看见的几栋房屋，也是没有生气的样子。山沟左边是一条绕山公路，路面上方空气扭曲，大半晌间隔，才有一辆摩托车从山上下来，似有讨论，慢慢停在了路边，车上有两人，高中生模样，下车后径直往瓜田走来，先是询问了一番价格，又自己去田里挑了两个。

　　"唐，你去地里挑两个西瓜不？"

　　"我不会挑，你挑好就行了。"

　　"老板，你这西瓜能不能再便宜点？"

　　"不能再便宜了，都已经降到了五毛钱一斤，如果再降，我连本都收不回来，再说你们可以尝哈，我这瓜特甜，桌子上有切好了的，你们尝一块嘛。"

瓜农这一番话可和他私下倒的苦水不太一样，不是说因为没人来收瓜，才导致西瓜贱卖吗？被叫作唐的那个，圆脸上有些木讷，站着不喜动，尝西瓜还不知味道，就同意了瓜农的说法，抱着两个西瓜坐在后座，眼中不溢色彩，不戴头盔，想来是要让呼吸和疾风争劲。

"唐，你来骑车吧。"

"不了，我的技术不行，带不了人。"

他心底的真实想法，其实是想安安静静地坐着，胡思乱想。车子发动起来，刮耳的风呼呼地响，穿镇过山梁，绕了几次盘曲的山路，迎面是热风，地面扬起的尘土，模糊视线迷了眼，摩托车在路上行驶，全凭记忆和声音定位路线和前方的车辆，就这样，他们还是不愿戴安全头盔。

骑行了五六千米，最终在两棵并排的大梨树下停车，伸手试了试阳光的温度，有些灼人，不消说，石板和水泥地面肯定烫手。把两个西瓜抱去厨房冰上，没有冰箱，舀了半桶水，泡着整个西瓜。

这个村子算不上富裕，但家家都有一栋两进五间的木房，配一块四五十平方米的院坝，墙壁和房柱的原材熏黑熏黑的，瓦片上附着浅浅的青苔，还有一层残存的落叶，在傍晚时分，稍微留心点，能够看到几只蝙蝠盘旋，粗以为是燕子归巢，没注意它们进了瓦檐，吱吱应着。再看远些，村里有几家推了木房，砌起了砖房。

"公，你好点没有哇？"

"要好点了，没得以前痛了。来就来嘛，还带嗬样东西嗬？你也太讲礼了。"

"就带了一点，没带好多，代表点心意。公，你最近能不能下地走路喽？"

"拄着拐倒还行得哈，可以去串串门，就是慢了点。唐，去抬根板凳来给你同学坐嘛，懂点礼貌的嚓，再倒杯水给他嘛。"

"公，不用麻烦了，我还不太渴，再说我也没客气的，来过好多次，如果口渴了，我自己晓得去喝水的。"

听着他们的对话，他还真就没去抬凳倒水，干杵在那里，好似一切都和他无关，这么大个人了，像一点事儿都不懂似的。他的爷爷因为一次事故，摔断了左小腿，请来乡医治了几次，现在是恢复期，每天换药，弄得卧室里尽是药味，加之农村人保守，卧室常年不开，还是土坯地面的卧室很潮湿，更有一股浓霉味。

唐的同学把礼品放在床头柜子上。柜子上还有很多礼品，都是乡邻来看望时带的，礼轻情意重，被主人家用各色塑料袋装着挂在了墙上，三面墙壁齐人高的位置钉了半环铁钉，挂满了各样杂物。

那个同学坐了一会儿，切开一个西瓜后就离开了。他的爷爷有四个儿子，议好每家负责一个月伙食，依次循环，农村人的选择其实挺少的，要挣钱供子女读书，有时就顾不上老人，只能以每月一千块请兄弟家代为赡养。

唐的父母在外省打工，这个月轮到他家，也是请二叔家帮忙。从爷爷那辈算起，他们家有四栋房子，每家一栋，老四和爷爷没有分家，他们共住一栋，父母那栋房子和爷爷的并列，地基高度相差两米，中间只隔了一条排水沟。爷爷养病的那间卧室，后门正对几步台阶，石块铺成，缝隙很大，长了几棵杂草，高的甚至有他的腰腹高。唐蹲在其中一台石阶上，沉默不语，眼神涣散，大脑像是组织不出词语般呆滞，借着太阳西偏时投下的房影，也晒不到他。

"唐，我这里也没得嘀样事，你自己去玩吧。"

"嗯。"

微微沉吟后，他站起身去了卧室门正对的那间偏房。怎么，不忍吗？您且瞧瞧那间卧室，四个顶角蛛网密布，像纱布一样的网上结了厚厚一层灰尘，却是看不到一只蜘蛛，就这样，还被村里的某些人取下来包扎伤口，效果还好；木床被磨去了棱角，不见漆色，床上的白色蚊帐渐黑，帐帘被分到两侧床架上；床上的枕头被厚衣垫得很高，被子用得久了，有些许陈旧。

唐的父母给他买了一台小屏电脑，就放在偏房。他进屋后，先是开了音乐，电脑没有联网，唯一能玩的，只有那盘光碟游戏，电脑说是用来练习打字，不知悟透了几分。噼里啪啦按得键盘急响，眼神灵动，听力却变得不那么灵敏了。

　　"唐，你在上面玩喃样嘛？"

　　"没玩喃样。"

　　唐按下暂停键，走到门口向下望，眼中玩游戏的热情尚未消退，倒是有几分真切。爷爷站在阶下门前，单脚站立，手扶门框，眼中有浓烈的渴望四溢，似小孩子般无辜无助。

　　"我想上去坐哈，一个人上不去，你来帮我扶到哈。"

　　扶着爷爷慢慢走到阶坎上，拿来一把椅子给他坐下，唐不懂怎么安慰人，这种情形，最愿沉默。爷爷才坐下，又扶墙起身，到偏房门前朝里望了望，想进去又跨不过门槛，只能返身坐下。他站在院坝边上，不知在想些什么，没有过去扶老人。

　　"唐，你自己去玩吧，不用管我，我坐哈就下去了。"

　　试想一下，深山孤房，只有鸟鸣兽吼做伴，凄凄余一人，群山翠树为恃，闲来坐门外张望，哽咽小泣，忙时煮饭烹菜，泪蒙雾眼，心都快化了，亲朋进门时，却扮脸着

271

漠不在意。

"嗯，好。"

游戏里的人物任君操纵，暴力与欢畅，冲刷了大部分人生，曲指乱舞，连时间也忘掉了几分，把控指尖武学，虚拟出幻世妄境，乐在心头，不免会让大脑迟钝懈怠，固定的几颗按键，把人生也囊括在了其中。

天灯不知倦，日夜轮转，炙烤大地时，把风调暖了一些，吹过草木瓜果，浮尘难知身在何方。燕子剪翼，在空中滑翔了几分钟，猛的一顿，像是失了方向般乱坠，接着紧贴地面飞行，燕子低飞，该下雨了，空气渐渐闷热起来。偏房里还算清凉，放着的音乐，尖声刺耳，他却是充耳不闻，游戏玩得很入迷。

"唐，你现在有时间没得，过来帮我个忙哈。"

唐走到门口，没有答话，疑惑地望着爷爷。

"我的裤子弄脏了，你拿去帮我洗哈。"

爷爷说话遮掩，唐的脸上也有些不情愿。表情如此，事却得做，他走下台阶，准备伸手拿裤子。

"太脏了，你去拿火钳来夹吧，放进洗衣机多搅几转。"他没细看老人的表情，老人却在时刻注意。"如果觉得脏的话，就拿去扔了吧，反正家里裤子还多。"

天气变得很快，前一刻还是大太阳，现在下起了豆点

272

大的雨滴。从瓜棚离开后，他一直在山上转，山上草木茂密，浅草萋萋，只没过脚踝，除了脚下的小路有些土色外，眼中全是绿色，就说那耕地，少得人打理，杂草比作物还高。

下雨后，他找了一处树林避雨，夏天阵雨多，飘一阵就过了，应该不至于淋湿。坐在树下，静听雨打叶面，噗噗坠乱无序，空气中的热尘没被涤荡干净，有一股沾了水的土腥味，嗅得他直皱鼻。

树上的鸟儿，站在巢中不停地啾鸣，不时抖甩一下羽翼，似想飞起又无力落下，抖落的水滴，透过树隙落在他身上，不一会儿就淋湿了衣服，开始还很腻歪抱怨，等到雨水流遍全身，自然的亲近，放过了雨伞遮挡。

既然已经湿透，又何须等到雨停？且看他衣服后摆和裤子，早已被铁锈染成褐色，谁叫他愿让雨淋呢，雨水顺着背包上挂着的铁片滴落，颜色浸染，染色的衣服，再怎么也洗不白。

在雨中草地上漫步，可和某些人想象的不一样，鞋子里尽是水，走起路来很不舒服，偏偏他又不愿穿凉鞋，怕划伤脚。仰面张嘴接一口雨水，闭着的眼皮，被亮光闪得一颤颤的，口中的水还没接满，雨已停。

怯阳初照，唤不起谁的光和热，找一处石板，把鞋里的积水倒掉后，再继续赶路。下一个要去的镇子，在右边山脚，山路弯弯绕绕有十几个拐，行时偷个懒，他打算从右边山坡上直接滑下去。

新雨后的世界，万物披翠挂珠，横跨几座山陵的彩虹，虚淡得映着黄光，本应苍茫的群山，独独有那点七彩不同，让人忍不住去瞪眼捕捉；一点白雾从山间升腾，渐渐扩散开来，弥漫在群山之间，雾海涛涛，时淡时浓，似有蛟龙戏海，他翻手压下，真真就一个江山如画，覆手可收。

雨才过去半刻钟，太阳又闪了出来，扬起的太阳风，吹散了山中的雾气，光照之下，雾珠亮起点点晶莹，以翠绿的植物为背景，恰好和夜空中的星图对应，要说区别？无非一个有序，一个乱点。

右面的山坡很光滑，都是浅浅的草须，没有借力处，若是没记错，方才躲雨的那个位置有很多草木可以借力下山，心有不甘，要原路返回几许路？可相比于沿路可见的弯弯绕绕，这点距离倒还不算什么，说是人心不足，偶尔抱怨也是调剂。人生不也是如此吗？生活若是能简单，像走路一样，想快点到达目的地，有时倒退几步又何妨？可惜，在生活中，谁都看不到路在哪方，即使到了终点，也可能和本愿不同，真正按照本意到达终点的人，也未必心甘情愿。

"丽，前面的路有我，你小心点，坡有点陡，看着也挺高的，要是滑下去，那就有点可怕了。"

又回头看了她一眼，不放心的眼神明显，每走一步，他都要把脚下的茅草踩得斜不起来才算，披荆斩棘，只愿伊人一帆风顺。下坡时，一步一个踩印，每一步都踩在小树根上，或是上下两棵小树相隔太远，就会拉弯其中一棵慢慢坐滑下去，裤子增加阻力，可以降低打滑滚下山的概率，一般而言，他不会用手握茅草借力，幼时阴影，最怕茅草割手。

或滑或走，用了约一个小时，现在只剩一个土坎，有三米来高，坎下开垦的耕地，一米宽，耕地外有一条若隐若现的泥泞小路，小路外还接着一面二十几米高的山坡，他不敢直接跳下去，担心控不住惯性前冲，先把背包扔下，人再贴着坎壁滑下坡，土坎近乎垂直，落地之后，他没有立时找到重心，整个人扑在了地上，本来还算干净的身前，现在也染了些黄泥。可看她呢？轻飘飘地落下，一点儿也没受山势影响。

拍了拍身上的叶屑，把鞋子整理干净后，在镇外的一块巨石上息了下来，想等衣服干了再进镇子。右小腿上有阵阵刺痛传来，没有裤袖保护的小腿上，满是纵斜交错的细小血痕，沾些草籽，看着糟心，也不得不说一声正常。

他把背包放正，跷腿躺下，嘴里叼一根狗尾巴草，且思且看。

思，风雨无阻，可怜人心不畅。

看，空中又飘来了一层乌云，远过遮天，夕阳落处，霞光遍布，乌云恰还在那边留了一线长空，霞红从下往上渐变成黄成青，外围的白云，层层叠叠，偏又在云隙中把霞光微露，白云也被染成了浅红，浅红色中透着团团无云的天青色，煞是惹眼，撇开头顶的乌云不谈。

第二十二章

夜里的小镇，灯火通明，虽只有一条街道，却有说不出的热闹，街上人多，烧烤摊也有好几家。镇中心的广场上，分聚了两组广场舞爱好者，各自开舞，小孩跟在身后有样学样。

今天他多卖得了几块钱，去小卖部买了包方便面，用了店家的热水，在铝盒里泡着面，铝盒烫手，还没有盖子，用方便面包装袋替了盒盖，借一块木板端着。端面坐到广场不远处的一团楼影里，把面放到一旁，抱臂放膝上枕头，盯着街上行人，静静地等待。

众生众相，言行决定结果，小飞虫无知，只懂趋光逐利，从未体悟到早已沐浴在光池之中，到头来，撞得头破坠地，终是得了一场空，既然如此，太阳那般高，为何不见奋力奔迎？庸民碌碌，却也在努力前行。

街上有四个二十岁出头的年轻人在闲逛，都戴着眼镜，穿拖鞋，或瘦或壮，看他们前进的方向，应是去网吧，但镇上唯一一家网吧在装修，他们不得已转去烧烤摊，每人点几串，各自付费，看其行为和做派，很像实习外派的大学生。毕竟和街上的其他人不同，那些妇女个个带小孩，或抱或牵或放任自由。

"老板，这个怎么卖？咦，这是叫什么来着？"

"两块一串。"

"蚱蜢，又叫蚂蚱。"

"唐，你怕不是从农村出来的人哦，这都不晓得。"

"刚才确实没想起叫什么。老板，给我烤两串。"

一根竹签上串着五只蚂蚱，先放进油锅里炸脆，再捞出来放在炭火上刷调料。除了唐以外，其他人没一个点蚂蚱，他们多是点一些蔬菜，付钱比谁少，又不至于因吃不起而丢了面子。

"味道不错嘞，挺脆的，你们要不要尝点。"

"不了不了，肚子里的东西都没弄干净，你也吃得下去。"

"我先尝个，你们要吃的可以再等哈。"

"它吃的青草，怕喃样喽，消化后的成分也变不了太多。你们先走，我去买包烟。"

路过一家小超市，唐离开队伍走了过去。他们这个层次的大学生，最喜欢买十五块一包的香烟，既错开了十二块一包的尴尬大众烟，又达不到二十块一包的层次。把烟拿在手里，却又觉得该再带点什么商品，不然这一趟来得吃亏，所以给每人带了一瓶饮料，四瓶饮料抱在怀里，冰冷刺骨，可又不能放弃，实在受不了了，不得不小跑几步，把饮料砰地放在某家阶坎上，颤着摇晃渐稳。

放下饮料后，他把手上的冰水在裤子上揩干净，并且眼睛往前路扫了扫，想看看同伴走了多远。视线收回时，也在一处墙脚看到了那个男人，轮廓模糊，像没有生命迹象一般死寂，或许，该称之为被世界抛弃的男人，总感觉他和整个空间都格格不入，说是死物，倒还顺眼许多，可一个嵌在侧墙上的死物，也很怪诞，微风吹起叶动，把轮廓也虚化了几分。收回视线，双手轮换抓住小臂回温，渐渐有了温度，才继续往前走。

"来喝饮料了。"

"你太懂事了嘛。"

嘴里说着客气，手上却不客气，拿在手中快速咕饮一口，嗝——吐出一口浊气，那杂音让人反胃。

"没有不冰的吗？"

"大夏天的，喝喃样不冰的嘛。"

他们坐在广场外围的石阶上。小镇没有去处，只能来看广场舞。偶尔见到少妇路过，双眼直直地盯着，直把别人盯得羞涩避开，也有大胆的几个，离他们坐得不远，不时瞥向他们，也是在评头论足，反倒还把他们看得不好意思了。

广场上两个大音响，喇叭声不算太大，完全盖不过儿童的嬉笑打闹声，操场上有二十几个儿童，相互间都认识，牵龙打伴，蹦跳嘻哈，折草结环，草丛里的蛐蛐，被蛇嘶吓惨了一窝，脱身出来，让小孩捉了个正着。

　　两处音乐一直在响，不过人们还没开始跳舞，七八个人聚在一堆，嚷嚷个不停。大意就是，单个组只有三四个人，队伍太小了，希望合并舞队。不过，两个领舞的脸上有些不愿，估计是有矛盾，可耐不住队员苦劝，最后合成一个队伍，扬起了身段和舞姿。没甚出奇，一支舞队两个领舞，动作差不太多，歌声高亢一点，人也转得快一圈。

　　"唐，你买的好烟呢，快点拿出来发了，留起生崽不是哇。"

　　"你们有没有发现，我们在野外跑的时候，很少看到苞谷了，多数地里面种的是高粱，我听当地人说，好像是政府规定路边不能种苞谷，如果发现了，会找人来拔掉。"

　　"这有什么，在我老家那边，提倡种辣子，还承诺如果卖不出去，全部由政府收购。

　　吐出的烟雾，能上升到多高呢？肉眼可见，渐渐升腾，肉眼之外，烟雾散了呢？烟尘终将落地。

　　抬头往上看，夜空如斯，星星得了七分黄昏，留了三分光明，照耀世间，却是成了一幅拼图，星星连线，把夜空划成了一块块碎裂的镜面，浅学所得，最多不过一个个不规则立方体，再之上，连方向都搞不清，多希望，人不该如此寡闻。

这盒泡面，他把佐料全放了进去，鲜味十足，不过，不能贪口，他还留了一半，准备明早当早餐。

闲来数虫子，昨晚没睡好，困意袭人，他把泡面放在墙脚的砌石上，把包当枕头，刚一躺下就睡着了。

早上起来，故作不新鲜，咂了咂嘴，视线渐渐清晰。太阳还没出来，天刚麻麻亮，之所以起得这般早，还成了习惯，无非是不想让人看到他的窘样。

先去河边，摘几张叶子刷牙，磨得满嘴青汁，含一口清水呵吐。早餐吃泡面，有一点他没预料到，面汤冷后，油汁凝固，很难下咽，常人看着都没胃口。当时没想那么多，物资拮据，能有吃的，总比饿肚子强，这不，连盒壁上的固体油都被他刮出咽了下去。

饭盒很久没有沾过油渍，沿用往日的惯性思维，用冷水清洗，污了满手油，本想用草叶解决，思索怔了怔，留着下次吃荤。嫌浪费时间，一切从简，连火都不愿烧，就怕耽搁未知的行程。

小镇离地级市不远，一天路程。据说，这个地级市的繁华程度和省城不相上下，作为省内的交通中转枢纽，设施一应俱全，不乏高档的娱乐设施，和平价的吃喝玩乐。

他走进市区，再次见到大城市，却是多了些生分，烈日天，不管男的女的，个个举着一把遮阳伞，娇嫩得似一株株幼草沾露，兀自看那晒黑的他，反而让人觉得不伦不类。

说实话，他是个路痴，进了稍有点规模的城市，都会选择顺着河道走，以防在城区迷路。这条河边有一个公园，占地十亩，公园里的建筑全部仿古建造，城墙古亭，小桥流水，鱼池巨像，垂柳依依。

公园不收门票，正午时分，人也不多，这么大的太阳，还有闲心来逛公园的，谁不是因为家里没空调，专为到公园息凉。君不见，鱼群深潜，也要借假山纳凉，水清鱼愁，光探无物怒照鳞。

他找了棵杉树边坐下，抿饮一点水，握住帽檐鼓劲扇，想缓缓汗气。在他身前是一块开阔的场地，无遮无拦，太阳直照，铺着的灰白色地砖，反射的光线虽不强烈，但也能晃得人眼花。

空地上有一群观赏鸽，咕咕叫着，光脚不怕烫，四处游走，步伐悠闲，或抬头警惕，或低头啄食，有几只，昂首阔步，还有几只，小腿细盘。鸽群围着一个穿花裙的小女孩，六七岁，提着一只小花篮，正细心撒食，笑声清灵，应是发自心底的高兴。

阳光有情，万物都要过一遍手，流水有意，众生都要过一遍心。桥柱依然，根根承劲，房楼遍野，栋栋擎天。再有，清风顺河来，花香随风去，紧抓一把风声，连花香也散了。

原地踏步，踏动了地球自转，抬脚上行，登上了升仙云梯，多么不自量力的臆想，须知水上漫步，惶恐人难自行。

等到汗水不再流淌，他把帽子压在头上，单肩背包，继续往前走。离公园一条街外，这截河岸没有人行道，需要左转从副街穿过，街上全是饭店，这个点没什么客人，但经年累蕴的气味，还是馋得他几口唾液下肚。

口干舌燥，才几步路就腿软，他找了街尾的一处楼影且没有香飘的地方，靠墙站着，补充了点水分，不敢坐下，怕被人低看；仔细看着这条冷清的街道，只有一张绿叶翻飞，街面干净，谁都没舍得扔一点垃圾；抬头仰望，一只鸽子自山外飞来，落在一栋高楼檐角，小脑袋几次轮转，终于挑准了一个方向，展翅俯冲下去，钻进了笼子。

"他们的笼子有拐角，观赏鸽进去后就出不来了。"

"鸽子肉好吃的嘞，一斤也能做个下酒菜了。"

"是的了嘛，红烧、五香、清炖，随随便便都能拿出几十种做法来。"

"你们这样不合嘛，现在已经很少有人做那种缺德事了，他们的笼子还留着拐角，一方面是防止自家鸽子跑出去，另一方面是希望能捉到一些名鸽配种。像是那些名鸽，人家都是有身份的，在翅膀下面盖得有章，随随便便几十万，比你们这种人辛苦一辈子的工资还要多。而且，配好种了，一般人都会放回去。"

他都在大脑里模拟了烹鸽的场景，你却给他讲这个？坐在不远处方桌上的几个老者，手中鸟笼里的鸟儿怕是还没有那只鸽子肥吧，还用帘布盖着，生怕风吹日晒。

当然，这些都不是他该关心的。他选择站在这里，不过是旁边垃圾桶里有一个塑料瓶，想等别人都不看他这边的时候去拿，终于到了点，正走过去时，却被一个麻利的老太抢了先。这叫他情何以堪？

出城出镇，也出不了那份尴尬境遇。

第二十三章

秋雨绵绵，潮湿的天气里，人心也变得稠了。山里的空气，清新怡人，休闲格外好，大树参天，棵棵笔直，排列在公路两侧，湿衣紧裹，树冠盖住了村里的公路，走在路上，渐觉阴森冰凉。

山水冲出的沟壑，如网密布，汇丝成束，其中有潺潺的细流慢淌，细细望去，竟是遍布了整座山峰，且游且聚，终会变成汪洋大海。可能是因为缺水，山里人家爱种薏米，成亩成亩地种，生长的茎秆比人还高，超过了三米，长得太高，虚不受力，稍一遇风，薏米秆就成片成片地倒，再也直不起来。

纤手掩面泪沾衣，细腰俯身难自立，人把亮收了，太阳空照稠云，雾下折棱之光，风吹叶颤汗照滴。

林子外的世界要亮堂许多，雨过之后，山鸟开始活跃起来，叽叽喳喳叫个不停，攀枝啜饮，越树邀风，抖干了羽翼，连心情也欢快起来，把雾珠当成飞虫乱啄，借机请乐。

这种天气，他的鞋子早就已经湿透，现在赶路，也就是蹚水前行，鞋子里的水干了半层，又满了半层。润湿的帽子挂在侧兜上，露出了一头乱剪不齐的头发；衣服瓢成薄网，破着几个洞，整件白衣被染成了浅灰色，后背泛黄；裤腿一短一长，挽出了两只黑白分明的小腿；鞋子破边，被两条黑色细绳固定着。汲取先前的教训，有水必去踩，不想再被溅了半身细沙。

就他这样，其实算不了什么，您是没看见那些，雨水还在缠绵时，披着雨衣，戴着斗笠，人就钻进了薏米地里，手分拦路篱，脚踩陷泥地，眼神犀利，视线从未离开过地面，有往年的记忆可循，沿途还不忘寻找新的采摘地点。只要不毁根，鸡枞菌来年还会长，一出就是一窝，趁着这个季节，村里的人家，每家都会去寻找这种美味，熬油做菜，把现时的美食，配到四季可用，留季节来淡化一切。

长势旺盛的蕨类植物，严严实实地把山封闭起来；逗留在树叶上的雨珠，反应有些迟钝，一滴隔着一滴地慢慢掉落，可又受不得激，一遇外力，就簌簌地全往下逃，遁入地下，供养了大树生成，最后还是被人给收了去。

在一条穿过密林的公路上，有一辆长拖斗的货车在掉头，车身十几米，在一条不足三米宽的土路上，借一条斜出去的岔路掉头，有好几次都是车轮压边行驶，把外坎压垮了一条深车痕，作为一个旁观者，看着都心惊。一个看似老板的中年男子，左手握着一部手机，戴着副圆框眼镜，一边用催促的语气，一边还喊注意安全，右手乱指，如滚木落地般全无规律。

山上是一片大林场，砍伐的树木都要通过一条溜槽滑到岔路口，再在路口装车。山上看不到人影，盲目地放木材，不配对讲机，不知他们怎么喊停？单凭手机可不方便；圆木滑落，疾变的摩擦拉裂着溜槽的土层，逐级积累，已把路边的土坎拉塌了一个缺角，看来雨后的土层并不牢固，开车可得小心。

"老板，前面有没得宽点的地方掉头嘛？这点实在掉不过去。"

"这条路还有几百米就到头了，前面路都没得。"

土路旁有几栋陈旧偏黑的木房，一楼用木制墙壁，二楼用竹席和泥巴围着，房顶弯两个尖角，围着瓦檐的一圈木条也刷成白色，这个地方，家家都是这种规制，在山中半掩，多了几分群居没有的幽静。

"大兄弟，这么湿的天，到我家来坐哈嘛。"

"好的，谢谢，请问你家厨房在哪里？我的水用完了，想再装点。"

他为什么能让人这般好客呢？衣服破旧，背包挂铁穗，言行高冷，身体挺直且自负，可却气质不凡，双眼深邃，看人待物，除了偶有的笑容真诚外，别无它样。

喊他的那个老人家，一头半黑半白的短发，根根倒竖直立；黝黑色的脸上尽是横纹；衣服半敞，露出骨架一般的胸膛上，印着深 V 型的楔形插块；双手略带痞气地乱甩，把上衣扭得松垮垮的挂在肩上。老人家呛着一口普通话，方言音，说完话后，接着一串由哈哈和嘿嘿杂糅成的单音节笑声，稍有细微的停顿，许是自贱在作怪；一双重度浑浊的小眼睛，有些尴尬的左右乱晃，但那晃移的中点总在他的身上，有些复杂的神态，害怕被拒绝又希望被拒绝似的，目光躲闪，应是别有所求。

"大兄弟，你是做什么工作的？雨天还在外面。"

"我没有工作，只能算是自由旅行者。其实这种天气还算好的了，有时遇到暴雨酷日，那种怪天气都还要赶路。"

"这个……自由旅行者还要经常赶路吗？挺累的吧？"

"作为一种兴趣，身体上虽然很累，但心里面高兴，驱动力不同，如果硬要用疲劳度来划分的话，其实我比世上大多数人都要轻松。"

"哦——过来坐板凳。你这个工作的工资挺高的吧？"

老人似懂非懂，去厅房里抬了一根长凳出来，放在墙脚。家里的地皮，硬土常年潮湿，略有凹凸的地面有些发黑霉变，在人踩不到的角落里，更是长了青苔，还营养不良得发黄。

他用鼻子长长呼出一口气，脸庞上代表笑容的肌肉上翘，并伴有浅浅的哼笑声，表达了一种另类的理解。装满水的水瓶放进背包侧面网兜，背包几次提了又放，终是不敢放在地上，而是放在长凳上和他并排。

"工资不多，主要是没做到什么工作。"

"我儿子和你一样大，现在在省城上班，每个月可是有六千多嘞。"

"欸，老人家，你们这里到镇上还有多远啊？"

"不远了，走得快的话，一个半小时能到，你要去镇上？"

"嗯，我现在得走了，谢谢你了，老人家。"

"进门就是客，哪能不吃饭就走呢？这不合我们这里的规矩。"

"可我现在还有工作呢，走晚了怕完不成。"

"这样啊……我们先吃饭，都是现成的，快得很。"

按照本性而言，现在应该强硬告辞离开。主人家的房子，两进三间，左侧还搭了间偏房，厨房当客厅，十六平方米的厨房里，一切都被熏得黑黑的，一个灶台贴墙横在正中，柴火是些细枝和茅草，手指梳掉了一层，留些碎渣和屑尘在地面，把灶前和墙壁间的过道铺得下不去脚；灶后的墙角是一个楔形碗柜，刚好嵌在墙上；卧室门紧闭，门前放一个方体石缸，石缸和碗柜中间摆着几只潲桶，潲水半溢，黑漆漆地把地面也洇了一摊水；卧室门和进厨房的门恰好在同一个屋角的两侧，厨房门后安了一张方桌，桌子和灶头并排，桌上是一堆没有去壳的大蒜和水壶温瓶；其他一些厨房用品，筷子勺子和筲箕，被凌乱分散在水缸碗柜和灶头上；黑色的墙壁上，挂着一些积尘已久的小零件；灶口正上方的熏肉和香肠，油滴成黑色；没有楼板，楼上按序横着一列木柴，烧火产生的黑色扬尘，几乎快把楼顶都封得密实。看着那只在灶前跳跃的蛐蛐，心说，屋里很乱。

窗户油了一层黑色，大白天的，屋里要开灯才能看清，昏黄的灯光，也在地面留了几个黑斑，开门嘎吱响，板凳亦附声，身下的板凳有些晃动，坐在上面的人，幅度完全不敢放大。此时，他倒还有点想念刚才坐的那根好板凳了。

"大兄弟，你家是哪点的？"

"东方。"

"你的家人不过问吗？"

"个人爱好而已，有时候，不必太过在意别人的看法，家人亦如此。"

"这样啊，说句你可能不爱听的话，你就像个小孩子一样意气用事。"

老人去卧室抱了一个陶罐出来，说是鸡枞油，菌油拌饭，挺香的。虽然没尝过，但痴想能知其中味嘛。看那老人，在自己家反而多了些拘谨，还不好意思了。

"我儿子在一家金融公司上班，马上要升经理了，前段时间他在省城买了一套房，我给他出了五万块钱，他还说有钱了要还我嘞。"

"现在家里就您一个人吗？"

"我儿子说过段时间接我去省城，到时候就不是一个人喽。"

"大兄弟，再坐哈嘛。"

谢过好意，土路再走了约五百米，之后接着水泥路，不用再看路滑路陷，他连走路都快了几分，冷风吹过，秋雨摧残，草种无处可躲，任由雁衔南飞；人走仙途，孤花无人赏，隐在山中自凋零。流水湿鞋，鸟却最无辜，翼重难飞犹空腹；草穗挂珠，土又承其重，披金戴银是她人。

天变得很快，他都还没找到地方躲，空中突然下起了大雨，起初还不让人在意，落在身上也不过一颗颗碎粒，对他没多少影响，照样能在雨中行走。渐渐地雨越下越大，衣服湿得很快，贴身能见肉色，手臂上没有多少感觉，可浸了雨水的衣服贴着胸口有点凉，好几次把衣服提起来都不见好转。什么原因呢？秋天的雨，有点儿冷。

翻过一道山岭，人越走越迷失，背包湿漉漉的，一直在滴水，滴进鞋跟里，永远干不了，这种天气爬山居然热，手中的帽子还在扇个不停，额头有几滴汗珠反光，呼吸换口来，长呼长吸，才能保证供氧充足。

很怪的天气，太阳又闪了出来，势头劲猛。纵使是它，也不能把世界一下子照得清明，积水润叶，想让它再上天舞云，需循序渐进；厚土载物，既会遭到重踩，又被附骨汲髓，可也掌控着它们的命运，脱身必亡。

他在路上问了一个人，说是直接翻山，去镇上要近一些。翻山不易，明知有果难摘；坦途好行，却是无浪乏味。近一点吧，山中岔路多，该走哪一条呢？都是陌生的小道，野草半遮路面，心气太高，走路都能湿了裤腿，半身清凉半身烧，一只野兔窜过，簌簌地拨着叶弦，每一步都蹿跳得极远，最后进了一处草丛再也不动，凝神望着，却是起了幻象。

山上蛐蛐很多，他抓了一些，其中一个塑料瓶，很快就装了半瓶。那只还连着的裤腿，内侧中线断了，裂开的大口直拉到大腿，被他用一根草藤绑着。山中有世界，草木皆臣谁为主？割了一茬又一茬，来年照样繁荣，臣子依旧，故主怎寻？尽已逝。可叹，人命不如草长。

"丽，我发烧了，头有些昏。"

"忍忍吧，忍忍就好了，是药三分毒，别到时候体温没降下来，还吃出了些其他毛病，现在的行情可不怎么样。"

"我们到前面息会儿吧，眼前有些模糊，乏力。"

实在迈不动步子，眼睛几次欲合又睁，慢慢地摇晃着前行，为了平衡身体，手抓着路边的野草，割了些血痕在手掌上。一脚踩空，侧滑在了左边稍矮的地陷里，直接昏迷，沉沉地睡了过去。

强求均衡之道，连小草都不会同意，纵然一无所有，也要贱生贱长贱长生。上盖骄阳，下卧湿毯，湿气损人，真的很冷，他的整个身体都蜷成一团，双手夹在胯下，瑟瑟发抖，渐至平静。

还真得感谢这太阳，温度一刻刻地上升。醒来的时候，太阳已经斜了半边，他找了一块还有余热的石头，躺在上面慢慢恢复点体温，顺带把衣服也给捂干了。

山的另一面很缓，开垦了很多耕地，因为刚下过雨，很少有人劳作。从山上下去得小心，旧时的农民惜地如命，为了节约用地，把排水沟当成路来用，路面很不平整，凹凸无序，山水把路面冲蚀得干净，黄土嵌碎石，一条黄飘带，负重不好走，可比起多收粮食来说，能够让人承受的辛劳，多担点儿也不算什么。

"老乡，我能拿两个红薯吗？"

"随便拿，想拿多少拿多少，值不到个喃样。"

小小的一个女人，蹲在红薯地里完全看不到人影，人小声音却尖锐，大嗓门喊得豪爽，穿着花衫粗布裤，胶圈挽发，束发黑直。拿别人的东西，不能太过分，实际上，他拿了三个，塑料袋裹好后装进包里，看着眼前这片绿油油的红薯地，他又有了点其他想法。

"我能不能再摘点叶子？"

"你摘吧，兄弟，你是有多久没得好好吃过饭喽，都瘦成这个样子了，到我家去休息哈，吃顿饭嘛。"

"不用了，谢谢，有这几个红薯能填饱肚子。"

"你们这些年轻人也是的，看电视多了，电视头的东西能信蛮？不是我说你，饿了就要吃，看到哪家种得有东西，就去整来吃了，现在时代发展得哪个好，谁家都不缺那点，除了个别爱搅和的，那种人很少嘛。"

可能继承了老一辈农民的节俭和物有所用，他的背包里永远有十几个塑料袋，以备不时之需。这次他没有客气，装了满满一大包叶子。臃肿的人生，需要臃肿的泡沫来救济，包容撑得肚大，说不定哪天就会胀得炸裂，人生在世

294

啊，包容也是需要承受能力的。

"谢谢啊，如果没有主人家同意，我还是做不来。"

绿叶之下，有蝉声长鸣，风吹不止，日落不息，唯有雨能打断。路边的野草，还未能从大雨中回过神来，到处都是耷拉的叶片，叶片下垂遮掩，土层中有蚯蚓冒头观望透气，躬身出来，四处乱爬，终于，爬到了一汪清水里，无处借力，困在水里，被泡得死白死白的。

一弯弦月斜挂，态势还不明朗，有些浅淡。在天色完全黑下来之前，他找到了一处栖身地，一块凸出山体的岩层，纵深一米，石块下是些干土，没有长草，算是一个比较好的宿营点。

凸石就在县道边上，在某条小冲沟一侧，县道两端弯过山梁，四周看不到一户人家，这个狭窄的小天地里，挺安静的，风从山下来，吹动稻秧沙沙响，青色的稻穗，扮起样来，扬扬得意，连风的面子都不给，扁粒绣边，腰身纤直，稻叶舞彩带。

没得打扰，这里一切随人心，坐能看枝摇叶舞，站能伸不屈之志。蝴蝶纷飞，蜜蜂成群，雀鸟盘山过，飘叶绕梁归，夕晖下，小草直起了身子，把雨天的霉气刷掉，叶子下弯，起了一对卷羊胡，佯装享受，看着都好笑，余晖照在植株上，反倒有一种懒洋洋的姿态。黄昏，他所在的这面山照不到太阳，唯有看着对面那座山峦发呆，绿色之上，阳光洒下，把整座山峰都染成了一种慵懒的浅阳色。

山中宁静，如果真要挑出不如意，那就是沟里没溪流，一切用度，都要用到随身携带的瓶装水。一串车笛声响起，在山上飘滑，叨扰了这份宁静，有些烦人。

附近的枯柴很多，晒了半天太阳，也还带着些湿气。围石烧火，煮了半盒红薯叶，取出三分之一的蚂蚱，捏死后放在石头上烤，有荤有素，生活才有滋味，红薯没弄，为以后的日子计较着，放块凝固的食盐在汤里，静静等待。

背包还是湿的，倒不好用来靠背了。盘腿靠在岩壁上，凝神远望，空中繁星密布，偶有一层薄云飘过，多了一点淡淡的朦胧，云气显白色，点点追逐，久盯之下，还真像是映在夜空深处的星河，飘得很快，应是在疾速巡行，视野之外，人贵人贱是凡物，花开花谢孤自艳。冷漠吧。人不自知。

又是一声鸣笛，一辆面包车从他眼前驶过，车窗摇到一半，一个小男孩在窗沿上用手指垫着脑袋，双眼圆鼓鼓地睁着，焦点一直聚在他身上，直到车身转过山梁，再也看不到他了，才收回视线。小孩有些羡慕像他那种人的生活，偶有时间休闲放松，或是叫些朋友外出野营，夜里看星星，互绘星线星图；围坐篝火旁，烤肉撒孜然。而不是

296

只有死记作业。

可为什么就他一个人坐在那里？略显深沉，却也孤独无依，除了火烧木柴声外，连个说话的人都没有。那，选择真的那么重要吗？

或许，他不是一个人吧，你看他那竖着靠在石壁上的背包，像是专为等人靠坐一般，不然，谁人受得了永世孤独，有口不说话，刻意疏远世界，真当自己能成仙成神？傻子吧。

"唐，把车窗关好，你这样太危险了。"

弟弟又在哭，真是吵得心烦。小孩摇上车窗，嘟嘴半躺在座椅上，盯着前座的布纹，胡乱想来胡乱猜，自怡自得，吵得耳鸣了，双手捂着耳朵不放，横一眼别人，然后把心思放在眼前。不想理会旁人，却被曲解成沉默寡言不合群，若让常人来说：这两者也没什么区别。

"小唐，你看你弟弟都四岁了，还在穿开裆裤，还得尿床嘞，羞不羞嘛。"

"羞羞羞，呜——羞羞羞，嗯哼哼。"

对，羞、羞、羞，大人教得好，哭泣的小孩笑得也快，并且右手食指在脸颊上反复滑动，一个挠痒的姿势，硬生生被掰成了一个调侃别人的动作。逗人开心，真的要建立在别人的笑料上吗？或许，在别人看来，自己本身就是一个笑话吧。

就说他，枯坐着，也能成为别人的谈资。

喝汤总比喝水好，他把熬出来的叶子汤喝了个干净，烤蚂蚱，里外都焦脆，不用忍受那股怪味，一只蚂蚱一口汤，咂嘴饮秋风，放碗盛馋味，汤足饭饱，就是该休息。

"丽，晚安，愿星光与你同眠，永不坠熄。"

蛙言阵阵，响彻夜境；虫鸣声声，勾丝婉转。对面的山上有人在清唱，丝丝哀泣，听得不太真切，又像是在号啕大哭，把夜风都震颤得呜咽。

他的脑袋还有些昏沉，睡得很快。火光摇曳，试了好几种方式，终于把影子叠在了背包上，故作伊人眠。

篝火渐熄，夜也静了。

第二十四章

从树荫下出来，把帽檐歪到脑后，蕴口唾液润了润嗓子。

抬头望天，白云最是变幻莫测，只看其中一方天际，正中央，一圈成漩涡状的碎云慢旋，中心镀成金色，刚好把太阳装在里面；左侧一溜灰云斜着俯冲向下，外形光滑，头部似鲸，主体斜长，有两条长长的尾翼拖在身后随行，像极了科幻电影里的外星战舰；右侧是一整层灰云，靠中心破了个大洞，神似人眼，内白无仁，洞里云气翻滚，云层高耸似仙阁，几缕祥云飘过，如龙盘凤栖，龙凤合吟，碰撞出大把金色光华四散，透过眼洞喷溢而出，眼洞外，金光成柱，颇具威严，随云游动，似在巡视群山，不知真情者，不是得把这景观当作天眼，神祇示下，恭迎苍天开眼巡狩，灰云之下，不时有薄云飘过，本应是灰色，可要经过祂的视线时，竟懂得镀成金色过去，之后再变淡。

大树成影，两者同等长度，这个点，他才起床。因为想记住空中的景象，看天空的时间长了，眼睛有些晃花闪光。深山幽静，无人吵闹，天气也好，在树下卧石而眠，条件虽不好，可不用顾及别人眼中的异样，他反而睡了一个好觉。坐回石床上缓缓神，把作为枕头的背包理了理，看这日头已是不晚，又到了为食物奔忙的时间。

群山翠绿，骄阳浅照，壮阔的山河，连绵巍峨，山高势重，纵深和横跨，把眼睛能看到的最远处作为边界，丈量江山，以脚为尺，边界是虚界，人在其中，任其孜孜不倦，终是把自己困在了自己的眼界之内。自作妄想，愿这山中只生草木，人且退下，树茂遮光，草密笼荫，小世界自有小世界的乐趣，其中一切随心创造，幻花海草原，拟高山大河，属地全归自己掌控。须知，纵然身为天骄，也要有江山指点。

树外的温度很高，从树下走出来，环境的霎时变换，让他直接置身于热气中，一开始还有些不适应。热气之中，有一股死猪腐烂后的气味，很淡，随风飘忽不定，偶尔能够闻到一次，他会狠狠地吸一口气，想要借此辨别死猪所在的方位，空气中没有怪味时，也不忘吸气寻味。

途经的这个地方，有死猪的气味很正常，最近，当地闹猪瘟，疫情严重，一天三针预防，兽医请得很勤，户户自危，杀猪趁早，很多人家还没到年关，就把猪杀了熏着，等过年。

身上的汗水干透后，坐在树荫下，又得说这是一个风和日丽的好天气，几只知了争鸣，几只蜻蜓缠飞，山鸟啁啾叫唤了几声，飞进了微微摇晃着细叶的草丛里。他望着冲进高空的黑烟，皱眉沉思。

早黄的树叶飘扬，本想借风趁势高飞，可刚挣脱束缚，风已经远去，临行前，还不忘倒卷一阵风流戏弄，无根可依的树叶，只能孤身摇摇坠下，大地能包容，也腐蚀了它的心。

夜里睡大街，有人拿垃圾去丢，里面裹了一张破毛毯，慢慢从他身前走过，生怕他看不见似的，猛提了一下夹在腋下的垃圾，这个动作引起了他的注意。也或许只是抱得太累，想调整一下而已。

坐在公园里的长凳上，把背包靠在身上故作依偎，夜色里空无一物，静静地坐着，专挑了一个光线很暗的角落，寂寂无声影孤独，互相伴。徒叹：风去风留痕，花谢花余香，镌刻的轨迹，再一刻，也会被残酷地抹去。

第二十五章

　　走了很多路，都是孤身对影做伴，不免偶觉寂寥，夜里总会梦起儿时的场景，一座柴灶石头砌，母亲做菜他添火，爷爷无聊灶旁逛，心急店家座机响，灶台上母亲对儿子摆谈询问的话题，还是上一个梦境里，儿子小脸认真又煞有其事的回答，同一个问题，再一次说出了新鲜感。

　　倏然惊醒，下定决心要抛弃一切，就不应该如此怀旧。那一刻，他坚守许久的目标有了些许动摇，如同那类人一样，在职场中拼搏，偏要坚持自己特立独行的个性，不去刻意攀谈结交，客观思考后，知道有这么回事，为什么要改？结果就是，对谁都没产生影响。

　　天边还没见到第一缕曙光，晨练的老人们已经在四处活动，他打起精神，不想让别人看到他的疲态，哪怕他本身就是一副流浪汉打扮。坐着没动，还在反思刚才那个问题，就这样虚坐了半日，到中午了也没得到答案。人生，且行且看着吧。

　　吧唧嘴润润喉，把毛毯卷在背包上，背起高高一摞，路过行人，怪味催人散，衣上一身酸臭。

大景点的大热天，人喝水很勤，扔的塑料瓶也就多了，但捡瓶子的人更多，互相攻擂，人换了一茬又一茬，瓶子照样有。提着个麻袋四处游荡，每人都有一条特定路线，他们一天之内绕景区转悠的圈数，比来得最勤的游人一年转的还多，时间相同，却把眼界束缚得如此狭小。

"我的记忆还停留在十五年前，是不是和社会脱节了？"

"人生并没有真正的自由，有束缚和规矩，这才是人生。"

看着亲朋长辈一个个逝去，吓得他再也不敢给父母打电话，生怕另一头的关心和苍老。若是可以，他愿意抛弃一切，跳到时间之外，能有父母陪伴永世。可若真放弃了一切，陪在父母身旁，除了亲眼看着父母时时刻刻的衰老外，还能做什么？无可奈何，多无奈？不敢正视。写下一行字，笔下又拖了一串时间，他们若安好，笔断无辉又如何！

"这个哥哥，你的瓶子还要不要？给我得了，我的口袋还差点装满。"

问他话的这个老太太，目测年龄比他大了近四十岁，用的这个称呼，倒让他有些不好接受。

"对不起啊，我这些是装饰品。"

他到现在都还饿着肚子，就指望着背包上的这点零碎吃饭了。山上一片枯黄，河岸两侧也是如此，插着几根塑料花点缀，借此挣扎着生命的不甘消逝，街旁的常青树，舞动着傲慢的身姿，自娱也怡人，身不由心，它们哪能体会生命逝去的萧瑟和重生的喜悦。一辈子的重复，看倦了别人，也舞倦了自己。

清晨和傍晚，是多数城里老人养生和娱乐的时间，深夜放纵的年轻人，第二天缓过劲儿后，大热天的大中午，又被他们占据了主场。人行道上挤满了行人，年轻人中混了几个白头老人，笑脸中绕了几个落寞的背影，走了一个，才能挤进另一个，孤独的人走得最快，若没点儿屁事，谁愿意到大街上看你侬我侬，或是尖锐出一双捕捉猎物的目光，混在人群中找寻目标下手，这一类人，小偷的眼神都没他们大胆。

在人群中待得久了，羞耻心作祟，放不下面子，他还真觉得难为情，到底是没能彻底抛弃，不自觉间，特意往人少的地方走，绕过了七人九步，放开身心接纳的，不一定是社会和自然，还有自己。

落叶梧桐，笼罩着这条城中小巷，格外宁静，隔绝了城市本应有的低闷吼声和喧闹，把人心放逐其中，小憩片刻。或许他只是贪图树下阴凉，享受安逸，或许是漂泊无依难熬，他也倦了。

　　站在道旁看车来车往，几个老人谈笑，几只小鸟落舞，看着、喜着、思着，入迷那车轮旋转，他的专注，全放在了外物上聊以寄情，滚动的车轮，要转几圈，才能从他眼前晃过？远去的轧印，要跑多几步，他的追逐才会彻底放下？

　　嬉着、笑着，眼看别人情侣相依，臆想也有伊人相伴，牵手在太阳底下戏影。他想假装一回病人去医院看病。医院里的温度正好，蹭会儿冷气。

　　他坐在横台上，待了整个下午不动，可能是脏了某些人的眼，一直有双不善的目光盯着他，说不上从哪儿来的。估摸着时间，天应该已经黑了，提着背包走出院门，目的明确，奔往黑巷子里的垃圾桶，这个时候的他，完全放下了架子，不敢要洁癖，饿到抽疼的肠胃，再不找点吃的，他怕挨不过今晚。

　　可悲的小人物，诉诸心事，最多也是让人看不起。过程不好明写，不堪入目，只比狗刨食优雅，一点食物有臭味，入胃一小时才消，苦笑着人也不好过。高傲低成了一颗头颅。

　　走出巷子，漫无目的地走着，看看灯下虫蛾缠绕，听听树上枝叶摇响，嘴角有异物，想拿衣服擦干净，却又不愿，摘下两片窄叶当餐纸，洁癖在适时不该被放弃。

自诩高洁，千万别活得庸俗。人有时，就该挣一点那微不足道的理想，不放弃；被抛弃的过去，不应该被拾起，对待自然，只愿身若万物畅游，不想自拔，走进山中赏花听曲，绕到山外懂四时交替，凡尘中的世人，不该借此藐视。

市里的师范学院离医院不远，到了正门，他鬼使神差地走了进去，尽量把头压低，帽檐压到只能看见脚尖。头上的鸭舌帽已经陪了他很多年，外沿包着的布破成了筋丝，偶尔用手指摆弄，闲时打发无聊，现在被他用来转移注意力，这样就不会去在意别人的异样和驻足。转了一圈，师院里能让他休息的地方，只有光线偏暗的篮球场，坐在地上靠着铁网，两腿伸直，抬头望天，不用去听同样在昏暗里的情侣蜜言。

山外的青云压得很低，镶嵌在山湾里，把群山衬得更加厚重磅礴，双眼虚扫半圈，跑到眼外的奇景，他看不到。夜空中闪过几颗星星，如同黑幕上点着几颗亮珠，伸手不可及，按照睡前故事里的说法，星星代表逝去人的灵魂，怀念相思难相见。太遥远了，远到曾经烟消云散，那时的他也是个大学生，单身四年，可不像这些人一样，挽手相拥，视旁人如观众，博取优越。

看着星星出神，他也记不起有多久没有回老家，快忘了小时候的农村，春天的风情，夏天的日头，秋天的凉爽，冬天的冰花，坐在屋前，走在路上，听着打招呼，遇见唠长嗑。夜里，坐在屋外聆听那份宁静，没有人为的喧闹，只剩虫鸣。或许该加上几句母亲的呼唤，他假装没听到，抱手枕着脑袋，躺下去看星空浩瀚，闭了双眼，嘴角留着满足的浅笑。再也回不去了，回忆太多，惹得自己伤心又无人分担，双眼泛酸不溢泪，何必呢？从始至终，我抛弃了时间，时间照样往前走。

　　"走，走，走，跑起来。把球传给我。"

　　远处的路灯漫射，把球场上的人影拉得很长。

　　今晚有点儿冷，这个冬天估计难熬，他偏头过去翻背包，把棉衣拿出来披上后，稍微好点儿。半年未晒，棉衣上一股浓重的腐霉味，皱眉忍忍就过去了。收回双腿盘坐着，手缩回衣底捂着，本想就这样靠坐一晚，离他最近的篮球场上，篮球拍偏了，直直地往他飞来，他这一生很怕被篮球砸，偏头躲了过去，却没能躲过冲他压过来的人影。坐着低矮，抬头不带感情的仰视，此时高大算个屁，彼此疏远都不带情节。

　　冷漠地看着他跑开，人手一个篮球后，现在已经没了以前的热闹劲，一人就能占半个场地，场地以球来分，哪比得上他小时候，两个班能有一个篮球就算了不起，同学们打篮球，从来都是只带个人到球场，找准有球的场地，接到球就算加入，半个场地，随随便便都能凑上二三十人，哪像现在这般空旷。

　　之后几天，他要为冬天做准备，断掉的裤腿，找了一块黑布裹上；断面脱底的鞋子，换了一双绿布棉鞋；矿泉水涨到两块了，更买不起。经常在污秽中摸爬滚打，染得全身黑垢，凝成油头，懒得洗了，洁癖和面子，不敌肚饿体寒，一身邋遢，也要比别人活得洒脱，等到来年开春，再蜕去泥盔。

第二十六章

凛冬一怒，冰裹万里银装；北风劲寒，冻结千树硕果。这一年，大寒。

走了许多路，他的鞋底早就被磨得光滑，走在结冰的道路上，滑倒了许多次，可也不能因此拒绝前行，脚底打滑，就用手爬，手指被冻得通红麻木，这种天气又不敢随地休息，躬身伏地压着包，左边的背带断了，系着也不对称，常常给他增加前行的难度。

"丽，走慢点儿，山外还有我没看过的呢。"

他走得艰难，别人却玩得高兴。前面村庄有几个十岁左右的小孩结伴，削了几块竹片和撑杆，正在山前的公路上滑冰，玩得鼻涕横流，手脚并用不觉冷，竹片太窄，不好控制，时常是才滑到半道就踩空，鞋踩冰面控制不住往下冲，再来个人翻，横滚换成竖着溜，不容易受伤。不过他是往上走，用不到这种方法，哪天下山的时候倒可以试试，走得累了，可以躺着溜。

"后面的人走快点，啷个大的人了，还走不赢我们这些小娃娃，潲皮不喽。"

"十四五岁的人了，还叫小娃娃，你这才叫淘皮。"

"我就笑笑，不说话。"

山上的冰层足足有八九厘米厚，凝得再结实，照样被小孩们溜出了一道道冰碴。比他走的这条公路高三十几米的另一条公路上，有十几个人排成一列，十几岁到五十几岁不等，不扛不抬，要弄回家的木头，用绳子系着拖在身后，说不清谁是第一个在冰面上拖出了一条人走不滑的窄道，反正人们都走道上，整齐一条线，算是一道风景，若是能俯瞰就更好了，偏要让人仰视。

年轻人爱找乐子，拼着摔扑趴，有时也会绕到完整冰面上超人，运气好的还能反身嘲笑，运气不好的，摔在冰面上疼得龇牙，可还是不认输，快速起身继续往前超，超到了最前面，干笑着也要回身炫耀，死不承认摔倒可笑。上了年纪的人就跟在身后，为自己的儿子加油，留声音在山间回荡。

计算着日子，明天除夕，今天本该是一派热闹景象，可被这寒冰冻灭了不少热情，趁着热情未灭，他已立誓要在冰化之前，爬上此地最高的山，看最远的冰景。人心只有那么点儿，不该再把外在的磅礴抛却，站在山巅，把情怀放得比天还远，群山延绵，入目之处，尽是冰封雪藏，难得的少了生命吟唱。

为什么偏要选在这么恶劣的天气上山弄柴呢？凛冬势大，才短短几天，不知压断了多少脊梁。自家山林，要赶在年前几天多收一些，免得别人在他们不知情的情况下，偷砍被压断的树。

其实，弄柴也没多少收益，可能是农村人不愿枯坐，总想找些事情来干，事有轻重缓急，无聊的时候只有一件事可做，就更显其重要。辛辛苦苦一星期，大多数生柴都被堆在山上，运不下山，若有人来收，两三百块就卖了，不值钱。

"叔叔，你最好踩着路边的草走，那里不滑。"

明明有一条大道在眼前不能走，偏要让他蹭着边儿上，看来人生的前途也不能修饰得太光滑，不小心摔倒了，落得太快，很疼，小孩子都明白的道理，有人就是看不透，可若让他走路边，他又怕掉到坎下，更疼。

路边的枯草上，寒冰凝成了珠粒，透亮映人，每走一步都要脆响很多声，破裂的梦想，在脚下如草芥不值钱，在上层践踏的人，却以此为乐，开始或许会关注和计数，时间一久，数字再也无所谓，他们所在乎的，是那个由无数个破裂的梦想堆砌的结局。

属于冰的世界里，鸡不走狗窝，狗不进鸡笼，慵懒得狗拥火炉取暖，鸡绕窝边抱团，人也是如此，饿了才动身找食。黑黑的炉烟升起一两柱，可以想象得见，一家人围在炉火边谈火温水热，有时还能来一杯姜茶祛寒，无火可依的人，或许只能坐在没有暖气的办公室里点赞却无缘。

　　不过，生活好了，现在的人家一般不用火炉，改用电炉。这几年，农村的住房变化也很大，自从有了第一家，就一发不可收拾，拆木房修砖房，做不了第一家砌砖房的，但也不能做最后一家，为此就更该努力工作，至少要把房子修到大众水平，才不会被村里人私下里乱说没出息。

　　两条公路交汇，从山上下来的一行人经过他身旁，路过无言，可能也会奇怪，不能明白他为什么选在这种天气赶路。手里拿着洗得干干净净的红薯在吃，皮都不吐，咬下一块口含半天才嚼。手上戴着一双翻旧的断指手套，手套不合手，略宽松，连原本的伸缩性都没了。

　　一个奇怪的人，在一条人不外出的路上走，当然会引人瞩目，借着谈话时，孩子们也会对他凝视好奇，看了他的正面，有的大人也疑惑，出落得挺整齐的一个小伙子，怎么会选这种一般人难以理解的方式生活。

　　气温拉得太低，水结冰后，就会没得水喝，这在意料之中，他早已把水瓶放在背包最深处，可还是没能阻止这种情况发生，直接吃冰的话，会降低体温，他又不敢尝试。

　　"主人家，能不能在您家倒点热水喝？"

他选了一户冒着浓烟的人家敲门，给他开门的，正是刚才拖木头的其中一个孩子，现在脱了羽绒服，上身只穿了一件保暖内衣，长得瘦高，一口龅牙笑，开门正觉冷。

"兄弟，进来坐哈吧，你看你都快抖圆了。"

"不用了，谢谢，我倒点儿热水就走，如果坐下来休息了，我怕自己忘了苦行的日子，到时候就只剩颓废了。"

孩子的家长出来把他迎进门，他先喝了一杯热水，之后才给水瓶灌热水，却是手脚不利索，洒了许多。

"我让我儿子给你灌水，你还是过来烤火吧。"

做不了的事，不强求，他靠近火炉站着，没敢坐下。屋里确实暖和，千万别把人心养倦了。

"你这是要去哪里？"

"山上。"

"我给你找几件衣服穿吧，你穿得太少了。"

"如果您家有多余的话，就麻烦您了，这种天气，我也不敢不要。"

他没有拒绝，有时候，拒绝别人让自己受罪，两头不得好。若是在以前，他哪会为这种事情低头？志洁岂容贫贱欺，没钱也要登龙门。他要了一间房穿上新得的衣服，花色多样，更像个流浪汉了。

辞别了好人家，借了两束稻草绑在鞋上防滑。在大冷天里装高冷，冷得掉渣，小步走冰路，他把双手套在衣袖里，坚决不缩头。

"丽，你看山外的景色多好，若找不到人分享，那多孤单。"

看炊烟四起，听寒寂无声，冰树缀果，草凝寒衣，挥洒的落雨，被北风一刮，草木上的冰锥不再是直插而下，顺着风势，成了风向标，不用多久，全呼啦成一面面僵硬的旗帜，道路蜿蜒，顺着旗帜飘扬的方向，行程总有前有后，身临其境，似有千军万马奔腾，却无金戈铁马声，闲思代入，不知不觉间会让人沉醉其中，可是看得久了，也会觉得单调和冰寒。

一天之后，他才走到下一个村庄，行程不到一千米。走走停停，看到壮阔的群山，每次都能发呆一小时，冲击心灵的视觉，或许是让他惆怅，人终究太过渺小，收在眼底的美景，不能处处丈量，真的做不到。远处的山意模糊，走过去看清了实景，更远处的水势还是模糊，回头看身后，也变得朦胧。我只想靠双脚去远方看看，可远方太多，人只能选择其中一条，真无力！

"小唐，去喊你哥哥来把鸡杀了。"

"他杀鸡怕是还没得我厉害哦，去年他杀只鸡，喉咙管都割破了，把鸡放在地上，鸡还跑得飞熊的。"

"要蛮你杀嘛。"

"杀就杀。"

正午时分，有微弱的阳光照耀，光芒微寒，暖不化积冰。

除夕这天，村里每家每户起床后的头两件事：打扫卫生、换洗衣服，收拾干净后才迎接新的一年。煮熟了猪脑壳，烧纸放鞭炮，杀鸡的那个孩子，他还是没能一次性把鸡杀死，放在盆里正准备倒开水褪毛的时候，公鸡突然蹿起来，踩碗跃盆，跑到厨房里抽搐了一会儿才彻底死透。

"没掌握好力度，不怪不怪，下次一定行。"

回应别人的大笑，这回答不算多尴尬。

家庭和睦相，鱼肉献身情，一盆糊糊几家用，在每天的伙食都同过年一样的情况下，也不全是为了吃的，心底惦念的，无非是小时候的那份乡情。

院坝里的积冰已经清理干净，晾晒了一会儿，半干半湿，门前贴着的对联和门神，洋溢着喜气，笑比人脸红光满面，喜颜促人凝思弄情。

他家有一个婴儿，不足一岁，调皮逗哏，新添了一员人丁，家里人人都想抱，可也得看孩子愿不愿意，看着不喜人的，不知学谁，反手能甩一巴掌，推拒不从使劲哭，依偎在喜欢的人怀里，故作可怜，也就是家里人多了，他

315

有得选择才如此。

"唐，过来坐起和我们摆谈哈嘛，你这上了几年班了，工作哪个样啊？好久找女朋友啊？这些倒还是次要的哦，最主要还是问你存了多少钱了。"

年轻人站着，要摆个造型，最简单的也要踩出整只脚上前，老人则不同，两只脚排在一起，站得有些垮。被问话的年轻人面对两个父辈，有些随意的惰性，靠着墙，什么也不放在心上似的，闲来又会去四处帮忙，很是复杂难言，落在父辈眼里，却是让人愤怒。

"工作……一般般吧，钱也没存到喃样。"

"啧啧，听你说的喃样话哦，要不是看你哪个大的人了蛮，硬是想打人的噶。那是你三叔了嘛。"

这有什么问题吗？不过就是态度冷漠了一点，无所谓的表情，潇洒地走开，留一家人在身后无语。冷漠的个性，对谁都这样，可若把这和家人联系在一起，又岂是一个不善表达就能说清楚的？父母在亲朋面前没底气地承认高薪，还不是为了子女多面子。

鞭炮放得最密的时候，整座山前至少有二十几处亮光，点点尘灰撒下，鞭炮还没燃尽，烧纸上香后，几个小孩争抢着把菜端到桌上，饮料还没拿到桌子，孩子们就拿塑料杯分光了一瓶。

他站在公路上，闻着菜香弥漫，四周人家的年夜饭，家家都把桌子安在显眼的位置，吃得兴起，也不会注意到路上有一个孤独的人影，就算看到也不在意，还没入夜，路上有人不奇怪。

对他自己来说，其实也不孤单，他有人陪，不过是那些凡俗世人看不到罢了，偏要把别人能看到、而自己不能理解的，妄谈不切实际。

玉树雕花，刻画得并不细腻，但胜在繁多，山里山外，沟脊之间，廊台之上，雕龙刻凤无人赏，只因肉眼凡胎，看不懂大自然的鬼斧神工，山脉为脊，寒潭点睛，偶有雾绕，展翼在望；凝珠挂坠，不敢佩戴在身上，又言太寒。

可知？凝冻天里，尚在野外生存的动物是何其艰难，食不果腹，饿死的不知凡几，屋外冰滑，只能干巴巴地饿着，或者冻死，隐在草丛中无人知晓，等到开春艳阳，仅留下一身皮毛，为腐骨聚暖。

夜寒如水，拂人酿清风，本想要一个平静的夜，但烟花可真美！绽放的刹那光华，空中散了也不止，还要在白冰中折转，溜出一缕缕七彩团簇。

炮声轰隆，行人有家还，躬问老人安康，又呼小孩可闹事？除夕夜，封住了小火炉的小房子里，锁着一家亲情，言谈应人事，暖心的情意四散流溢，从门缝里透出来的最亮。

"大哥，能在你家借宿一晚嘛？就在你家这间还没装修的房子里，只要能挡风就行。"

等到年夜饭后，他找了一家挨着公路、房砖砌了但空着窗户的人家，空荡荡的房间里，只有地砖。房子有三层，二楼以上的房间装修得最好，挂灯贴彩，柔和的白色灯光，不像一楼这般昏暗。空旷的堂屋前，正有一个准备出门的人，被他拦住了。

"可以，左边这两间，你随便挑一间吧。"

那个人走得很急，穿着一身略显正式的新装，也不打灯，摸黑从村道上去，在虫子都不啼叫的黑夜里，寒风把积冰刮得溜亮，让人不至于走错道路。

一个人睁眼坐在空旷漆黑的房间里，手中不断抓着食物往嘴里送，他还能用的感官，就只剩耳朵听响动了，有人从堂屋路过上楼，嚼得很慢很轻的他，从未被发现。

"唐，你家爸爸去哪点了？"

"肯定到下面二伯家斗地主去了，哪年不是嗯个嘛。"

二楼的电视声放得很大，春晚中的歌声小品，光是听着声音也觉得喜庆。五岁到十五岁的小孩跑进跑出，又在商量着去哪里玩耍，晃着无聊，就去把准备在深夜燃放的烟花点了。

"叔叔，你还没吃过饭吧？我给你端了碗饭来。"

遇到陌生人，首先想到的是戒备，款待的背后，一定有很多双眼睛盯着，十一二岁的小孩，还不能放心让他们乱闯社会。

"谢谢。"

咽下一口唾液，对于这类施舍，他记不清有多少次没有拒绝了，说来好笑，施舍，多么贬义的一个词，可偏偏绕不开。

"叔叔，我把电筒放在这里，这样你吃饭的时候能看见，吃完后把碗放在窗台上就可以了，等哈我来拿。"

说完话，小孩上了二楼，估计是去给主人家打招呼，除了刚才离去的那个中年男子，这栋楼里的家人可能还不知道他家来了一个怪人。饭菜很好，有鱼有肉，吃完了饭，看着空空的大碗，他也不知道该还到哪家，也不好上楼打扰，就按照小孩说的，把碗放在了窗台上。这一系列做法，在常人眼里，难免会贬低。

无论如何，他觍着脸蹭了一次团聚，把手电筒关掉，大冷天的，还是早睡更好。

早睡，要错过很多快乐，山间寒风肆虐，鬼影凄凄，从地面到高空，流云夜里不可拾，默默地化为水汽，为冰雕镀一层新衣；人世灯光耀眼，人影绰绰，从纵经到横纬，渐渐的勤言开拓，让世界遍布了足迹。

睡了没多久，他被冻醒了，虽然背包上盖了一层塑料胶布，毛毯还是润得很冰，要靠人的身体来焐热，很冷很冰，又不敢掀开，怕好不容易焐的一点温度散了，更冷。

蜷缩着受冷，真是一种折磨，听楼上凌乱的声音，像是断电了，大过年的，没得春晚看不说，家家换成电炉后，没得火烤，这种天气坐着干冷，更难受。

"朋友，刚才我让人给你送饭来，你得吃了没有？"

"吃过了，谢谢。"

他抬头去看，空碗和手电筒不知何时被拿走了。

"你这样睡着很冷吧，过去烤烤火，把毯子也烤一下。"

堂屋右边靠里的那间没有屋门，屋里有一个铁炉子，敲得叮叮当当响，此时正在生火，冒出一阵阵浓烟。那个人的身后跟着三个中年男子，长相相似，应该是兄弟。

"谢谢，不用了，如果方便的话，待会儿你们睡觉的时候，我去烤干毛毯就行。"

毫不相干的人，能问到这种程度，这已经是最大的帮助。四个男人进了屋，和屋里原本在生火的一个妇女，不知道在低声聊些什么，声音很轻。那个叫唐的年轻人，上楼下楼，进屋出门，来回走了十几次，都没敢进那间屋子。

电来得不及时，已经耽误了许多娱乐，有人打电话找唐打牌，他拒绝了，有些事情不得不面对，不能总是笑着避开，心底紧张，却是故作轻松地进去了，面带微笑，永远不会错。

"唐，过来和我们摆谈哈，摆哈龙门阵嘛。"

父亲母亲，二叔三叔和满叔，坐在铁炉子旁，身前的瓜子拿起又放下，放在手边难忍。嗑得葵花壳到处都有，有的人不愿扔在地上，把壳围在炉面上高高的一圈，还有橘子皮，放在炉圈上，熏出阵阵馨香。他自己选择的面对，长辈又要把它当成一次不小心路过而出言提醒。

"你那公司行不行？你自己应该有个判断的吧？"

"还行吧。"

"一个月工资有好多呢？"

"三千多点。"

"嗯……这点工资怕是还不够你个人用哦。"

他干笑着不回答，不算其他福利，到手确实只有这么多，欲言又难以言明，心头哽塞，他想把各种福利加进去，可是得不到手的福利，到底算不算工资？

"你存到钱没喃？要存得钱了嘞。"

"快三十岁了，你自己也要努力得了怕，你看上面大唐，和你一样大，他是车也买得了，房子在县城也买了。话是啷个说嘎，小时候你成绩比他好，现在混成这样，转

321

来人家说人。"

"啊是嘞，在我们这个地方来说，大唐就算混得好的了噶，车子房子都有，车子还是买了二十来万的。"

"早晓得蛮，把你安排到我们厂里还好了，我们厂里的待遇比你们公司还好。"

"我也不是抵触哪个，他去我们厂里面，厂里估计还不要，专业不合。"

"你看我这栋房子，修得好看吧，还不就是最近几年找钱修的，我前些年哪存到钱嘞，又要供你们读书，你家公生病了又要花钱，上面那栋木房才修没得几年嘛，还是新的就淘汰了，我和你家妈奔起命还不是砌了这栋砖房。你以为是为了哪个嘛？还不是为了你们，我们这一家人，你看起来就没得大唐懂得借势式，你以为他哪来的那么多钱买车买房？还不是他爸给了一半，趁着我们还年轻，能帮到你一点是一点，你样都不说，哪个晓得你在想些喃样嘛。"

被说教得哑口无言，几个长辈明显在针对他。母亲坐在墙脚不说话，一脸关切；二叔憨憨地笑着，也不说话；三叔话少，人前就那么几句，玩转着杯子；父亲和满叔话最多。他们看见唐眼角的晶莹，以为说得感动，但谁也不戳穿：那是他想打一哈欠，闭紧嘴巴逼下去后，累泛的一点泪水。

"你要是真的差钱的话，你家这几个叔叔，我们蛮，一个人两万还是拿得出来的。"

完全自立，说得可笑，不止可笑，还会被别人嘲笑，一切只因自己无能。

"像我那栋房子不是蛮，我们公司安排我到国外出差，有出差费，还把伙食费节省下来了，就那两年，我就找到了五十多万，这才把那栋房子修起来的。"

"现在倒是没得嗯样哦，正是学经验的时候，工资低点就低点。"

"你确定要在那里上班没有，是准备就在那边买房子还是在县城里买，你一个名牌大学出来的大学生，家里就你一个大学生嘞，不会还要回到这个山沟沟里头嘛，不会嘟个没得出息怕。"

"说这些倒是空哦，你上班的地方和我们隔得天之陌远的，我们也不认识嗯样人，想帮也帮不到，现在最重要的，还是你快点找个人结婚，不要等你兄弟的儿子上得小学了，你还没结婚嚓，那就笑人了嘞。"

这种话题，他最不愿面对，难道要告诉他们：自己还想再拼搏几年，我还不服气吗？

门前晃动的背影，有多少苦楚和心酸，又岂是几句话

323

就能讲清楚的？正如屋外的寒冰世界，光滑的冰面外，那些被孤立的冰粒，不敢脱节，不然滚、滚、滚，碎裂了的，也是人生。

这一年，冰融得很快，还说要爬到山顶，去看看更远的冰景呐，此生，估计是攀不上那座大山了。

第二十七章

初春，劲草刚长，挣脱了束缚，哪怕还被固定在地面，也要摇叶庆欢。

元宵节前后，车站的人流量很大，不止有农民工，还有学生，从街头挤到巷尾，满满的全是人，靓女很多，帅哥也不少，四散站在车站门前，互相看得顺眼，可又觉得车走人散，只敢多打量几眼，不敢上前搭讪。年轻真好。靠墙坐着不起眼的农民工，不时会羡慕，可一身洗不去的灰头土脸，实在难以让年轻人提起兴趣。

"知道我不会还，你为什么还要把五万块钱借给我呢？"

"钱对我来说就是一个数字，我并没有把钱放在眼里，而不是对你有多在乎。"

声音喊得很大，轻蔑的眼神，谁知道是不是真心，一对年轻男女，绕了一个人潮，就消失不见了。这个插曲，让他想到了一个前几天遇见的闹剧。

农村的小孩羡慕大人舞长龙，每年都有几波小孩得到满足，一般由爷爷辈动手，他们还记得一些传承的记忆，坐在稻草堆上，横编竖折，先把龙头扎好，之后的就简单得多，龙脊龙尾用稻草捆得相似就行，用一根稻绳联结，锣器一响，甭管草龙舞得如何，都能过过手瘾。

那个地方"玩龙灯"，一般要等主人家出现后才开始"说福式"——舞龙拜年的一种特定话术，一帮小孩，懂得也不多，如果屋子里有人不出来，好事的婶婶们教给了他们一句话："这房子里没得人了。"平常的一句话，偏偏在句尾加一个"了"，人倒是出来了，一边责问一边谩骂，他们哪还能不知道被戏弄了，赶紧跑。

"老师？唐老师，是你吗？"

讶异的声音，让他身体一震，呜咽哽语，竟有勾魂穿骨的效果。他慢慢地偏过头皱眉，很熟悉的称呼，盯着他看的这个女孩有些印象朦胧，真想不起来了，震得大脑发胀，他用手重重地拍了两下太阳穴，应该是这几年忘掉的一些事。既然想不起来，就是不太重要的小事，刻骨铭心的那一件，反正他是没忘掉，用了那么多努力和时间，最想忘掉的一件事，偏偏忘不掉。

他转过头去继续走，穿插在人群中，心却在最边缘，看人悲人喜人离愁，拨云散云聚云无踪，学生们欣喜，农民工愁苦，两个极端，表情各不同。

"丽，为什么人活着，偏要有熟人相识？就不能像隐

326

居山林那样对世事不睬不顾吗？我把他们当作景，他们为什么偏要把我当作个人？"

"唐老师，你怎么了？"

"你是在叫我吗？"

"是啊，唐老师，你不认识我了吗？我是黄琴啊。"

叫住他的这个女孩，圆嘟嘟的脸上，一双黛眉眼，头发半梳搭在身后，衣着偏保守，才从车站出来，拖着一只黑壳行李箱。她不是一个人，还有一个女孩做伴，瘦高型，齐肩短发。

"请问你找我有什么事吗？"

"我们认识的啊，说起来，我还是你的学生呢，那时我读初二，你到我们学校支教，你不记得了吗？"

"抱歉，我真的记不得了，该忘的没忘，不该忘的我全忘了。"

"你连自己叫什么都忘了吗？"

"忘了。"

说得无奈，可这是现实，人心怎能控制和扭转一切？

"真的想不起来了吗……对了，老师，你吃过午饭没？我们一起吃饭吧。"

说得无所谓，若不是看她眼眶溢红，还真以为毫不相关。

"可是我没有钱。"

"没关系，我请你。先去开间房给你洗个澡吧。"

"不用破费了，我已经习惯了这身打扮，还要靠它赶很多路呢，我知道自己这身很臭，要不就算了吧，别去吃了。"

"不行，我今天必须请你吃饭。"

玉指掩鼻，短发女孩就要真诚得多，当面直言：别认错了，小心是个骗子。不明白她为何如此笃信，信一个连自己都记不起是谁的人？

"你不能进去。"

"他为什么不能进去，他是我的老师。"

离去的店员眼中不信，可他的身体站得笔直，精神抖擞，身上除了有一股较浓的汗味外，再没有其他异味，衣服和裤子修补得奇怪，背包很好认出用途，估计是个远行客。看似不一般，姑且信了。

"唐老师，你到底是怎么了？"

"没怎么，把身外的一些景放进心中，就忘了一些事情。"

"你和当初还是一样，说话没变。那时候你不是在读大学吗？怎么会变成现在这个样子？"

"记不得了。"

聊了半个小时，一直是她问他答，旁敲侧击，总想激起他的记忆，可他的回答一直平淡，找不到突破。

"你还记得我们读书的时候吗？那个时候我喜欢你，而你很腼腆，为了和你说上话，我每天都会追着你从教室跑到操场转圈，就为了给你零食和一些小礼物，更好笑的是，还给你送了几封情书，那段时间，真是一段快乐的时光，真想回到那时候，追着你多跑几圈。长大了，就回不去了。"

她说着说着，竟然哭了，泪水半溢无声，也不去擦，任由泪珠溅落，就这么直直地望着他，难过不曾虚掩。

"没事，别哭。"

他笑得很勉强，触动心灵的瞬间，人们永远不会知道它何时来临。

"我只是去看了看这个世界，体悟着自然和社会，收集些素材，几年没见，你倒是长得比我还高了。"

这个世界上，有很多在乎他，他也在乎的人，还真不该任性抛弃他们。忘不掉的，或许，它们就不该被忘掉。

远方街角的那个背影，走得不急不缓，却闪得很快，那是陪伴他走过这一路的人，时而偏头跳步，不再是一副冷颜不笑；时而转身看一眼，有几分欣慰，沾染了红尘，隐约着散在了人群中。

"我给你说件事吧，我有记梦中故事的习惯，用来对比现实的不同，以前的梦中故事，我能记得清清楚楚，而在最近几年，估计是记忆力衰退了，每次醒来，还记得的故事都很朦胧，从此以后，我就提醒自己，若是在梦中稍有意识，就要在第一时间挣扎醒来用笔写下，或是记在手机上。

　　"渐渐地成了执念，做梦的时候，第一件事是找东西记下，转眼发觉不对，原来还在梦中，再醒一次，又记下，可还是不对，故事没记住，平白添了几层枷锁，有时，连续写了四五次，会觉得这次的时空对了，放下心来继续睡觉，有时，写了四五次醒来，又怕还在梦中。

　　"现实中的故事，觉得很清晰，梦中的故事，梦中也觉得很清晰。现实混淆了梦境，我害怕……这次也有一个梦，梦醒时分，一切皆散。"

第二十八章

他站在窗前，平视前方云气滚滚，太阳的金辉洒下，为它们镀上华丽的伪装；在地面的人们只愿看这景，为此惊呼靓绝，而在这外表之下？只要合眼合心就行。

再想，当初为何要走这条路呢？多半在自己，本想无拘无束，却又牵绊甚重，别不了的，也就父母了。父母的愿望，应是成家立业，他能立业，但不愿成家，心中的愿望，不过一条：父母百年后，能再毫无顾虑。而他，等到了。

那又如何？金阳的光下，污秽肮脏，又缺不了人情暖意，互助互援。他的心，还要找物填补充塞，是景是人，偏不能有情；能忆的能忘的，只当与自己无关；风起尘飞，逐行而已；万物争鸣，只因不愿一家独大。

单说他呢？悟到的，就有一己之名利，让人看中的，又要说：人，不管如何挣扎，终绕不出历史的轨迹。

不说其他，有些人的评论也让人惊奇。

"执笔书生唐新书首发，某一谣言不攻自破。"

"不是说他去体验生活，寻找灵感了吗？"

"可能是看不惯某些人的嘴脸，想换一种方式生活，只不过他自己都没想到，又被逼回来了。"

　　"没准儿他是在逃避什么东西呢。"

　　忽闻雷声已近，渐至雾霭横生，震耳障目，混淆视听，滴雨竖降，金阳隐迹，一切既已发生，一切照旧发生。他把一切看在眼里，又把一切放在心外，看中的：点点水光溅起，听到的：声声风水和鸣。他又能如何？世界只有这么点儿了。

　　"对吧。"

　　终于，我抛弃了那些所谓人言，要去看看这世界的雾里花开。

　　说是要看尽世间野景，心界小了，终其一生，却是连省界都没能走出去。